谢谢你路过我的生命

赖建平 著

长江出版传媒 | 长江文艺出版社

图书在版编目（CIP）数据

谢谢你路过我的生命 / 赖建平著. -- 武汉 ： 长江
文艺出版社，2024. 7. --（大教育书系）. -- ISBN
978-7-5702-3697-8

Ⅰ. I267

中国国家版本馆 CIP 数据核字第 2024KS6372 号

谢谢你路过我的生命

XIEXIE NI LUGUO WO DE SHENGMING

责任编辑：朱嘉蕊　　　　　　　责任校对：毛季慧
封面设计：胡冰倩　　　　　　　责任印制：邱　莉　胡丽平

出版：长江出版传媒　长江文艺出版社
地址：武汉市雄楚大街 268 号　　　邮编：430070
发行：长江文艺出版社
http://www.cjlap.com
印刷：武汉新鸿业印务有限公司

开本：710 毫米×970 毫米　　1/16　　　印张：18
版次：2024 年 7 月第 1 版　　　　2024 年 7 月第 1 次印刷
字数：238 千字

定价：42.00 元

目录

第四辑　鄙人

赖建平这厮

张祖庆

赖建平这厮，是个让人讨厌的家伙。

他之所以让人讨厌，原因多多，罄竹难书。

第一，这厮极其爱出风头。

说赖建平爱出风头，大概衢州小语界没有人不同意的；认识他的人，也没有不同意的。有人的时候，他爱出风头；没人的时候，他也爱出风头。

最先认识他，是在千岛湖儿童写作营。主办者宋旭不知道哪根筋搭错了，竟然叫赖建平这厮来主持。

一般人主持，总是要先把出场嘉宾好好儿夸一番。这厮，偏不。他损人。怎么损人了呢？

"接下来要出场的这位老师，常有惊人之举。他游泳，差点儿把自己淹死；他上课，差点儿把班上的学生骗死；他讲座，差点儿把旁听的服务员迷死……他就是著名特级教师——张祖庆。下面有请祖庆老师粉墨登场！"

啥？"粉墨登场"？有没有搞错？！

寥寥数语，赢得一阵掌声。但，我对他并无好感。这厮，好出风头，好讲怪话。

会议结束，我没有留他任何联系方式。

后来，几次听他主持，我发现，人越多，这厮越爱讲怪话。他，居然在一次省级的教学观摩活动时调侃德高望重的本家前辈。他开篇第一句就是——

"赖老先生不是人……"

全场惊愕！

紧接一句——

"正是文曲下凡尘。"

全场爆笑！

第三、四句：

"清清爽爽来评课，

好让后生长精神。"

听课的老师们一愣，这不是一首藏头打油诗吗？特级教师赖正清先生正笑眯眯地坐在主席台前，准备开始评课呢！

后来，衢州的朋友告诉我：赖建平就是这样的，人来疯。

赖建平不光有人的地方，爱出风头。没人的时候，他更是疯得厉害。

一次，我不知道哪根筋搭错了，居然请来赖建平评我的课，在"作文聊天吧"QQ群。

这厮，嫌事儿不够大，直接在网络上黑我——

"窃以为，祖庆兄的这堂课属于基本失败的课。

"这节课还是有亮点的，如果谁说这节课完全失败，肯定有失公允。……虽然我把祖庆兄的这堂课定性为'基本失败的课'，但是并不影响我对他优质设计的由衷赞叹。

"祖庆兄面对学生，非常主动地承认自己的范文写得'远远没有电影精彩'，并坦言学生对他的表扬也是礼节性的，'有同情心的表扬''我很尽力很努力了'。他是如此用心与坦诚，这倒让我不好意思再批评他的不是了。"

最后还郑重其事地声明：

"因祖庆兄只考虑到要把课上得精彩，没有全面顾及可能由此引发的一连串社会问题，故我只能遗憾地再次声明：这是一堂基本失败的课。"

更让人难以接受的是，他在评课中，得了便宜，还卖乖——不，还不忘记挖苦人——

"请祖庆兄准备好速效救心丸，以便在被我气得血压升高心跳加速时缓解症状。

"现在祖庆兄已经哭晕在卫生间了。他原本叫我来点评，以为请来的是亲友团，没想到请来了一匹白眼狼。基于安全第一的理念，麻烦张家嫂子去卫生间里照顾一下祖庆兄。

"按照我的初步估计，祖庆兄此时应该一瓶速效救心丸下肚了。"

看完他的评课，我真的很无语。为了装作豁达大度，我只好违心地称他的评课，"是绝佳的创意写作典范"。

我呸！

第二，这厮是个酸秀才。

后来，混久了，我习以为常了，没那么讨厌他了，也便留了电话号码，偶尔也会有短信或微信联系。

一次，我去衢州讲课，忽然想起赖建平，遂发个短信：建平，我在衢州，你有空？

一会儿，他回来短信：祖庆兄，你等我，我请客。

不一会儿，他到了。问我："你吃饭了？"

我回答："嗯，吃过了！"

003

他接着答："好，我请你走路，绕衢州古城走一圈。"

天！有这样招待朋友的？

酸到家了！

更酸的，是在 2014 年巴西世界杯期间。

荷兰大战西班牙。我在朋友圈晒了一张图，发表评论：

> 双子星有如神助摧枯拉朽让人闻风丧胆
> 斗牛士好似梦游节节败退令人难以置信

赖建平跟帖：

> 郁金香军团换装如换刀刀刀见血
> 西班牙武士失魂似失球球球惊心

瑞士斗法阿根廷。赖建平在我的微信后回复：

> 瑞士军刀，刀刀见血
> 探戈舞曲，曲曲惊魂

我建议将"惊魂"改为"揪心"。赛后，已是凌晨。我将建平兄的对子进行了加工，变成了：

> 探戈舞曲曲曲揪心却能笑到最后
> 瑞士军刀刀刀见血最终并未封喉

这就是赖建平，酸！

第三，这厮做事极其不靠谱。

他不靠谱的事儿，可多了。

教学生写讲话稿，他居然让孩子们给他写在他自己葬礼上的悼词。

我们先来看看他的一位学生，是怎么写他在建平葬礼上的悼词——

各位来宾：

大家好！今年，我六十岁，是赖老师的学生。赖老师在一星期前去世了，今天我来参加他的哀悼会。

赖老师是市名师、仁慈的独裁者，也是一位武术家。我算得上是赖老师的一个不是很好的学生，体验过这位武术家的绝招。

绝招一：天籁之音

四年级，一次上课，周晟正在看着窗外，不听课。赖老师一见，一拍脑袋，使出"天籁之音"："外面的世界很精彩！"周晟一听，如梦方醒，转过头，认真地听课。无敌"天籁之音"！

绝招二：一阳指

五年级第一学期，我的作业做得不认真，改了五六次。最后一次给赖老师批时，赖老师叹了口气，语重心长地说："下次做作业要认真啊！"说着，伸出指头，给我"吃"了一记"一阳指"。后来，我做作业就认真了。万能一阳指！

绝招三：拧开关

徐子康上课经常捣乱，赖老师左思右想，绞尽脑汁，终于想到了：拧开关！又是一节语文课，徐子康又一次捣乱，赖老师走过去，说："徐子康，上课能捣乱吗？"说着，拧了一下徐子康背上的"开关"。徐子康

"啊"地一声惨叫，剩下的时间便安静了。终极拧开关！

说了那么多，最后，愿赖老师走好，在天堂过得幸福！

刘偲鑫

2077 年 3 月 15 日

一个老师，居然让学生给他写悼词！你说，靠谱不？

为此，他妻子——赖婶还差点儿跟他闹翻："你说你一大男人不说点吉利的话，竟然……"

他，居然振振有词："人生正常的一切，都是体面的，包括死亡。死亡，是一门重要的课程。每个人都要面对它。"

为了让学生会写悼词，他先给孩子们讲了杰布·布什（小布什总统的弟弟）在她的母亲芭芭拉·布什（老布什总统的妻子）葬礼上的悼词，接着就让学生给他自己写悼词。要求有三：

1. 注意格式，除了没有祝愿语之外，其他与书信没什么两样；

2. 写出我的三个身份，其中的一个身份要用一个故事来说明；

3. 悼词的基调不是沉重的，而是轻松的；不是悲凉的，而是温暖的；不是泪目的，而是幽默的。

在他这种怪异教法之下，学生对他"置之死地"，不亦快哉！

这个赖建平，五十岁不到时，已"死"过了几十回。真让人哭笑不得！

他让人哭笑不得的事，多了去了。

学生毕业了，他精心准备了给学生的礼物，原本想一个一个学生逗过去，没想到，最后自己情绪失控，一个大男人竟然当着学生的面，哭了。

某家杂志约他写一学期的稿子，只是让他试试看，没想到，他竟然贪心，一口气写了 12 篇稿子，把一年的都写了。编辑从未见过如此厚颜无耻之人，竟然答应让他做专栏作家。

我的朋友阿牛开了一个网上 30 天写作研修营，他不知哪根筋搭错了，居然聘请赖建平为副班主任。这厮，居然公开跟阿牛抬杠。抬杠就算了，还让群友们肚子疼了好几天。据说，是被他的文章给笑疼的。

赖建平这厮，真不靠谱！

第四，这厮做事刻板，好为人师。

比宋旭和阿牛更不靠谱的人，是我。我居然在谷里书院第一次面向全国的活动中，请他做副班主任！

当时，我一定是昏了头。

让他担任副班主任，也就算了。他却提出，还得兼体育委员。

你看，清晨六点一刻，集合哨响了。

自封体育委员兼助理导师兼副班主任的赖建平同学，一身运动装，站在谷里小院空地上，顾盼自雄。周围，零零星星地站着名义上来晨练的人。全副行头的，只有一两位；其他的，纯业余——穿休闲装的，穿裙子的，都有。有位先生，上身衬衫，下身运动裤，不伦不类。此人，是我——主要是来考察体育委员称不称职的。

赖委员还在顾盼自雄，一拨人竟擅自离队。

山道蜿蜒，翠竹丛生。他们，哪有心思跑步！跑几步，摆几个 pose，咔嚓咔嚓"秀"几张照片，忙得不亦乐乎。

这体育委员当的！

大部队终于追上来！赖委员果然身手了得——不愧为跑马拉松的，哒哒哒地跑上来。后面的队伍，零零落落，溃不成军。后来，赖委员也消失不见了。

作为监督者的我，也跟不上了。

哼！你一个体育委员，居然不等我这个班主任，小心撤你的职！

不过，这家伙，体育委员居然当得有滋有味。每天早上六点十分、六点十五分，他的哨声，就会准时、刻板地响起在谷里小院和乐朴山静这两家民宿。

他这么扰民的哨子一响，一帮来静修的学员，再也无法静心，只得起来跑步。

这次研修活动，手机全程没收，赖建平这厮除外——他死活不肯交。于是，他便当起了"催命鬼"的角色。吃饭、集合、学习，他总是在固定的时间，刻板地吹响哨声。

我一直奇怪，他不睡觉的吗？哦，他有手机啊！

说实话，这催命鬼，不好当。于是，我想怎么也得让这厮露个脸——我的主要目的呢，是让他来衬托我和其他导师的水平。

没想到！没想到这家伙，竟然在演讲的时候，一如既往地发挥自己说怪话、做怪事的特点，且发挥得大大超出我的预期。

他使劲"黑"自己！把自己小学时候考 0 分被女同学欺负的糗事，抖了出来！

他使劲贫自己！他又一次成功地让全场女老师和大部分男老师（我除外）笑出眼泪！

赖建平啊赖建平，我是让你来衬托的呀，你咋把自己的定位给忘了？你让导师们情何以堪？！

真想撤他的职！

最气人的是，他还在烛光晚宴上，亮起了歌喉！都怪我，一激动，居然把话筒递给他——这是我这辈子最后悔的一件事。他一拿到话筒，就唱起了崔健的摇滚乐，那个嘹亮，震彻谷里。

最关键的是，我居然在他吼过之后，被人怂恿，也吼。

结果，可想而知。掌声稀稀拉拉——嗯，主要是话筒被他震坏了——我的水平只发挥三成，不然，哼哼！

这次研习营，最让我受不了的，是他的好为人师。无论哪个老师——主要是女老师，总爱向他请教，请他改诗。他呢，居然装作比诗人雪野还专业！

我看不下去了，死命催他去睡——建平，你明天，还要吹哨的呀。

凌厉的眼神，无数次射向他。他大概意识到了什么，恋恋不舍地，撤了。

清晨六点一刻，赖建平的哨子，又刻板地响了。

哨子响的时候，我正在一楼大厅写这篇文章。

年轻的小金同学路过，悄悄跟我说，祖庆老师，昨晚十一点半，大家撤了之后，我又找赖班改作文去了。

在彼此的生命中留下印记

01

出书，曾是我的人生目标之一。甚至煞有其事地想好了书名，拟好了提纲，整理了一部分文字。

后来想想，罢了，不出了。为啥呢？

其一，这世界上的书已太多了，不缺我这一本。

其二，这世界上糟糕的书已太多了，何必增加我这一本。

其三，回看之前发表的一些文章，感觉有些写得太不尽如人意了。这样的文章，倘若结集出书，岂不后悔？

于是，偃旗息鼓。

当然，写作一直未止步。

02

六七年前，祖庆兄曾建议我与章晓各出两本书，一本是关于作文的，另一本是散文。

因我打定主意不出书，故与他打太极，王顾左右而言他，最后不了了之。然这家伙却有"牛皮糖精神"，此后数次旧事重提，均被我以"化骨绵掌"挡回。

2024年1月15日，这家伙突然拉了一个群，告诉我与章晓：我帮你们联系了一家出版社，每人出一本散文，你们是出还是不出？

先斩后奏，盛情难却。箭在弦上，不得不发。

于是，开始整理历年的文稿。

03

我的写作，除了报纸杂志的约稿之外，非常随性，没有规划，内容芜杂，风格不一。是无意中发现，这些年来竟然写了许多的小人物。

为何对小人物情有独钟呢？

首先，自然是因为我自己就是小人物。20世纪90年代中等师范毕业后，在农村小学任教26年；之后，一纸调令，进城。3年后，各种因素叠加在一起，毅然"裸辞"。作为小人物，我生活琐碎，工作悲欢，一言难尽。我是语文教师，写作是天职。而写小人物，就是写我自己。写下，即疗愈。

其次，是因为身边有许多小人物。他们各有各的故事。比如，我村里有一个叫作"宁清"的单身汉，某一年去种番薯。时值端午，溪水暴涨。蹚水到对岸干活时，脚下一滑，被溪水冲出老远。拼死挣扎，加上运气，方才捡回一条命。事后，我父亲问他：快被淹死时，心里想的是啥？答：家里刚买的半斤肉，还没吃完。小人物的故事容易使我共情。如不记录下来，心里就觉得对不住自己。

再次，是因为小人物也有独特的价值。毫无疑问，历史主要是由大人物书写的。然而，大人物就像1，小人物就像后面的0。如没有小人物，大人物就是光杆司令。无数蝼蚁一般的小人物，以常人难以察觉的力量，在默默影响历史的进程。当然，也有一些小人物，突然间就决定了历史的走向。比如民国时期，刺杀宋教仁的武士英。

如此说来，这本书不至于毫无价值。

04

这本书中写的，也不全是小人物。

比如南京大学教授景凯旋先生，古代文学博士。一次，景师讲唐诗，课后有几位听课的学者对东欧文学很感兴趣，就与他聊起了相关的话题。结果，下半场竟然演变成了一场关于东欧文学的对话。

还有我的同行——教育学者干国祥老师与特级教师张祖庆，他们在专业领域都有相当的建树，在业内有巨大的影响力。

05

一次，与祖庆兄聊天时，我对他说，在小语界，你是名人；然而离开了这个小圈子，比如在飞机与高铁上，你就是个中年大叔。因此，我们要认识自我，努力活出自己想要的样子。他深表认同。

我晚上出去锻炼时，经常会遇到本地一位名医，人称"金刀"。他经常穿一件圆领汗衫，与路人甲乙丙丁毫无区别。离开了手术台，名医也是普通人。

把历史拉开来看，有些大人物会变得更大，有些大人物却会变得更小；有些小人物会变得更大，更多的小人物会湮灭在尘烟里。

06

原本我想把这本书分成五个板块：昔人、故人、门人、家人、鄙人。

后来，我想，鄙陋如我，哪里谈得上有什么"门人"呢？只不过是命运的机缘巧合，遇见一些可爱的孩子而已。何况，汪曾祺说"多年父子成兄弟"，我与不少孩子是"多年师生成好友"，因此就将"门人"这部分内容并入"故人"。

故人，就是老朋友呀！

07

年过半百，告别已拉开了序幕。这些年来，诸多亲友渐次离去，家里的几位老人也以肉眼可见的速度衰老，让我有一种紧迫感，要记录他们的故事。

我认为，人的生命是以三种形式存在的：

一是生理生命。一旦呼吸停止了，生理生命就消失了。

一是物理生命。肉体与相关的物品毁损之后，物理生命就消失了。

一是信息生命。也就是留在这个世界上的声音、画面、文字，等等。如果连这些也被抹去，那么这个人就彻底消亡了，就像从来没有来过一样。

我写下这些故事，只要这本书还在，他们就还活着。

08

五十岁之后，我开始做减法。无论工作，还是生活。

最明显的变化是：家里的东西越来越少，客厅里空荡荡的，除了一架书；电话也越来越少，有时一天到晚一个电话也没有。

做减法，是清除生命的负累。

最后真正能留下的，或许只有家人，三两友人，与有限的书。

即便是这些，也注定将散去。凡此种种，皆是过客。而我，也将散去。因我，也是过客。

五十年后，或许唯有女儿还记得我。

再过五十年，我或许会彻底在世间消失，风将扫去我所有的脚印，汗水与泪滴。

09

诗人郑愁予在《错误》中写道：

> 我达达的马蹄是美丽的错误
> 我不是归人，是个过客……

10

过客。

想到这个词，便坦然了。

你与我，是地球的过客。无论擦肩而过，或是彼此相依，终将归于尘土。

族群与家国是历史的过客。耀眼的光环，显赫的坟茔，威严的边境线，都将成为微不足道的符号。

太阳与月亮是宇宙的过客。数十亿年后，太阳变为红巨星，将吞没几乎整个太阳系，包括地球。太阳外部将消散，核心部分将坍塌成白矮星，长久地留在宇宙深处。

而宇宙，则是时间与空间的过客——按照大爆炸理论，所有的恒星都将死亡，所有的原子都将衰变，宇宙最后将迎来永恒的黑暗。

而所谓"永恒的黑暗"是否又是新的过客呢？

11

死亡是终将到来的盛典，不必急于奔向它，因为每过一日，就离它更近一步。

谁也不知道死亡何时来临，以何种方式来临，它是如此神秘，如此迷人。既然如此，就坦然面对。

我曾得过一次眩晕症。躺在救护车上时，我想，如果今天我要死了，有什么话要对家人交代？

事后，我给女儿留言：如果有一天，无论因何种缘故导致我生命垂危，医生若认为即便抢救过来，生命的品质也极差，那就放弃。

到我离开的那一天，就请女儿用一块布，将骨灰包了，扔进一个樟树洞，了事。因为，我喜欢樟树。树洞，也已选好——不久之前，我与友人游山，见一棵大樟树，洞极深，深得我心。别怕，骨灰的主要成分是钙、磷、钾、钠等元素，人版的"草木灰"而已。

想一想，如果有一天，女儿想起她老爸了，来看看大樟树。风吹过，每一片树叶都是我在向女儿问好，多美！

12

整理书稿时，我请我的学妹、同行刘雅芳老师审阅了所有的文字，她语感好，又细心，帮我纠正了不少谬误，提出了不少中肯的建议。我与她，互为生命中的过客。感谢！

此刻，您翻开了这本小书。我们也以各自的方式，在彼此的生命中留下了印记。感谢！

书中可能还有错漏与瑕疵。生命原本是不完满的，书也一样。

就这样吧！

第一辑

昔人

山 佬

山佬，周公山人，好酒。

石头，苦竹坞人，性耿直，如其名。乃山佬表弟。

石头出山，必经山佬家，常打尖。临行，必曰："表兄，来吾家吃酒。家中别无所有，酒是有的。"

岁末，山佬出门，归途，天色已晚，自念夜路难行，遂寻思：此处距苦竹坞不远，石头表弟常言"来吾家吃酒"，且去一次，吃他几杯，驱驱寒气。这般想着，酒虫子爬将上来，酒念愈盛。

山佬不期而至，石头自是惊喜。少顷，即备下酒菜一桌。白切野猪脸，红烧猪蹄髈，清炖野山鸡，冬笋炒腊肉，又添时蔬数盘，红的红，青的青，白的白，煞是好看，满室生香。

石头引山佬入席。山佬眼见一桌菜肴，犹如满汉全席，甚是满意；待见得酒壶与酒杯，不禁有些不快。盖那酒壶，长三寸许，酒杯小若鸟卵，与敬供佛前之酒具，别无二致。

山佬心道：每次皆念"来吾家吃酒"，尿泡大的酒壶，卵大的酒杯，器小如此，何必饮酒呢！思之，气愤不已，遂不落座。

石头正低首，斟酒一杯，递之，曰："表兄，吃酒。"

山佬心中有气，只立着，便抬手干了一杯。酒是好酒，入口黏稠，绵软香醇，在舌尖盘亘片刻，顺着食道，缓缓下咽，余味悠长。

虽是好酒，却难消山侬心中之气。"啪！"其重重放下酒杯，心思：吾立着喝你几壶，且看你如何应对。

石头复斟一杯。山侬复立着，一饮而尽，"啪"地放下。

待举起第三杯时，兀地，山侬觉得腹中似有异状——适才饮下之酒，似是两团火种，进入胃中，仿佛遇见干柴，呼啦一下，便燃将起来。热力熊熊，以胃为中心，不可抑制地扩散，扩散！

扩散至腿部，小腿发颤；扩散至胸部，胸浪翻涌；扩散至头部，头渐眩晕。

山侬暗道不妙，握着第三杯酒，扶着桌角，勉力坐下，强撑着，食菜数口，借口旅途劳累，困倦欲眠，踉跄至客房，倒卧不起。

后，山侬将此事作为笑话，说与众人听。有好事者问："次日可曾在表弟家吃饭？不然，可惜了一桌好菜。"

山侬面有愧色，道："次日起床，表弟问曰，表兄，昨日是否嫌吾酒杯过小？吾羞愧难当，遂言家中有急事，拔腿告退。岂有脸面再留下吃饭，愧都愧死了耶！"

又问："石头表弟那酒，力道何以如此刚猛？"

答曰："此酒乃农家糯米酒，制成之后，滤去酒糟，倒入缸中；复做酒，复滤去酒糟，复倒入缸中；如此再三，直至缸满，以箬叶黄泥封口，埋入阴凉之地。其色若琥珀，状若浆糊，香若琼浆。年愈久，味愈正，劲愈猛。是故，名曰'撞缸酒'，又名'三杯倒'。而石头表弟之酒，乃三十年陈酿耳！"

夜　壶

当我坐下来，想写下老人的故事时，才蓦然发觉他的名字竟然如此卑微——他叫"夜壶"。"夜壶"，就是尿壶，本是过去男人在冬夜里接小便的器具。

在我刚有记忆的时候，"夜壶"老人就很老了。光头，驼背，穿蓝粗布衫，扎蓝粗布腰带；低头走路，干活，不说一句话。看过一眼，就相当于看过他的一生。

"夜壶"老人一辈子单身，一辈子在"槽上"干活。"槽上"是我们老家的方言，指的是以手工为主，以简单的机械为辅的土法造纸厂。

"槽上"是我小时候常去玩的地方。土木结构的厂房，空旷、潮湿。在水力的作用下，两个巨大的木齿轮带动合抱粗的原木轮轴，轮轴上十字形的木桩依次拨动水碓粗壮的木柄，水碓一次次机械地捣着石臼里的竹料，发出一声声单调的闷响。石臼深且大，成年人站在里面，不见头；伸开双臂，也远远不可触及臼壁。

"夜壶"老人通常做两件事：捞纸和焙纸。

捞纸又叫入帘或抄纸。老人将纸浆与水稀释之后，注入抄纸槽内，用一根大棍子使劲搅拌，使纸浆纤维游离地悬浮在水中，然后手执竹帘，浸入抄纸槽中，稳稳地抬起，让纤维均匀地平摊在竹帘上，形成薄薄的一层湿纸，最后把抄成的湿纸移置在身旁的湿纸堆上。如此，周而复始。

湿纸要送到焙纸房焙干。焙纸房正中间是两面背靠背的墙，墙内是一个超级大的灶塘，每次填柴烧火，都是把整捆的干柴直接推进去的。灶火烧起来，两侧的焙壁升温，"夜壶"老人用刷子把湿纸一叠叠贴在焙壁上，蒸去水分，变成干纸。

　　无论捞纸还是焙纸，都是苦差事。

　　捞纸，一天到晚得弯腰低头。抄纸槽里的水是碱性的，"夜壶"老人的手，没有一根指头是完好的。冬天尤甚，皲裂加上冻疮，手指与手掌变形又变色，简直不像手。

　　焙纸，冬天好一些，暖和；夏天就遭罪了，焙纸房内高温炙烤，汗出如浆，还得不停走动，换下干纸，贴上湿纸，没有片刻空闲。

　　在村里，老人没有特别要好的人，因此这份绝少与他人打交道的苦差事倒是挺适合他的——那些粗笨简单的工具，比人要容易相处得多；那点有限的收入，可以维持最起码的温饱。

　　我每次到"槽上"玩，老人从不瞧我一眼，只是埋头做事儿，也不知道他是否看到我了。

　　"槽上"并不是一年三百六十五天都做纸。停工的时候，"夜壶"老人也不闲着，他上山砍柴火，供焙纸房用，一大捆一大捆地背下山来。

　　他背柴火，远远望去，根本看不到人，只见一捆庞大的柴火，与地面形成一个极小的夹角，缓缓移动。得走得很近，才能看到穿着破解放鞋的两只脚，在柴火下急促移动；才能听到粗重的呼吸声，似乎柴火中藏着一只扯动的风箱。

　　我唯一一次见到"夜壶"老人休息，是在一个阳光明媚的冬日。"槽上"的门前是一大块晒谷场，晒满了黄豆秆子。大伙儿在场边晒太阳，"夜壶"老人也在。他的双手枕在膝盖上，低着头，不知是在打盹，还是在想心事。大人们高声谈笑，小孩子飞奔打闹，脚底下豆荚"噼里啪啦"地裂开，蹦出一颗颗圆滚滚的豆子……一切仿佛与他无关。

阳光打在"夜壶"老人光溜溜的脑袋上，脑袋瓜子似乎涂满了油，亮光可鉴。我的表兄大我一岁，是个调皮捣蛋的家伙，他怂恿我："你敢去摸一摸'夜壶'的脑袋吗？"

我自然不敢，就反问他："你敢啊？！"

"我有什么不敢的？！"表兄一脸傲然。

我激将他："你敢你就上啊，光说说有啥用？"

表兄不经激，一激他就来劲，三步两步蹿到"夜壶"老人身旁，伸出手在老人的光脑袋上摸了几把。

"夜壶"老人仍旧低头静坐，毫无反应。

这下子，我如果不去摸两把，就要被表兄瞧不起了。我咬咬牙，壮起胆子，来到老人身旁，伸手在他头顶摸了一下。然后，好像老人的脑袋会咬我的手一样，抽身逃开。

大人们一阵哄笑。"夜壶"老人仍旧毫无反应。

回到家，我先是被祖母狠狠训了一通，继而又被母亲骂得大气也不敢出。表兄的遭遇与我同出一辙，还挨了他老爸——我舅舅一顿胖揍，灰头土脸的。从此以后，我和他见到"夜壶"老人都要毕恭毕敬地叫一声"夜壶爷"。

从我们第一次叫老人"夜壶爷"开始，每次老人都会抬起头微笑着回应我们一声"咔吧"。"咔吧"，就是"乖"的意思。

我成年以后，因为工作的关系，回老家的时间不多。十年前，在家里与母亲闲聊，无意中说起"夜壶"老人。

我说："哎呀，老人还在啊？"

母亲笑着说老人身体好得很，昨天还步行去邻村，没拄拐杖。

我惊呆了："老人该有九十多岁了吧？"

母亲说："过年就九十四岁了。"

老人间隔一两个礼拜就要去邻村一次，时而是探望一位老亲戚，时而是买点儿零碎的生活用品。去邻村，必打从我舅舅家门口经过。

那天，舅舅在门口的橘子地里干活儿，见老人沿着路的边缘慢慢地去邻村，许久又沿着路的边缘慢慢地回来。走到舅舅的地旁时，老人忽然身子一软，倒在路上。舅舅见了，把锄头一丢，就冲了上去。

老人脸色如常，但已经没有了呼吸。

老人走了，在村子里留下了一连串的纪录：

一辈子没和人吵过架；

一辈子没进过医院，没吃过西药；

一辈子没出过远门；

一辈子没说过几句话；

······

老人以九十六岁的高龄仙去，在我们村，这个纪录至今无人打破。

福昌格子

"福昌格子"是个剃头师傅，有些口吃。大人们都叫他"福昌格子"。"格子"是老家的土话，意为"结巴"。当然，这样的称呼小孩子是不能叫的，大人叮嘱我们叫他"福昌师傅"。

福昌师傅是上门剃头的。他常年穿一件长衫，拎一只褐色的剃头箱子，每个月到村子里来一次，每次一天。他每次来的日子几乎是固定的，是以村里人在那一天就要候着——师傅路过你家时，如果你不在家，他是不回头的，你得追着他的行踪，到别人家去，甚至到邻村去剃头。

对于福昌师傅，我最早的记忆要追溯到五岁时。

那天，我在外面玩得正欢，祖母把我叫回家剃头。我不肯，要哭。福昌师傅笑眯眯地说："来，小鬼，我讲打仗的故事给你听。"一听这话，我立马不哭了。福昌师傅打开剃头箱子，给我围上披肩，再取出剃头推子，抬手在空中"咔嚓咔嚓"虚剪两下，不知是试试工具还是活泛手指。

"开始喽……"福昌师傅左手轻轻扶着我的脑袋，右手熟练地操纵剃头推子，边剪头发边讲故事：

> 机关枪哪六〇炮，
> 飞机坦克自己造。

小孩子要多读书，

长大去打日本佬。

　　我不知故事与打油诗的区别，听他念得抑扬顿挫，非常养耳朵，便梗着脖子问他："师傅，日本佬不是早就投降了吗？为啥小孩子长大了还要去打日本佬呢？"一老一少就对上话了。

　　感觉才过了一下子，头就剃好了，有些意犹未尽。祖母请福昌师傅喝茶，他却不急，依然扶着我的脑袋，左右欣赏一番，对祖母赞道："你这个孙子啊，天庭饱满，地阁方圆，长大了要当官的。他这样的头剃起来，就是好看。"

　　祖母听师傅这么夸她的孙子，乐得不行，嘴上却客气道："托师傅的福啊！不知道我这把老骨头能否等到那一天。"

　　父亲对福昌师傅的手艺极为推崇。据父亲说，很多剃头师傅对颈窝里的头发是不敢剃的——怕一不小心伤了皮肤。而福昌师傅给父亲剃头时，只要斜着将剃头推子的尖角切进颈窝，小鸡啄米一般，刚触到颈窝的皮肤，立即轻柔地弹起，又立即轻柔地下切，左一下，右一下，就剃干净了，绝无多余的动作。每次剃毕，父亲都要伸手摸摸颈窝，回味一下福昌师傅带给他的舒适感与满足感。

　　福昌师傅有个弟弟，叫银昌，也是剃头师傅，手艺和他哥哥不相上下。有一回，银昌师傅代哥哥的班，给父亲剪头发，结果剃到颈窝时，痛得父亲眼泪差点儿掉下来。由此，父亲认定，福昌师傅的手艺是无与伦比的——真正的技术在细微处才见真章。

　　祖母对福昌师傅却另有一番看法。

　　福昌师傅是各家轮着吃饭的，轮到哪一家，一般都是很客气的。当然，凡事都有例外。福昌师傅到邻村一户人家吃中饭，饭桌上只有一碗咸菜。女主人用围裙擦着手，满怀歉意地说："哎呀，师傅啊，今天村子里没有杀猪，买不到猪肉。青菜是有的，可是我家那杀千刀的，昨天太勤快，居然浇了大粪。只好委屈你吃咸菜了。"

福昌师傅没有一丝不悦，连连说："没关系，没关系，我是吃百家饭的，什么人没见过，什么饭没吃过。不必在意，不必在意……"

女主人客气了两句，又到厨房里忙活去了。

福昌师傅心里那个郁闷啊，按理说剃头也是三百六十行里的一行，为什么泥水匠、木匠每天四顿饭，东家好酒好肉伺候着，而自己却连一顿饭也吃得这么不像样呢？他起身打开菜橱门，一看，里面一大碗猪肉，大喜，端出来，津津有味地吃了起来。

过了一会儿，女主人又来堂屋，人未至，声先到："师傅啊，没啥菜，你饭要吃饱啊！"福昌师傅嘴里嚼着肉，用筷子点着肉碗，说："哎呀，你太客气了，这么一大碗肉，还说没菜？"女主人一看菜橱，满脸尴尬，只好一个劲地打哈哈："哎呀，你看我记性，昨天就烧好的肉，我居然忘记端出来了。"

福昌师傅大快朵颐，头也不抬："没事，没事！好吃就好，好吃就好。"

福昌师傅吃肉是有规矩的，一顿饭最多只吃三块——这是他的师傅传下来的，他一直奉为圭臬，但是这次他一直吃到碗里的肉所剩无几。

按照祖母的说法，"你鬼得很嘞，你想弄松（捉弄）他，是不可能的；他不要弄松你，就好了。"

我读小学一年级时，福昌师傅到学校里来剃头。几位高年级的学长心血来潮，说要一起剃个光头。我好跟风，也要求剃光头。福昌师傅知道我家教甚严，一再问我，这事能自己做主吗？剃了光头会后悔吗？我坚决说能自己做主的，不会后悔的。剃了光头，学校里多了一群小和尚，好玩极了。可是放学后，我顶着一颗光溜溜的脑袋，不敢回家了。直到炊烟四起，暮色降临，祖母一路喊着我的名字，捉我回家为止。

最后一次见到福昌师傅，是我上初中前夕，他带着一个小徒弟来到村子里。先给父亲剃头，父亲说："等会儿麻烦师傅给我小鬼也剃一个，他要读初中了，是大人了。"师傅答应了。等到父亲剃好了，他却把剃头推子递给小徒弟，自己坐下来喘着气说："不行了，不行了，年纪大了，又是高血压，又是冠心病，又是气管炎。以后该年轻人挑担子了……"

此后，我再也没有见到过他。

卸古跷子

卸古跷子是村里碾米厂的负责人，负责碾米，磨面，打米浆，修机器，还负责管理自己——他是碾米厂唯一的职工。

碾米厂在村东，是一间四进深的大房子，因地势低，南北两边又有房子夹过来，狭长的厂房昏暗逼仄。一踏进那扇低矮的小木门，眼前漆黑一片，要站立好一会儿，才能勉强看见卸古跷子一瘸一拐，在厂房里晃动的身影。

卸古是土话，意思是"小狗"。"跷子"也是土话，意思是"瘸子"。卸古大名王思贤，取"见贤思齐"之意。他原先也不是瘸子，三岁的时候得了小儿麻痹症，病治好了，腿却瘸了。他右腿弯曲，无法伸直，行动不便，却偏偏不用拐杖，走路时每迈出一步，身子就大幅度晃动；即便站立不动，身子也自然撇向一边，斜斜的。是以，只要瞅一眼那标志性的身形，村人就知道是卸古跷子。

没有人叫卸古为王思贤——王思贤只是户口本上的一个符号。村人都叫他卸古跷子，只是当面不叫。当面，大家都叫他卸古。如若叫他卸古跷子，他是要生气的。

早先，卸古跷子一周是有三天在碾米厂的，后来他嫌麻烦，就削减为两天，再后来就削减为一天。

早先，他只要上班时间，就在碾米厂待着，有人来就碾米，没人来就擦擦机器什么的，后来他专门在家里候着，需要碾米，得去请他。

早先，碾一百斤米是两毛钱，除去电费就是他的工钱，后来涨到三毛钱，又涨到五毛钱，村干部也默许了。不默许又能怎样呢？附近几个村，就一座碾米厂，这些机器只有卸古跷子一个人会操作。

曾有人冒犯了他，结果碾米的时候，机器突然停了。卸古跷子慢悠悠地晃过来又晃过去，东摸一把，西看一下，临了，说："机器坏了。"那人慌了，家里等米下锅呢，总不能吃谷子吧。于是，试探着问："今天能不能修好？"黑暗中，卸古跷子的声音一下子大了起来："你说今天修好今天就能修好啊？得换零件，零件还不知道能不能买到。"

那人蔫了。晚上，拎了两瓶老酒，到卸古跷子家里，好话说了一大箩筐，卸古跷子才答应"争取"第二天把机器"修好"。

卸古跷子还是村里唯一的电工，平常日子，村里人屋里拉个电线，换个灯泡，装个开关，接个保险丝之类的事，全得找他。倘若他不高兴，就有各种理由搪塞，你就得黑灯瞎火。

米和电，都不可或缺。卸古跷子的重要性相当突出。也不知道是谁兴起的头，村人每逢杀羊宰猪，都要请他到家里吃一顿，以示尊敬。以至于每到黄昏时候，看到卸古跷子的身影在村中小石桥上晃动时，大家就知道卸古跷子肯定要到谁家去吃晚饭了。

卸古跷子是个单身汉。不过，他是谈过一场轰轰烈烈的恋爱的。他的对象是屋后邻居家的姑娘大花。大花其实真名不叫大花，之所以这么叫，是小时候出过一场天花，在鼻子上留下几个麻点，淡淡的，因为是出天花留下的，村人就夸张地叫她大花。她模样周正，皮肤白皙，身材修长，扎着麻花辫，夏天喜欢穿一件蓝色格子衬衫，婷婷袅袅的。

大花与卸古跷子好上了，这消息对村人来说，不啻平地惊雷。其一，年龄相差太大；其二，容貌相差太大；其三，卸古还是个残疾。

大花的父亲是村里的二把手，平日里说一不二，听说这消息后，气得在家门口跳脚。大花的母亲整日里眼泪汪汪，逢人便说，女儿脑筋坏了，不知道是怎么想的。大花的几个兄弟也颇为恼火，扬言大花再到卸古跷子那里去，就要把她的狗腿打断。

大花毫不在意，一有空就往卸古跷子家里跑。她就坐在卸古跷子跟前，听他讲故事，手托下巴，用崇拜而迷离的眼光看着他；她靠在卸古跷子身上读小人书，读到紧要处，两人笑成一团；有时，她也问卸古跷子一些问题，卸古跷子是颇认识一些字的，年轻的时候也出过远门，到过一些地儿，有一些不同凡响的见解，答案大多让她满意。

大花终于出嫁了。新郎却不是卸古跷子。她的父亲给她找了个山外的货车驾驶员，是退伍军人，高大威猛，条件颇优。按照村里的规矩，女儿是要哭嫁的。但出嫁那天，大花面无表情，一滴眼泪都没有。村人不免有些惋惜，说大花心里还是有卸古跷子的，说卸古跷子值了。

那天，卸古跷子一天没有出门。

后来，改革开放了，市场搞活了。大大小小的超市小店，白花花的大米随便买，碾米厂便关门了。村人的头脑活泛了，学手艺的年轻人多了，好几个小伙子做了电工，卸古跷子的门前也就冷落了。

然而他并不闲着，整天到穿村而过的小溪里捡鹅卵石，捡了很多，堆在自家旱田里，村人都不知道他要干啥。他用那些鹅卵石在旱田中垒起了一座石头房子，在旱田四周垒起了一圈石头围墙，村人还是不知道他要干啥。他又支起了好多竹竿子，竹竿子之间拉起了丝网，把整片旱田弄得如迷宫一般，村人更不知道他要干啥。

直到次年春天，卸古跷子的旱田里放满了水，响起了蛙声，村人才知他养了牛蛙。于是，卸古跷子到处挖蚯蚓。喂牛蛙、挖蚯蚓似乎成了他的职业。

牛蛙一天天长大，卸古跷子却一只也舍不得卖。他说，现在是投资阶段，不能贪小利，要大量繁殖，形成规模之后才出售。村人都夸他看得远。

然而牛蛙的味道到底如何？村人不得而知。有好事者请卸古跷子吃夜宵，怂恿他抓几只来尝尝。他很是豪爽地抓了两只，一只清炖，一只红烧，众人都说味美。

卸古跷子又养蛇，而且是毒蛇，也是养在旱田里。牛蛙养在内环，毒蛇养在外围。村人都说卸古跷子养蛇是为了防贼偷牛蛙。卸古跷子自己却说毒蛇全身都是宝，尤其是蛇毒，价格赛过黄金，比牛蛙值钱多了。

卸古跷子养的是野蛇，都是他亲手抓来的。村人但凡遇见蛇，都要他去抓。他歪着身子，一晃一晃地走近了，弯下腰就把蛇"捡"起来，比村人在路上捡一枚硬币还简单。

无毒蛇，他是不养的；毒蛇倘若受了伤，他也是不养的——全吃了。村人也有吃蛇的，但卸古跷子吃蛇与众不同。他舍不得斩去蛇头，全都一锅炖了；他也舍不得剥去蛇皮，总是连着一起烧了。有人问，毒蛇咋办？他说，这好办，把头去了。

因为经常抓蛇，为防止被毒蛇咬了，卸古跷子特地到山东拜师学艺，采集蛇药。他采蛇药很是讲究，每种药材必定在某一时令去采。据说，有一种药材须得雪下了三日，方可采得，否则便是采来，也是无效。

他的厨房很大，一角摆了一只小磨盘，专门磨药，磨得满屋子都是草木的清香。问他为啥不用机器来磨，回答是机器的转速太快，内部的温度太高，影响药效。

单身汉明宝吊子被毒蛇咬了一口，手臂肿得像水桶一般，到卸古跷子处求药。卸古跷子给治好了。明宝吊子逢人便说卸古跷子的蛇药灵验，救了他的命。卸古跷子不免有些自得，说他的蛇药价值千金。村人都说这回卸古跷子学到了真本事，要发财了。

然而，卸古跷子旱田里的牛蛙竟然越来越少了，终于一只也不见了。养了几年的牛蛙，只是在那次夜宵时吃了两只。有人说是犯了瘟病，卸古跷子沉默不语。

　　毒蛇也一条没有了。卸古跷子说毒蛇善挖洞，都挖了洞，逃走了。

　　没了牛蛙，没了蛇，也没了水，旱田又变成旱田了。只是石头小屋仍在，石头围墙也仍在，然而卸古跷子再也不去石头小屋住了，不久，小屋倒了，围墙也塌了。

　　卸古跷子开了一间小店，卖些油盐酱醋、饼干、花炮什么的，生意倒也过得去。陆续有村人效仿之，却纷纷倒闭。唯独他的小店，一直撑着，就是不倒。村人晚间无事，就到小店里去看电视、聊天，顺便买一点日常用品，小店遂成为村里最热闹的地儿。

　　邻村的单身汉卸毛常到小店里来聊天。他早先是有老婆的，还有一个儿子，后来老婆跟别的男人跑了。儿子长大了，外出打工，也不知去向，他就成了孤家寡人。

　　卸毛头脑活泛得很，贩卖橘子，倒卖木材，承包工程，啥生意赚钱就做啥生意。不过，他似乎没有赚到什么钱，反而欠了一屁股债。有人说卸毛脑子是好的，就是没有看准合伙人，被骗了；有人说，卸毛自己就是个骗子，骗来骗去，骗不下去了；也有人说，卸毛就是运气不好，做生意就是做个运气。各种说法都有。

　　后来，卸毛就老实了，不在外面混了，回家，把老屋收拾收拾，做起了农家乐。又把门前的稻田周围砌上了围墙，种上了竹子，挖上了水池，养鸭，养蛇，养石蛙。

　　也许是与卸古跷子同病相怜，也许是卸古跷子曾经办过农场，有同好。两人常在一起聊天，聊生意，吃蛇肉，成了铁哥们。

卸毛欠债颇多，常有人来讨债，他便常到卸古跷子这里借钱。有人提醒卸古跷子，卸毛欠债太多，当心借了钱还不上。卸古跷子不以为意。卸毛倒是爽快，他承认自己欠了好多钱。但是，他又说，我卸毛谁的钱都可以骗，就是不骗卸古的钱；我卸毛谁的钱都可以不还，就是不能不还卸古的钱。

卸古跷子也说，我就是相信卸毛，卸毛是个好人，你们怎么就不相信他呢？

卸古跷子的小店开了二十多年，小店还是那么小，人却老了，脸色也不太好看了。有人说，卸古跷子病了。他一口否认，傻呢，我吃得下饭，喝得下酒，睡得着觉，有什么病？

后来，他腰身都有些直不起来了，胃口也不好了，脸色也更难看了，他才承认病了。不过，他还是不在乎。有人劝他去医院看看，他说，我自己认识草药，挖一些草药吃吃就好。

草药吃着，人却一日不如一日了。卸毛还是常来聊天、喝酒，只不过卸古跷子酒是喝不下了，只能陪着。

卸毛有些日子没来了。有人说他到外面要一笔钱去了。

又过了些日子，有人说卸毛死了，死在外面了。据说是欠债太多，被仇家所杀；又据说是出了车祸；还有人说，车祸本身就是仇家制造的。对这些话，卸古跷子一概不信。

终于，有远亲把卸毛的骨灰送回来了。得知消息的那一刻，卸古跷子面如死灰。晚上，村里有人请他喝喜酒，他啥也没吃，只是坐着，眼睛直愣愣地望着前方。有人问，卸古跷子，你到底借给卸毛多少钱？他也没有反应。

自此，他就每天在屋里坐着，不说一句话。

村人说，卸古跷子活不了几天了。

一个月后，卸古跷子死了。

有人说，他自己不注意，哪有生了病不去看医生的。有人说，是卸毛害死了他，不然他还是能活好些日子的。也有人说，他是蛇肉吃得太多，中毒太深，只怕看了医生，也无力回天了。

一时间，众说纷纭。

不过，有一点是可以肯定的，大花出嫁之后，卸古跷子再没有谈过一场恋爱，也没有亲密接触过一次女人。村人说，他的心里是装着大花的。

不管怎么说，卸古跷子真的死了。

老钱馄饨

老钱的馄饨铺是山村唯一的小吃店，只卖馄饨。

店小，一间木房，上盖竹瓦，内置一床、一桌、一操作台、一堆煤球，加上数只小木凳，如此而已。非是主人不想再添置家什，确实再难容得下其他物件。

老钱馄饨，手工制作，仅靠一双大手与一根擀面杖，伴随着"哼哧哼哧"的使劲声儿，一堆面粉渐渐变成一个面团、一块面饼、一张面皮，渐渐轻薄得能照见对面的人影儿。擀到紧要处，老钱踮起脚，伸直胳膊，耸起肩膀，咬紧牙关，两腮涨得通红。老钱馄饨皮薄、馅大、量足、汤清，颇获山民赞誉。其时，我与两位师兄正在山中做教书匠，也经常去吃。

有段时间，乡间忽而兴起到衢城购馄饨皮，自个儿包馄饨。对此举，老钱甚是鄙夷，说："老手艺哪里是机器可比的？不用多久，他们还会回我店里吃馄饨。"未久，果然。

早餐未烧，吃一碗老钱馄饨，果腹；胃口不佳，吃一碗老钱馄饨，开胃；偶患小恙，吃一碗老钱馄饨，养人。老钱的馄饨伴着周边的山民，也伴着我，度过了暮暮朝朝的清苦岁月。

冬夜，雪大如斗，风啸如狼，我们师兄弟三人在小村的破电影院里看电影。电影毕，积雪已盈尺。踏雪而行，路过老钱的店门，风雪弥漫中，老钱年久失修的小木屋越发东倒西歪，黝黑的板壁，支离的竹瓦，在积雪之下，似乎随时都有垮塌之忧。

师兄建议敲开老钱的店门，吃一碗馄饨，暖暖身子。

"嘭嘭嘭……"敲门数声，高卧的老钱起床开门，他一边和我们打趣，一边慢吞吞地开启煤炉，洗刷锅具，倒入开水，扇风旺火……

半刻钟之后，热腾腾的馄饨上桌，昏黄的灯光下，小葱青，辣椒红，馄饨薄如蝉翼，飘若浮云。我们食欲大动，"呼哧呼哧"地开吃——辣、烫、香、鲜，馄饨带着一股股热乎劲儿，沿着舌头，顺着喉咙，途经心窝，抵达肠胃。

老钱笑眯眯地欣赏我们的吃相，似乎想说点啥，后来终于没有忍住："好吃吧？"

"好吃，好吃！"我们嘴里含着馄饨，含糊不清地回应他。

他粗大的手掌在胸前交叉着，相互搓了几把，又摸了摸硕大的板寸头，"嘿嘿嘿"地笑了几声，说："从没有人这么晚这么冷还来吃馄饨。今天，我给你们加了料的。"

老钱的馄饨铺一直开着，一直只卖馄饨，直到对面开了一家小王馄饨。据说，小王馄饨皮子更薄，吃起来更有嚼劲。食客多喜欢图个新鲜劲儿。那段时间，老钱的生意颇受影响，心很是受伤，脸色不太好看。我曾听他抱怨过一次："年纪轻轻的，一身好力气，干啥不好，开什么馄饨店?！"

过了数日，老钱的生意重新有了起色，他的脸色也好看起来了。我很好奇，想探个究竟。老钱得意地说："他价钱和我一样低，我就用料比他足；他用料和我一样足，我就分量比他多；他分量和我一样多，我就味道比他好。他，比不过我的。"

又过了数日，小王馄饨店推出了新品种——包子，一时间好不热闹。老钱门前又冷落下来了，后来索性关了门。有人说，老钱是到城里拜师学艺去了。

数日后，老钱馄饨重新开张，也卖起了包子。大伙儿又一股脑儿去尝老钱的包子。老钱忙得腚不沾凳，还不忘撇起嘴角，朝着小王店铺的方向，丢下一句："其实，我早就会做包子！想把我老人家比下去，嘿嘿，他想得美！"

就这样，两家馄饨店你来我往，先后推出了面包、花卷、萝卜饼、雪菜饼、玉米饼……还拼起了炒菜。我等食客隔三岔五就能品尝新口味，对他们之间的市场竞争更是充满期待，以至于如果他们某一段时间暂息战火，心里就有些失落。

后来，小王身陷命案，被处极刑。此后，老钱神情落寞，话也少了，一向挺直的老腰也似乎有些佝偻了。客人来时，他照样忙活，只是眼里少了一分神采。空闲时，他常搬个小木凳，坐店门前枯坐，偶尔"唉"地叹息一声，不知道是为年轻的生命而惋惜，还是为少了竞争的对手而嗟叹。

再后来，老钱解手时用力过猛，脑血管破裂，也死了。

老钱馄饨遂成绝唱。

老皮爷

"老皮"是人名。"爷"即"爷爷"——在我们老家,"爷爷"是个单音节的词语。

初识"老皮爷",我还很小。那天,我坐在门槛上,正努力把一片竹子削成想象中的青铜宝剑。门外来了一人,头小,身小,还有点儿驼背;他的脸似一张老树皮,皱得不成样子,挂着谦卑的笑。

见有客人来,我便起身飞奔向厨房,呼叫着:"奶奶,奶奶,有客人来了。"

祖母边用围裙擦手,边颠着脚跑出来,看见那人就招呼道:"哎呀,老皮,是你来了。"又回头催促我:"快,叫老皮爷。"

"老皮爷。"我躲在祖母身后怯生生地叫了一声。

祖母和老皮爷聊了几句,又回厨房忙乎去了。我坐在门槛一头,老皮爷坐在另一头,帮我削宝剑。我没想到老皮爷愿意坐在门槛上和我玩,更没想到他那筋骨暴露的手居然这么灵巧,竹片在他的手上很听话,三下五下,就有了宝剑的样子。我开始对老皮爷感兴趣了,彼此之间话多了起来。我发现他是个有故事的人。就这样,头次见面,我们便熟识了。

等老皮爷走后,我问祖母,老皮爷是干什么的,我为啥以前没有见过他。

祖母说:"老皮爷是个单身汉,是公社林场里的工人。人长得矮小,有点儿驼背,家里又穷,大家都不太搭理他。只有你爸每次看到他,都要和他打招呼。他觉得你爸是干部，还和他说话，做人真好，就交上朋友了。"

"那我以前怎么没见过他呢？"

"他和你爸交上朋友的时间并不长，来得不多。以前来的时候，你又刚好不在家。"

其实，我挺想老皮爷能常来我家的，至少他能帮我做宝剑。

老皮爷来我家的次数果真多起来了。祖母说，老皮爷是因为喜欢我，才常来的。我能感受到老皮爷对我的喜欢，他每次来都讲故事给我听，走时都给我一个红包。

母亲知道了，就责备我，说老皮爷自己都很穷，不该收他的红包。老皮爷得知此事，非常不高兴，认为这是瞧不起他。直到我终于肯收下他的红包，他才眉开眼笑，似乎不愉快的事情从来没有发生过。

有时，天色已晚，老皮爷就在我家留宿。我和他一起睡。

家里没有多余的床铺，我们只能到楼上去睡——所谓的楼只是在横梁上铺上木板。这些木板大小厚薄不一，又没有用钉子固定，走上去"咣当咣当"地响，让人心惊肉跳。

就着昏暗的油灯光，在楼板上铺上稻草，垫上草席，摊开被子，就成了床。我和老皮爷背靠柱子，坐在床上。

"老皮爷，讲个故事。"我有些迫不及待。

"别急。先抽一袋烟，提提神。"老皮爷拿出旱烟杆，装上烟草，划着火柴，抿紧腮帮子，深深吸一口，"呼"地一下，缓缓喷出烟来。"怎么样？你要不要来一口？"

"好！"我觉得挺好玩的。

老皮爷给我装上烟，又帮我划着了火柴。"滋"地一下，我吸了一口，刚想学着老皮爷的样子喷出来，"吭吭吭"一阵咳嗽。

老皮爷笑了，他拍拍我的背，说："不急，不急，慢慢来。"

我又吸一口，又是一阵咳嗽。一老一少都觉得挺好玩，笑成一团。

老皮爷止住笑，给我出了一个主意："你把烟吸进嘴里以后，从嘴里吐出来，不要从鼻孔里喷出来，就不会呛到了。"

我试了试。果然。

过足了烟瘾，老皮爷开始讲故事。他讲的都是亲身经历的事，很真实。

我印象最深的是两件事，都和吃有关。

一件是烤玉米。老皮爷早上去上班，因故在路上耽搁了，等他赶到时，伙伴们已经出工了。老皮爷心急火燎地扛上锄头，去追赶伙伴。中午，大伙儿坐在玉米地里吃午饭时，老皮爷才发现自己早上忙着赶路，饭包忘带了。回去吃饭是不可能的，路太远，得耽误半天工夫。他灵机一动，捡了几把柴，烧了一堆火，掰了几个嫩玉米棒子，丢进火堆，烤熟了，凑合着吃了一顿午饭。

在山上烧火堆烤玉米，多好玩啊！我神往不已。

后来，我随母亲到玉米地里去干活，几次都故意想把饭包落在家里，以便有理由烤玉米当午饭，可惜都被母亲发现了，没有如愿。

一件是煨豆子。天冷，又下了大雨，不能出工，老皮爷用一只破锅做了一个火炉，添了一锅炭火，大伙儿躲在屋里烤火。火上放了一只小铁盘，煨豆子吃。炭火红，黄豆圆。用一块木片儿拨拉着，豆粒在盘里打滚儿，不一会儿就"噼里啪啦"响个不停，香气四溢。

"豆子熟了，不跳出来吗？"我问。

"要跳出来的。有的跳到炭火里，我们便捡起来吃。"老皮爷指手画脚，似乎面前真有一锅炭火，一粒黄豆真的掉进炭火里了。

"有的跳得好远，跳到锅外面去了，我们便起身，满地找。"老皮爷俯下身子，东张西望，似乎真的在找一粒不知滚到哪儿去的豆子。

于是，我又想玩煨豆子了。

后来，我在火熜里，用"十滴水"的药瓶子煨了一次，又用"百雀羚"

面油盒煨了一次，好歹如愿了。

再后来，老皮爷来我家的次数突然少了。祖母说，老皮爷生病了，肺结核，是传染病，他怕传染给别人，是以绝少外出走动。

八岁那年的"六一儿童节"，我在操场上玩，老皮爷忽然出现在我身前。他站在离我好几步远的地方，笑容依旧，可是很瘦，脸色明显没有以前好。我们有一句没一句地聊天，老皮爷问了我好多话。临走时，他走近我，塞给我一个红包——两块钱纸币。在那时，这是好大的红包。

没过多久，祖母告诉我，老皮爷死了。我跟着祖母去向老皮爷告别，一路上，我们都没有说话。

老皮爷静静地躺在床上，他的脸显得更瘦更小了。祖母拉我到床前，说："来，拜一拜老皮爷！"我躬身拜下时，祖母又说："老皮啊，你在天上保佑孩子像狗一样像牛一样吧！"

想到这位与我非亲非故，却带给我许多慈爱与欢乐的老人，从此就永远离我而去了，我悲从中来，放声大哭。

老皮爷已经去世四十多年了，我每年都会想起他，虽然至今不知道他姓什么，也不知道"老皮"两字是否这样写的。

张老师

张老师是我父亲中学时的班主任兼语文老师，我只见过他一面。而有关张老师的故事，从小到大，一直到我走上讲台，已记不清听父亲讲过多少次了。

张老师对上课的时间拿捏得特别准。

父亲读中学时，老师们都没有手表，学校里值班的老师依靠一只小小的闹钟掌控时间，以铁锤敲击悬挂着的钢轨发出的响声为作息信号。每次张老师讲完课，夹起课本说"下课"，学生刚刚站起来说"老师再见"时，钟声就会准时地响起。偶尔有几次，师生已经互道再见了，钟声却还没有响，张老师就从窗户上探出头去，几乎每次都是他刚刚探出头，钟声就响起来了，以至于每个学生都认为，不是张老师提前下课了，而是值班的老师敲钟稍稍迟了一点。

据父亲回忆，那时张老师也就二十岁出头，可是很怕冷，一到冬天就整天笼着个火熜不放手。父亲读书时是属于"品学兼优"一类的学生，常常被张老师叫到宿舍里，帮他批作业。而张老师自己则笼着火熜，坐在被窝里，眯着眼睛，不知是在打盹儿，还是在想事情？每次批完作业，张老师都要亲自泡上一杯热腾腾的山粉糊糊，给家境贫寒的父亲充饥。

小时候，每次听到这里，我对那山粉糊糊总是充满了无限的神往：想象少年时的父亲在冬夜，整理好一大叠作业后，静静地享用张老师亲手泡的山粉糊糊，辘辘的饥肠，腾腾的热气，那是怎样的一种享受啊？

多年以后，我才知道，所谓的山粉，是一种叫作"葛"的多年生藤本植物的根，磨制后加工成的淀粉，有清火解毒之功效，不过比较难采集。

张老师是语文老师，可是他对中学里的其他课程也十分精通。

父亲那时和另外几个"品学兼优"的同学一起，被张老师安排坐在教室的最后面。几个"品学兼优"的同学在一起，有时也会小小地违反课堂纪律。尤其是自修课，常常借用"讨论问题"的名义，悄悄地聊天。张老师似乎是知道的，可是一直没有说什么。

直到有一次，他们又在以研讨为名，行聊天之实。被张老师"捉拿归案"后，他们还一起狡辩，说是在讨论问题。于是，张老师对全班同学说："好吧，以后自修课一概不准讲话。有什么作业不会做，有什么学科的问题难以解答，都来问我。"

这下子，几个"品学兼优"的同学不服气了：虽说您是老师，但肯定也不是什么都懂的。他们要试试。于是，就拼命在语文书上找些刁钻古怪的问题，这自然难不住张老师。语文行，数学就不行了吧？他们恶作剧地从高年级的数学书中找来了自认为天书一样的方程组去请教，没想到张老师三下五去二，一下子就做出来了。这下子，几位"品学兼优"的同学傻眼了。

张老师的表现更加激发了他们的好奇心和好胜心，物理、化学、生物、英语，一门门功课试过去，可就是难不倒张老师。

最后，他们拿出了"撒手锏"——俄语。那时，中苏关系正如日中天，中学开设了俄语课，对这门新的学科，想必张老师是不懂的。于是他们就挑了一道俄语题目去为难张老师，没想到张老师略一沉吟，就回答出来了；拿去给俄语老师一看，吓了俄语老师一跳：你们连这样的题目都会做了？而且还做得这么好？"品学兼优"的同学们彻底服了。

张老师退休多年后，父亲去拜访，无意中谈起往事，他笑笑说："我读过九年英语，三年俄语。"父亲恍然大悟。

那时，学校号召向贫下中农学习，每周都有劳动课。有一次劳动课，挑稻草，父亲和几个同学负责扎草把子，另外几个同学挑。有一个男生，力气特别大，挑起担来好像不费力气似的。他还说："你们捆得多大，我都挑得动。"父亲就和几个同学一起，扎了两个奇大无比的草把子。为了把稻草扎得更结实，尽可能多地增加分量，父亲还爬到草把子上使劲地跳。

正跳得高兴的时候，张老师过来了，严肃地说："谁叫你们扎得这么重的，谁挑得动啊？！"父亲手一指："他啊。"那男生接过话说："老师，是我说的，他们扎多少大，我都能挑得动。"说完撩起扁担，挑起两捆扎扎实实的草把子，"噌噌噌"地走远了。

张老师有点儿惊讶，又有些尴尬，半晌抛下一句话："就算他挑得动，以后也不能扎得这么重。你们正在长身体，受伤了可不得了。"说完，转身走了，留给大家一个背影。

"品学兼优"的同学们在功课上没有占到任何便宜，没想到在劳动课上无意中打了个小小的"胜仗"，高兴得跳将了起来。

父亲讲得最多的是这件事：

有一次，父亲数学考试得了一百分。自修课的时候，其他同学都在订正试卷，唯独父亲无所事事。张老师看见了，向父亲招招手："你上来。"父亲很高兴，以为要受到表扬了。

"你这次数学考了几分？"

"100分。"父亲掩饰不住地自豪。

"这份考卷如果叫华罗庚来考，他最多能考几分？"张老师继续问。

父亲似乎察觉到有什么不对劲了，认认真真地回答："最多也是一百分。"

"想一想，同样是一百分，你和华罗庚之间有多大的差距啊？"张老师一语惊醒梦中人。

父亲满面羞愧，惶惶然而退。

我读初中时，曾见过张老师一面。

那是一个下午，老师说县政协的领导到学校调研，要召开学生座谈会，我作为"品学兼优"的同学之一，有幸参加了。走进学校小小的会议室，会议桌的正前方坐着一位瘦小干瘪的老头儿，一脸弥勒佛般的微笑。校长向我们介绍说，这是县政协副主席——张老师。随后，向张老师——介绍了参加座谈的所有学生的名字。

介绍到我的时候，张老师笑眯眯地看了我一会儿，问了我一句话："你的爸爸是不是叫赖土木？"

我惊奇地说："是啊。"

张老师高兴了，连两条弯弯的长寿眉也挂满了笑意："哈哈，我一眼就看出来了，长得和你爸爸小时候一模一样。"

"您，您就是我爸爸中学时的班主任——张老师吧？"我回过神来了。

这下子，轮到张老师惊讶了："啊哈，你怎么知道我啊？"

"我爸爸很多次讲起关于您的故事呢！"

后来，座谈会到底谈了些什么，我一点儿也不记得了，满脑子都是父亲讲过的故事。

作家阿累有一篇文章，题目叫作《一面》，写他在内山书店，匆匆见到鲁迅先生一面的情景。一面之缘，在阿累的心中留下了回味一生的记忆。而张老师呢？在和张老师短暂的会面之后，留在我心里的依然是一个又一个的故事，只不过在这些故事之后，多了一位老者淳淳的笑意。

后来，我也成了老师，我把张老师的故事讲给学生听。

再后来，我有了女儿，很多次把张老师的故事讲给她听，女儿太小，好多次听了之后，她都一个劲地问我为什么；有几次，又一个人痴痴地出神，好像在思考什么。

现在，我的一些学生也陆续走上讲台了。我相信，他们也会把张老师的故事，讲给他们的学生听。

赤脚医生

　　小阿姨就嫁在我们自己村里，与我家仅隔一条小溪，因此我经常能看到小姨父。

　　小姨父名叫良树，是村里的赤脚医生，时常挽着裤脚，带着一腿泥，背着印有红十字的药箱，匆匆地赶路。

　　我曾非常纳闷：为啥小姨父脚上穿着鞋子，却又叫赤脚医生呢？后来，总算是弄明白了，所谓"赤脚医生"是乡村中没有纳入国家编制的非正式医生，平时赤着脚下田种地，一旦村民有病，立马背起药箱救人，有时连鞋子也顾不上穿，是以村民管他们叫作"赤脚医生"。

　　我也是小姨父的病人。三岁时，我端着碗走路，不小心摔了一跤，碗破了，鼻子碰在锋利的碎片上，鼻尖差点儿被割下来，只剩下一丝皮肉还勉强连着。母亲和姑姑连忙把我送到小姨夫家去救治。

　　小姨夫脸色冷峻，不停地到药箱里取镊子、钳子、棉花、药水，医疗器械搁在金属盘子上，不时发出"啪啪"的响声。鼻尖上的血不停地流下来，热乎乎的。明晃晃的刀钳在我眼前晃动。我紧张万分，大哭不止。

　　小姨父边操作边安慰我："囡妹（土话，娃娃的意思），别哭，不能动的啊，一下子就好，一下子就好了……"

　　他又不停地提示母亲和姑姑："抓住囡妹的手，不要让他乱动；扶正他的脑袋，夹紧了……"

不一会儿，小姨父的药箱旁堆了一堆带血的药棉。

"好了，好了，马上就好了。"小姨父一边说，一边拿起一把小剪刀，利索地将消炎粉的包装袋剪开一个角。"别动，别动啊，你一动又要重新来过了。不动，鼻子就治好了；一动，鼻子治不好，长大了，连老婆都娶不到了。"

我睁着眼睛，一动也不敢动，任由小姨父在我眼前轻轻抖动着消炎粉的袋子，将药粉一点点一点点撒在我的鼻尖上。然后，小姨父给我敷上药棉与纱布，用一只手按住，另一只手撕下几条胶带，固定住药棉与纱布。

当天夜里，小姨父失眠了；次日夜里，小姨父又失眠了。因为他突然不敢确定包扎鼻尖时是否按正了位置；即便按正了，他也不敢确定在给我敷药棉与纱布，以及用胶带固定时，鼻尖是否走位。

当然，这个秘密是在十四年之后，我十七岁时，小姨父才和我讲的。他说："给你包扎好鼻子之后，我直起腰身，才发现背后的衣服已经湿了一大片。夜里，我躺在床上，猛地担心鼻尖没有扶正，连着两夜失眠。我也不敢和你阿姨讲这话，怕她也担心、失眠。如果你破相了，我会内疚一辈子的。当医生真是责任大如山，不能出半点儿差错。"

那时，我在村子里，只佩服两个人：一个是村会计，他经常把账本与一叠票据摆在桌子上，看一眼票据，在账本上写一些我们小孩子看不懂的数字；另一个就是当赤脚医生的小姨父。他们是村子里仅有的知识分子。相比较而言，我更钦佩小姨父，尤其对小姨父的药箱，是十分的好奇。

药箱分两层，上层摆放着小而精致的各种器械，锃亮锃亮的；下层是大大小小的药瓶子和药袋子。上层可以单独拆下，放在一边，方便取放物品。

每次小姨父要给病人注射，都要从药箱上层取出一只小巧的铝盒，在铝盒盖子里倒入酒精，架上支架，放上盒身，注入开水，点燃酒精，给注射器消毒。

我好想玩一玩这套装备，可是不敢开口问。况且，我知道，即便问了，小姨父也绝不会给我玩。

小姨父注射时，就不好玩了。他用一片小小的砂轮，"咯吱"一声，沿着透明的药液瓶凹槽处割一圈，轻轻一折，药液瓶断为两节。抽好药液，他会眯起眼睛，举起注射器，针头朝上，微微推动推杆，直到看到针尖喷出一股细细的药液。

我小时候体弱多病，每当此时，嘴巴上说"小鬼（土话，男孩子的意思）不怕打针。"其实，心里怕得要命。

我对小姨父的药箱感到好奇，除了那些好玩的器具之外，还有另外一个原因：每年总有一两次，小姨父会背着药箱，挨家挨户给小孩子发糖丸。糖丸滚圆滚圆的，有玫红的与白色的两种。每次，他把糖丸递到我手上，都要叮嘱我，要吞下去啊，不能吐掉，还要亲眼看着我吃掉糖丸，才去另一家。

那糖丸入口即化，鲜甜鲜甜的，我哪舍得吐掉？很多次，我都想着小姨父可能会因为亲戚关系，多给我一颗。于是，分发糖丸时，我就跟着跑。我希望他能把没有发完的，给我一颗解馋。可是，没有。

终于有一次，我跟着小姨父跑完了最后一家，亲眼看到药箱里还有不少糖丸，就鼓起勇气问他："小姨父，能不能再给我一颗？"

小姨父非常诧异地看着我，严肃地说："这是药，不能多吃的。吃多了，要吃坏的。明白吗？"

从此，小姨父分发药丸时，就再也没有跟屁虫"护驾"了。

小姨父对自己的医术颇自信。

一次，舅妈腹痛，吃了两天小姨父开的药片儿，效果甚微。舅妈不放心了，要到城里大医院去。

小姨夫说："不用去的，你的病急不得，继续吃这个药，明天就会好多了。"

舅妈不听，执意要去。

小姨父没办法，只好说："你实在要去，我也不拦你。你把我开的药带去，免得花冤枉钱。"

舅妈去大医院之后，医生看了小姨父开的药，对她说："你回去吧，继续吃这个药，晚上就能舒服一些了。"

舅妈回家以后，吃了药，晚上果真舒服了许多。再过数日，病告痊愈。

小姨父听了这事，不免有些自得，他对舅妈说："怎么样，听我的话，连车费都可以省了。你这病，得急病慢治。"

同乡的另一个赤脚医生，大号宣统，人戏称其为"皇帝"。"皇帝"医生曾和我聊天，对我小姨父大为赞叹："我们赤脚医生每年考试，你小姨父每次都是全县第一名。"

他无奈地摇摇头，继续说："我们再努力，也只能去争第二第三名了。因为良树太厉害，每年的分数都超出第二名好多。"

我对小姨父考全县第一名，颇不意外。他人如其名——良树，就是栋梁之材，智商极高，小学毕业时，曾考上省重点中学——衢州二中的初中部。可惜，他的父亲缺乏远见，借口负担不起，让他回家务农，从此一颗读书的种子就被摁在了老家的山间地头。

小姨父对自己的酒量也极为自负。

村民们知道他好这一口，每每家里有病人，就烧两个好菜，让他给病人服了药或打了针之后，坐下来歇一歇，喝几口，待会儿顺便看看病人的反应。

小姨父有一句口头禅，叫作："我过一条门槛，可以喝一碗酒。"意思就是，他分解酒精的能力很强，喝酒以后，稍候片刻，就能恢复功力。

不过，小姨父尽管对酒量颇为自信，他每次在病人家只喝几小口——这是他的底线——他常说，喝酒误事，不能拿病人的生命开玩笑。

十八岁时，我在师范学校读书。晚上，父亲来给我送伙食费。在昏暗的路灯下，父子俩简单地聊了两句，各自转身离开。

走到楼梯口时，父亲忽然转过身来，对我说："你良树小姨父死了。"

我没想到父亲居然没头没脑地说了这么一句话，怀疑自己听错了，不由得追问了一句："是谁？"

父亲重复了刚才的话："你良树小姨父死了。"

我确定自己没有听错，不禁黯然。

前一个周末还见过小姨夫。那天，我回老家，到小姨父家玩。我和他说，我的鼻炎很严重，医生建议开刀。我征求小姨父的意见。

他说："就目前的医疗水平，治疗鼻息肉还是手术切除比较好。"

阿姨和小姨父开玩笑："到时候建平开刀，你要不要去看一下他？"

小姨父正色道："隔壁邻居住院我都要去探望一下，何况是自己的外甥。我这个做姨父的，要是连几个苹果都出不起，在地方上还怎么做人啊？"

听了这话，我们哈哈大笑。

可是，小姨父怎么突然就死了呢？

父亲说："晚上，他骑了自行车，到隔壁村子去看病人。天比较黑，回来时，他骑到一座桥上，连人带车翻了下去。被发现时，已经没用了。"

"可是那座桥并不高啊？！"

父亲说："没有大的外伤，脑袋上破了一个小洞，出血很少，估计血往脑内流了。送到医院，就直接拉到太平间去了。"

十八岁，我第一次深刻地感受到生死无常。

"为啥不通知我参加小姨父的葬礼呢？"我问。

父亲说："人已经没有了。这些身外之事，就没有多大的意义了。"

现在，每年清明，去给小姨父扫墓时，我就禁不住要想：如果当年小姨父去衢州二中读书了，他的生活肯定是另一番天地，就不会出这档子事了。

关于读书的问题，我曾经问过小姨父。他听了之后，淡然一笑："事情已经过去了，再想，也没有用。这就是我的命吧。"

我又想，如果小姨父出诊时不喝酒，是不是就不会出这个事故呢？

据说，当时病家曾挽留小姨父，说天黑路暗，住下吧。可小姨父觉得，这是隔壁村庄，常来常往，熟门熟路，就拒绝了。如果，当时他谨慎一些，或者病家挽留得热情一些，事故也不会发生了。

可惜，生命根本不容假设。

长　富

寺坞村的王长富家，代代务农，代代贫贱。

父亲给他取名"长富"，是希望他能摆脱厄运，过上好日子。可惜，王长富不但不富，而且简直背运到了家——

双亲在他十岁之前相继离世，他凭一己之力养活了自己，还盖起了三间草房，在二十岁出头成了家，有了一对可人的儿女。好不容易活得像个人样了，可惜妻子一病不起，撒手西去。他带着两个未成年的孩子，当爹又当妈，艰难度日。

眼看就要过年了，王长富心里那个急呀！孩子没有一身像样的衣裳，家里没有一样像样的年货，更糟糕的是，欠村里马有财的三块大洋该还了。他不是不想还，是真的没钱。马有财倒是真的有财，不缺这三块钱，可就他那德性，到期不连本带利索债，除非太阳从东边落下去了。

年难过。王长富想出去躲一躲，可他能躲到哪里去呢？谁肯接收他与两个孩子呢？再说，躲得过初一躲得过十五吗？最后还得面对马有财那张阴沉的马脸。思前想后，王长富倒铁了心了，哪儿也不去了，反正没钱还债，该怎么就怎么吧。

不过，别的可以没有，猪肉说什么也得有。大过年的，总不能用一碗野菜饭祭祖供佛吧。来回走了六十里山路，王长富到镇上的屠户老郑那儿赊来一小块猪肉。

大年三十上午，王长富往锅里加了水，点起了灶火，把猪肉放进锅里煮一煮，准备祭祀祖宗，敬谢神灵。水开了，肉香慢慢飘起来了，两个孩子兴奋地围着灶台打转，不停地喊着："吃肉喽！吃肉啦！"王长富的嘴角漫上一丝丝笑意——尽管缺衣少食，但两个孩子都还健康，无灾无病，让他略感欣慰。

再加一把柴，肉就煮好了。王长富准备到屋檐下抱一捧柴火，左脚刚跨过门槛，就看到了马有财那张阴沉的马脸。他下意识地抽回脚，想躲进屋里，可是来不及了。

"长富，你该还钱了！"马有财嘴里吐出来的每个字都像屋檐上挂着的冰凌儿，又硬又冷。

王长富比马有财高半个头，可现在腰弯得像一只虾米，整个人看起来比马有财还要矮三分。他脸上堆着谦卑的笑容，讨好似的说道："有财，今年年成不好，我又要照顾孩子，腾不出多少手来干活，你再宽限几天吧？可好？"

马有财的马脸拉得更长了："咱可是说好年前还钱的。我还等着这钱过年呢！拿钱来吧！少废话！"

"有财，你家不缺这俩钱过年。如果有钱，我早还上了，还要你到我家来催不是？"王长富的腰弯得更低了。

哪来的肉香？马有财鼻翼翕动了几下，抬腿就往王长富家厨房走去。灶膛里的火还旺，锅里"咕噜噜"地响，一阵阵白汽从锅盖的缝隙里往外钻，挟着肉香，飘向黑乎乎的屋顶。马有财"呼"地揭开锅盖，看到那块肉在沸水中翻滚，气就不打一处来："好啊！你说你没钱，锅里的肉是哪来的？大过年的，我放债的吃不上肉，你欠钱的倒吃上了，这啥世道？！"他边说边捞起肉，转身就走。

孩子俩一看肉被拿走了，"哇"地一下哭出声来了。王长富俯身搂住他们，安慰道："别哭，别哭！肉被他拿走了，咱还有肉汤呢。"

马有财听了这话，怒气冲冲地折身回来，抓起一大把炉灰，撒进锅里："我叫你喝肉汤！我叫你喝肉汤！"

除夕之夜，王长富在菩萨面前供上了一碗满是炉灰的肉汤，许下心愿：有朝一日，我王长富发财了，一定为您整修寺庙，重塑金身；凡是穷人来借钱，我绝不上门讨债！请菩萨保佑我！

当天夜里，好不容易把孩子哄睡，王长富已心力交瘁，疲惫不堪，合上眼没多久就进入了梦乡。梦中一位白发白须的老爷爷拄着拐杖站在床边，对他说："村后寺庙里最大的佛像下藏着金银珠宝，把佛像背后的一个机关扳开，伸手就能拿到了。财宝拿到之后，你要履行诺言，传播善心，广结善缘。"

醒来之后，王长富居然把这个梦的每个细节都记得清清楚楚。或许这是真的，他想。但转瞬间就否定了这个可笑的想法——怎么可能呢？这么好的事情，怎么可能轮到自己的头上呢？这只是一个梦而已。

尽管不信这个梦是真的，但他一整天都心神不宁。

夜幕降临，家家户户的屋顶上升起了炊烟。

白胡子老人，村后的寺庙，最大的佛像，暗藏的机关……梦中的一切在王长富的眼前依次闪现。或许这是菩萨托的梦吧？去看看又何妨？哪怕真的只是一个梦，他也没有损失什么。

王长富拿起一柄锄头，挑起一担箩筐，穿过渐浓的暮色，向村后的寺庙走去。

跨过残破的寺门，踏进昏暗的大殿，夜幕中的大佛蛛丝百结，法相庄严。王长富在佛像面前跪下，恭恭敬敬地磕了三个响头，抬起头来的时候，似乎看到佛像对他微微笑了一下。

攀上三尺多高的佛台，撩开佛像背后积满蛛丝与灰尘的幔帐，王长富小心翼翼地蹲下身子，伸手摸了摸，果然摸到一个机关，轻轻一拉，"哗"地一声，把他吓了一大跳，佛像背后现出一个大洞。

定定神，王长富俯下身子，伸手掏了掏，触手处珠圆玉润，宝器叮当作响。梦中的一切竟然都是真的！王长富摸了摸狂跳不已的心口，把佛像后的金银珠宝全掏了出来，装入箩筐，又小心地把机关合上，幔帐遮好。

从佛台上下来，他整整衣裳，在佛像前虔诚地跪下，双手合十，嘴里念念有词：菩萨在上，天地作证，我王长富说过的话一定做到！说完，他伏下身子，又恭恭敬敬地磕了三个响头。抬起头来的时候，佛像似乎又对他微微笑了一下。

不久，王长富带着俩孩子出了一趟远门，没有人知道他在外面都干了些啥，但是一年以后他回来了，还带来了一批能工巧匠：他们推倒了茅屋，建起了新房；修缮了寺庙，重塑了金身。

十里八乡的人都知道王长富发了。走投无路的人到他这里借钱，他来者不拒。

渐渐地，人们又得知王长富有"三不借"：要赌钱的不借，做生意的不借，不孝顺的不借。

距寺坞村二十多里有一个杨坞村，翻过一个山头就到了。村里有一户人家，老夫妻俩膝下有八个儿子，日子虽然过得清苦，但是眼瞧着八个孩子噌噌噌地长大，几个大孩子都成身强力壮的小伙子了，一家人倒也其乐融融。

天有不测风云。除夕之夜，一场大火把他们的房子给烧了，除了儿子们奋力抢出的几身衣服和几样农具之外，一无所有。万幸的是，一家老小都没事。有人就有一切。家里的几个壮男丁自力更生，上山伐木，下河扛石，不多久就备好了造房所需的材料。可是光有这些不顶事啊，还得请木匠与石匠，这工钱与伙食费从哪里来呢？一家人为此愁眉不展。

"要不，我到寺坞的王长富家去看看，问他借几个钱，好歹得把屋架给搭起来。"女主人想到了颇有善名的王长富，决定去试一试运气。临行前，她带上了幺儿老八——老的老，小的小，这样或许更能博得王长富的同情。

翻过一座山，就到了寺坞村。她战战兢兢地叩开了王长富的家门，又战战兢兢地说明了来意。

王长富早就听闻邻村的火灾了，看着眼前头发花白的老妇，还有躲在她身后那个半大的男孩，他的心温软无比。

"你要借多少钱？"

"我借五块钱。"五块大洋，是她一辈子都没有见过的巨款——咬咬牙，才说出了这个数。

"五块钱？"王长富沉吟了片刻，"五块钱怎么盖得起房子呢？工钱都付不出去。这样吧，你拿十块钱去。"

当王长富把十块大洋放到她的手心时，她的泪水夺眶而出，一把拉过藏在身后的幺儿，"砰"地跪下了："快！给恩人磕头！"

这不是故事，而是真事。

女主人是我父亲的奶奶，我的曾祖母；幺儿老八是父亲的八叔，我的八爷爷。父亲小时候常跟着我八爷爷玩耍，八爷爷多次和他讲过这件事。

父亲也多次和我讲起这件事。

我七八岁时，曾在八爷爷家住过好长一段时间，他家的房子所用的木料没有一根是直的——整幢房子是杂木构架的——杂木历来长得七歪八拐。我曾好奇地问八爷爷：为啥不用直挺的松木造房子呢？八爷爷告诉我，用松木要花钱，用杂木只要花力气就行。当时，我没听懂，如今懂了。

八爷爷已去世多年，老房子还在。

女儿曾经问我："咱们家后来把钱还了没有？"

这个问题我曾经问过父亲，父亲曾经问过八爷爷，可是八爷爷那时太小，这事也记不清了，但是有一点他记得很清楚——王长富从未上门讨债。

龚老头

　　龚老头是我初中时的政治老师，他常年穿中山装，胸前口袋里插一支钢笔，为人方正，不苟言笑。调皮捣蛋的男生暗地里叫他"龚老头"，起初我感觉有些不敬，久之，又觉得别有一种亲切感。

　　龚老头是分管政教的副校长，每天早上都会到寝室门口吹哨子，叫我们早起。"嘘——"一声哨响，我们必须十万火急地起床，否则就会挨批。白天，他没有课时，就板着脸，背着手，在学校里巡视。晚自修时，他会悄无声息地出现在教室的窗户下，猫着身子，看是否有学生聊天做小动作。就寝之后，他就在寝室外转悠，有捣蛋鬼以为他走了，开始轻声讲话，寝室外就传来威严的咳嗽声。偶尔，他会在晨会上宣布对一些严重违规学生的处分决定，大伙儿对他敬畏有加。

　　转眼就是冬天，龚老头在晨会上宣布学校每天清晨将提供热水，供大家刷牙洗脸，但因为师生众多，食堂的供应能力有限，为了防止恃强凌弱的情况发生，他将亲自为大家打热水，每人仅限一勺。

　　听了这话，小伙伴们都有些呆了。

　　果然，次日一早，龚老头就守在食堂的大锅旁，手持一只铝水勺，依次给我们舀水。他一边舀，一边絮絮叨叨地说："这水说是热水，其实只能保证不冷。学校条件有限，还请同学们多多理解，多多配合，多多包涵。"

一勺水，只能浅浅地遮住脸盆底。我试了试，果真只能说是不冷而已。第二日，我嫌排队麻烦，就用冷水洗脸，脸上像刀割一样。由此，我感受到了龚老头的实在，也感受到了他冷峻表情之下的温情。

就这样，龚老头为我们打了一冬天的热水。

我被龚老头关注，纯属偶然。

那是初一时，班里的几个同学在走廊上出墙报，主题是"我的老师"。我是班长，见墙报稿品质欠佳，有失班级脸面，临时决定换稿。我口述一句，抄写员就在墙上写一句，写的是入校见闻。这时，龚老头板着面孔，背着双手，从走廊那头走来。他看我们出墙报的方式有些古怪，就停下来问我："你们为啥这样出墙报？"我如实作了回答。他"哦"了一声，依旧板着面孔，背着双手，若有所思地走了。

在第二天的政治课上，龚老头狠狠表扬了我。他说我有班级荣誉感，有发现问题的眼光，有出口成章的才华，说这样出墙报，他还是第一次见识。他还说我口述的文章把学校写得那么好，其实是对老师们的鞭策与鼓励，他一定会努力为大家做好服务工作。如此平常的一件事，他居然能说出这么多的道道来，我被他表扬得都有些不好意思了。

在政治课上，龚老头完全变成了另一个人，他旁征博引，左右逢源，诙谐幽默，枯燥的理论被他一讲，立马变得妙趣横生——挺有意思的一个老头儿。

他擅长讲故事，还常常将班里的同学作为故事的主人公。比如讲到自由，他说自由不是我行我素，为所欲为，只有在大家都遵守规则的前提下，才能获得自由。

接下来，自然是故事时间：

小陈同学听课不认真，仅仅听到一句"自由是公民的基本权利"，就神游火星了。放学后，他非常开心，骑上自行车，自由地兜风。

我们都知道，骑车必须遵守交通规则。可是小陈不这样想，因为他觉得自由就是我想干什么就干什么，于是他放开双手骑行，S形骑行，甚至逆行。

小陈是自由了，可是他的自由妨碍了正常出行的人的自由，一时间，马路上险象环生，大家纷纷躲避"飞车党"小陈。一辆拖拉机开来了，小陈正低头猛骑，等发现时，已来不及躲闪，"嘭"地撞了上去。虽然拖拉机司机及时刹车，可巨大的惯性还是让小陈撞断了好几根骨头。

伤筋动骨一百天。小陈为了所谓的自由，不遵守交规，不仅给他人带来了麻烦，还把自己送进了医院。

小陈因为被龚老头作为故事的主人公，颇为得意。全班同学则笑得前俯后仰。唯独龚老头一本正经，仿佛讲的是一件真人真事。他越是这样，我们越觉得有趣。

等大家的笑声渐停，他又问我们：大家说一说，小陈在医院里，会如何反思自己的行为，思考自由的问题呢？

如此，便引发了热烈的讨论。

渐渐地，龚老头视我为得意门生了，因为我每次政治课考试都能得高分，其他功课也不错，还因为我是学校里的活跃分子，是班主任和任课老师的得力助手。龚老头毫不吝啬对我的欣赏与赞美。不过，他也有看走眼的时候。

那时正是20世纪80年代中期，武侠小说方兴未艾，我们这些十几岁的小屁孩私下里也偷偷地传看:《冰川天女传》《射雕英雄传》《神雕侠侣》……一本接一本，基本做到了人休息，书不休息。

那天就寝之后，轮到我看《射雕英雄传》。我躲在被窝里，打开手电，用手臂支撑出一个狭小的空间，并小心地检查一番，确保不会有光线透漏出去，就开始与江南七怪一起大战丘处机。也不知道过了多久，只听得床边猛然传来一声怒喝："小陈同学，你这次讲话终于被我抓住了！"

是龚老头的声音。不知啥时候，他进了寝室，小陈被抓了一个现行。

"你看，有谁像你一样？这么晚了还讲话，还讲得这么兴高采烈？"龚老头开始质问他。

小陈嘟囔了一句："太热了，睡不着。"

龚老头更不高兴了。听声音，我感觉他把脸朝向了我这边，对小陈说："你看看人家赖建平，这么热的天气，整个人睡在被窝里，睡得多么好。真正要读书的人，就不怕热，就能克服困难……"

我在被窝里，悄悄把手电关了，但仍旧保持着原来的姿势，一动不动。我怕一动，就露出破绽，毁了自己在龚老头心中"品学兼优"的完美形象。

"你睡不着，也不能影响别人。你不想睡觉，别人还想睡觉呢……"龚老头想抓小陈已经很久了，这次终于抓到了，他显得很激动，趁机教育一番。

我在被窝里，手臂酸麻，汗水在头发丛中流淌，在脸颊上爬行，挂在鼻尖上，流到脖子上，又黏又痒，但不敢有丝毫的动弹。我在脑子里把所知道的英雄人物过了一遍——邱少云、刘胡兰、董存瑞、黄继光。我咬着牙，告诉自己：考验你的时候到了，革命者对反动派的严刑拷打都能忍受，你这点小困难算什么？坚持，坚持，再坚持！

也不知道龚老头教育了小陈多长时间，也不知道在心里到底说了多少次"坚持，再坚持"，我听他结束讲话，离开我的铺位，关上寝室门，才敢把木棍一般麻木的手臂放下，把脑袋悄悄探出被窝，深深呼吸了一口新鲜空气。此时，我整个人汗出如浆，就像从水里捞出来一样。

工作之后，遇到学弟郑忠华，相互一介绍，他恍然大悟道，你就是赖建平啊！我诧异莫名。他说，初中时的龚老师常在我们学弟学妹们面前提起你，说你是我们的榜样，因此虽然没有见过你，但名字是早就熟悉了。

其实，龚老头不知道，我不仅夜晚躲在被窝里读武侠小说，还曾在放学后到水库边捕过野鸭，摘过路边橘树上的橘子……

我并没有他看到的那么好。

姚校长

清晨，收到老校长姚宏范先生儿媳妇的微信：我爸爸走了。

我的眼泪"唰"地流下来了。

上周三，姚校长因不慎摔倒，陷入昏迷，手术之后，一直在重症监护室。

前天，我问他的儿媳妇："老校长好些了吗？"

她说："好些了。"

我问："醒过来了吗？"

她说："没有。"

我说："好些了，就有希望。"

没想到，短短几天，老人家就驾鹤西去了。

2000 年至 2016 年，我在航埠小学工作。姚校长，是我在此期间的第一任校长。前一年是一位副校长主持工作。

暑期，据说有重要的人事变动，我却不在意。因我调到航埠小学才一年，一年级包班，每周 27 节课，每日忙于上课，极少与同事交流，有不少同事甚至还没有讲过一句话。

领导变动，与我无关。

开学后方得知，初中校长姚宏范空降到小学任校长。

第一次与姚校长近距离接触，是在学校食堂露天的早餐桌上。

当时，我正独自用餐。姚校长端着早餐，笑眯眯地走过来。我素不擅长与领导打交道，忙低下头，假装专心吃东西。让我惶恐不安的是，姚校长偏偏就在我的对面坐下了。

"赖建平，听说你妻子也是老师，在华墅工作，是吧？"

"是的。"我心里诧异：姚校长才就任，怎么就对我这个新老师了解得这么清楚。

"你们夫妻，两地分居，孩子又小，你一个男人带着不方便。明年想办法，争取把老婆调过来。"

"姚老师，这个当然好。可是太难了，我怕是做不到。"

"没关系，我会帮你的。"

想不到，校长与我的第一次谈话，就是主动提出要帮我解决家庭困难。望着眼前这位笑眯眯的长者，我惊愕又感动。

二十多年前，乡镇之间教师调动需要五个单位盖章，是真正的"过五关斩六将"。是以姚校长的承诺我虽一直放在心里，然担心他只是临时兴起，说说而已，不敢抱奢望。

姚校长很重视业务，开学没多久就组织了一次大规模的"送教"活动，我是"送教"教师之一。

姚校长亲自陪我下完小送教。那堂课，我教的是《古诗二首》，从孩子们的课堂表现与听课老师的表情中，我看得出来，课上得很出彩。

课后，在完小简陋的教师办公室里评课，姚校长激情澎湃地发表了长篇讲话，他的评价诚挚又中肯，让我有一种久违的"课逢知己"之感。

临了，他说："青年骨干教师既要在教学业务上精益求精，做教学的能手；

又要放眼长远，当管理的行家。"

我隐约感到他的这番话似有所指。

转眼，第二年初夏，教师调动工作启动了。

又是早餐时间，姚校长又主动问起我爱人调动的事情。一阵激动——我与姚校长非亲非故，又只是一个普通老师，连教研组长都不是，他却一直把我的事情放在心上呢！

我告诉他，这次虽然颇费周折，但得到了四个单位的盖章。调动有望！

公布结果的时候，其他申请调动的老师都拿到了公函，我妻子却没有接到通知。到主管部门一问，说是最后一关没有通过。

我很沮丧，回到学校，把这个不幸的消息告诉了姚校长。没想到他根本不以为意，轻描淡写地说："没事，明天分管领导要到我们学校，我单独和他讲一下这个事情。"

"这样可以吗？"

"放心，应该没问题。"

我们忐忑不安地过了几天，接到了一个电话，叫我们赶紧去人事科领取公函——调动居然成功了！

后来，我渐渐得知，姚校长不仅帮助过我——还帮助过很多的老师，无论是在工作上，还是在生活中。

学年快结束时，学校开展中层竞聘工作。

在校园里，我遇到姚校长。他问我是否要报名竞聘，我说想试试。他很认真地纠正了我的用词："不是'想'，而是'一定'。"

不久，我便报了教导主任的岗位。

学校中层任职，需要主管部门审批。拿到审批文件，估计姚校长也没想到——学校报送时，我的职务是教导主任，文件上写的却是教导处副主任。

姚校长将文件给我看的时候，说："原本报的是主任，批下来是副主任。两个副主任，你的排名在前，就是主持工作的副主任。可能主管部门对你不熟悉，想考察你。你好好干，明年我们把这个副字拿掉。"

那时，我尚年轻，对虚名还是蛮在意的，听了他的话后，也就释然了。

"报君黄金台上意，提携玉龙为君死。"还有什么比校长的认可，更能让我受到鼓舞的呢？

与姚校长共事的日子，真是一种享受。

他善于"弹钢琴"。

有一次，学校收到一份评比"省卫生单位"的文件。我看了，觉得对教育教学没有多大促进作用，反而因为要求烦琐，工作量大，还会影响学校正常的工作。

姚校长认真读了文件，问我："你什么意见？"

我如实汇报了自己的想法。

姚校长说："你的想法有道理。我们学校就不评了。"

我很高兴，又有些担心："上级如果追查起来怎么办？"

他回答："等问起来再说。"

过了几日，我问他："上面有没有问起这事？"

他说："问了。"

"是不是可以不参评？"

"我对领导说，我们航埠小学是省文明学校、省文明单位，省里的最高荣誉我们都拿到了，接下来就要争取全国性的荣誉。这种单项荣誉，我们学校就不评了。"

"领导怎么说？"

"领导听了，就没说什么了。"

后来，学校获得了"全国全民健身先进单位"的荣誉。

姚校长很谦虚。

他总是说年轻人是行家，让我们放手去干，而他自己要尽力做好服务工作。

每次，我汇报新的工作思路，他认真听取以后，与我讨论一番，然后说你拿个方案出来。而我则常常适时掏出预案，然后再一次认真地展开研讨。那种默契，仿佛不是上下级在研究工作，而是一对忘年交在聊天。

在聊天中，我获悉，是他自己主动要求到小学来工作的。他认为自己只有中等师范的文凭，而彼时，初中校长要有大专文凭才合格。

他说："做初中校长，我文凭不合格；做小学校长，我的文凭是合格的。他还对领导说，哪怕不当校长，我也要到小学去。"

偶尔，姚校长也批评我。

有一年的毕业班考试，我做了周密的安排，整个考务工作很顺利。

分数揭晓之后，我接到了姚校长的电话，叫我到他的办公室去一下，语气很严肃。

校长室办公桌上满是摊开的试卷。姚校长指着第一题"看拼音，写词语"，对我说："我检查了很多份试卷，只要有一个字错了，整个词语就不给分了。为什么？"

我向姚校长详细解释了之后，说："阅卷标准是统一的，这对每个学生都是公平的。"

听了我的话，姚校长的语气变得更加严厉："我们要公平对待每一个学生，更要尊重学生的劳动，不能轻易地剥夺了他们应得的分数。"听了姚校长的话，我羞愧万分，从此，"尊重学生的劳动"就刻在我的心里了。

姚校长是真的把学生放在心里的。

他就任校长的第二年，我带了学校里唯一的住校班，民间称之为"精品班"。

毕业时，姚校长来参加我们班的晚会。

那天晚上，他显然是喝了一点小酒，很兴奋。

孩子们看到校长来了，都很高兴。更让孩子们高兴的是，姚校长宣布："我带来了两百斤西瓜！"

我说："你怎么还带了西瓜呀？你能来，孩子们就乐坏了。"

姚校长眼睛一瞪，说："我当校长的，参加毕业晚会，怎么能不带礼物呢？是我自己出钱买的，放心。"

西瓜搬上来之后，我请姚校长给孩子们讲话，他说："不行，我要表演节目。"

表演什么节目呢？他居然说是跳舞。

我们都诧异了——从没有听说校长会跳舞。

"建平，给我放音乐！"

我一头雾水，问："放什么音乐？"

"会响就行！"

于是，我随便放了一首歌。姚校长就手舞足蹈起来。他真不会跳舞，但是笨拙的动作，滑稽的表情，让孩子们乐得东倒西歪。

师母来了，看到姚校长所谓的跳舞，笑了。她说："我们家老姚，只要学生喜欢，让他满地打滚都可以。"

我至今还记得，不少孩子找姚校长写毕业寄语，其中有个男孩叫叶凯迪，擅长吹笛子。姚校长写的是："一路凯歌，笛声飞扬。"

如果没有对孩子的深入了解，是万万写不出这样的毕业寄语的。

姚校长说过的话，是必定要做到的。

有一段时间，流行扑克牌"打红五"。姚校长也未能免俗。

姚校长也住校。我们几个住校的青年教师便常到他家去玩。

一天，他忽然宣布从此不打牌了。我很诧异，问他为什么。他说："我听校外有人说，那个姚校长喜欢打牌。我就决定不打了。"从此，我就没有看到他再打过牌。

他嗜烟。

可是有一天，他居然和几个老教师一起宣布：要戒烟了。那段时间，我很少看到他。

一天下午，我有事去找他，敲开他办公室的门，看见他头发蓬乱，眼里满是血丝，办公桌上摆着一盘笋干炒豆。我一时没回过神来。后来终于想起，姚校长在"闭关"戒烟呢。

大概一个月后，姚校长"出关"，宣布戒烟成功。

从此，他就再没有抽烟了。而一起戒烟的几个老同事，反反复复，戒了多次，现在不知道戒掉没有。

早先，姚校长是农民，干得一手好农活。

退休之后，他又恢复了农民的身份，天天在地里，一辆电瓶车成了他的座驾与运输车。

我常见他卷起裤腿，腿上沾着泥巴，骑着车子，车上载着粪桶与农具，有时是一车蔬菜南瓜。

那模样，与老农无异。

姚师母好几次看到我，都向我抱怨："我们家老姚，菜种得太好太多了，分给大家吃都吃不完。叫他随便种，种得差一点，他还要不高兴，说这怎么行？"

学校一位老师的孩子生了重病，需要到上海动手术。

可是，他进不了好医院，也找不到能动手术的好医生。我们几个学校领导在校长办公室商量，怎么帮助这位老师。

我突然想到，姚校长的大儿子是上海武警总队的高级军官，如能让他出面联系，肯定有戏。当即打电话给姚校长，他当时正在菜地里干活，二话不说，立马赶到学校。踏进办公室里，裤脚卷在膝盖上，两腿都是泥。

了解情况之后，他立马掏出手机，给大儿子打了一个电话，明确吩咐：这件事你要管，而且要亲自与院方联系，要管到底。

后来，这位老师的孩子顺利入院，手术非常成功。他至今念念不忘老校长的恩德。

这几日，因为姚校长在 ICU（重症监护病房），我一直牵挂，又想起一些往事。

一件是在我担任住校班班主任期间，带领孩子们大扫除。我自认为已经打扫得很干净了。姚校长过来检查时，问我："打扫得怎么样了？"我说："已经很干净了。"姚校长说："是吗？我看看。"

他走到水池边，抬手把水池端了下来，放在一边，伸手就往水池下掏。孩子们常在水池边洗饭盒，洗菜罐子，水池底下有不少污物。可我从未想过要把水池拿下来清理。

姚校长伸手一掏，一股恶臭扑鼻而来。他掏出一团又一团污秽。我羞愧万分，说："姚老师，您歇着，我来吧！"

另一件事发生在我任教导主任期间。

学校没有打印设备，一些试卷、文件之类的资料，一直在姚校长儿媳妇的打印店里打印。

有一次我去汇报工作，他忽然问我："最近教导处打印的资料有点多，是怎么回事？"我详细解释了一番。

他说："我儿媳妇开了打印店，你们照顾一下她的生意，可以理解，但是要控制，能手写的，不要打印；能少打印的，绝不多打印。不能浪费，明白吗？"

一件是关于教师合唱团。

彼时，学校青年教师比较多，而文娱活动缺乏，我与几个年轻的中层领导商量了一下，想在放学后组建一个青年教师合唱团。一位新入编的音乐老师愿意担任艺术指导。

我把这个事情向姚校长做了汇报。

他非常支持，说："丰富青年教师的业余生活，是好事啊！我大力支持。需要经费，你来找我。不过有一点要注意，不能强求，要自愿参加。"

还有一件是关于读书。

我组建了"青年教师读书俱乐部"，每月共读一本书，共同研讨一个话题。俱乐部第一次活动，姚校长出席，并讲话，表示支持。

俱乐部的活动时间是每个月的最后一个周五。有老师表示，放学后饥肠辘辘，希望学校能提供点心，垫垫肚子。

我去找姚校长，他很痛快地答应："每次活动，学校提供 100 元经费。我会和总务处讲，让他们准备瓜子、水果、小饼干，每次尽可能有点变化。"

我与姚校长共事多年，却从没叫过他一声校长——我总是叫他"姚老师"。在我看来，他是一位长者、一位老师。做校长是有任期的，做老师却是一辈子的。

今晨，得知姚校长不幸去世的消息，我的眼泪"唰"地流下来了。

烧早饭时，泪在流。

到阳台上晾晒衣服时，泪在流。

打电话，将这个噩耗告知我妻子时——她也曾是姚校长的"兵"，泪在流。

写这篇文章时，泪在流。泪水嗒嗒地打在键盘上。

……

马上要出发，去送姚校长最后一程了，我担心与老校长道别时，自己的情绪会失控。

姚校长的手机号码后四位是"5179"，谐音"我要吃酒"——他是爱喝两杯的。我的车牌号是"5V179"，谐音"我勿要吃酒"——我是滴酒不沾的。如此，相映成趣。

这个车牌号，我会用一辈子。

第二辑

故人

祖庆哥

写了《祖庆兄》后，我把文章发给祖庆兄，很快，他就回复我：

> 建平兄，这是我读到的写我最精彩的文章，有血肉，有细节，有场景，有故事。和你的约定，定当在两年内践约。有兄如此用心写我，足矣！足矣！此文今日发在我的公众号，当否？并请赐我们俩合影照一张，你能找到否？说来也许你不信，此刻，我正在给你寄书！此文，看得我泪眼婆娑！好文啊！

我没有想到，祖庆兄读了文章以后，会激动成这样子。

不过，他说我"如此用心"地写他，的确是的。写这篇文章，我花了半年时间，反复追索了我们交往的过程，翻阅了他朋友圈的所有信息，摘录了我俩在微信里的聊天记录。之后，一次次地构思。最后，才一气呵成。

至于祖庆兄说的合影照，是没有的。不过，故事是有的。近年来，我又积累了不少与他有关的故事。搜集起来，决定再写一篇《祖庆哥》。至于为啥要用《祖庆哥》这个题目，后文自有交代。

很多人都知道祖庆兄是特级教师，有侠肝义胆，名士之风，但很少有人知道，他有时候也是不太靠谱的。

《祖庆兄》一文写就不久，一日，我两节课毕，回到办公室，一看手机，吓了一跳——三个未接来电，全是祖庆兄打来的。肯定有急事，我匆匆回电。

电话那头，祖庆兄异常兴奋："建平兄，我有一个设想，一个伟大的设想，你听我说啊……"他兴奋地畅谈他伟大的设想，还不时问我一两句："你觉得如何？可行吗？"

不过，这次电话之后，祖庆兄并未再次提起他那个"伟大的设想"，或许他已经意识到凡是"伟大"的，大多是不可靠的。

2017 年暑期，祖庆兄与阿牛、军晶、钱锋等大咖在桐庐举办课程设计师培训，我报名参加了。

我有一个习惯，凡是出差，必定带一双跑鞋、一本书。早晨跑步，夜晚读书。

祖庆兄约我跑步。

次日，我早早起床，在约定的地点等了一会儿，没有等到他。莫非这家伙又不靠谱了？于是，我没有继续等他，独自开跑了，边跑边等。跑了三公里之后，祖庆兄还没有来。我怀疑他睡过头了，就打他电话，打了几次，都没人接。我有些不放心，开始胡思乱想：他是否昨晚陪学员聊天，熬夜了？是否与朋友一起，老酒喝高了？是否忙得身体撑不住，突然生急病了？……转而，我又一一打消了这些乱七八糟的念头。

过了一会儿，手机铃声响起来了。是祖庆兄。接通了电话，那头传来的声音怪怪的，似乎是从喉咙底下挤出来的。

我大惊："祖庆兄，你怎么了？"

"我……失声了，可能是……昨晚……空调开得太低……着凉了。"

"啊！失声了？上午是你的讲座，要不我替你和阿牛讲一声，让他协调一下，把你的讲座换到明天吧？"

"不用……我和他们……讲好了，换……到今天下午……就可以了。"

"下午，你就可以讲话了？"我有些怀疑。

"我……上午……睡一觉，讲座时……注意控制一下声音，就……没事了。"

我只好说："那好吧，你好好休息，有事儿，就打我电话。"

上午听课，我心神不宁。十点刚过，"叮"地一声，收到一条信息。一看，是祖庆兄发来的。我连忙点开："建平兄，我在改下午用的课件。"

"你确定能讲吗？"

"我现在尽量不说话，午后再好好休息一下，下午就可以了。"

下午，祖庆兄尽管略显疲态，还是顺利完成了讲座，效果也不错。如此看来，在大事上，祖庆兄还是相当靠谱的。

2017年3月，祖庆兄突然要我写一则个人简介，说是资深特级教师张光璎要找几个青年教师，为一些杂志社写稿。

张光璎老师，是很多名师都要恭恭敬敬称一声"先生"的"大人物"啊！对能否被选中，我不抱任何希望。

祖庆兄把我的简介发给张先生之后，又加了一句："赖建平写得很好，写得比我好！"

不久之后，张先生加了我微信，把我推荐给了《趣味作文与阅读》杂志。后来，先生又两次打电话给我，了解我的情况，聊写作的事儿。

我给《趣味作文与阅读》写稿子，没有采用样稿那种论文式的正规且拘谨的写法。我有我的想法：这份杂志的主要读者是小学生，应该写得活泼一些。因此，我采用小说连载的形式，以班里的小屁孩为主人公，以他们的作文为范文，写了一组文章。

不过，这样的写法是否可行，我心里也不是太有底。通话中，我向张先生提出，能否请她帮我先看一看稿子。先生爽快地答应了。读后，先生非常高兴，回复我："我欣赏！你既有才华又有实力，才有此结果，由衷祝贺与祝福！"我受宠若惊。

稿子陆续刊登，三个月之后，编辑陈老师给我留言：

　　赖老师，您的稿子刊登到第四期就结束了，因为您写得太好了，我们编辑部还想向您约稿。呵呵，您不知道，我们主编看了您写的稿子，一直说我挖到宝了，强烈要求我和您续谈约稿的事情。所以我今天先问问您的意见，看您愿不愿意写专栏或者再写几篇这个系列的稿件。

我这人不禁夸，当即就答应再写六篇稿件。

如果没有祖庆兄的推荐，哪怕我是文曲星下凡，也不会有哪家杂志社知道在浙西一隅，还有一个爱写也能写的一线教师。

2017年5月，祖庆兄又发我一条微信："《快乐作文》杂志需要新作者，我推荐了你。等会儿他们会与你联系。"

过了一会儿，果然《快乐作文》杂志的编辑张老师就加我QQ了，看了样稿，我明确表示不欣赏。张老师让我试着按自己的想法写一篇。我知道，这是投名状。于是，我翻出自己一年前《我的课余生活》作文课的设计。设计大致思路，我当时发在微信里，祖庆兄曾留言："你玩得挺有创意，不容易！"我将这个设计略加润色，再附上学生习作，以及我的点评，发了过去。

尽管我对稿子的品质有信心，但还是再三推敲，因为我不想辜负祖庆兄的推荐。

稿子在暑期就被采用了。此后，我就成了《快乐作文》杂志的常客。至今，我已完成近百篇约稿。每完成一稿，就觉得自己的业务能力又有了一点长进。这离不开祖庆兄的提携。

祖庆兄显然希望为更多同行提供帮助。

早在2015年，他就创建了QQ群"作文聊天吧"，群里会集了上千名专家、学者、编辑和一线教师。祖庆兄忙着找人到群里免费讲座，分析课例，分享课程……

每次活动前，有主持人暖场；活动后，有专家点评。为了激发老师们参与的热情，他又觍着脸向兄弟、朋友索要赠书，以资奖赏。

祖庆兄只要在群里一现身，许多一线教师就抑制不住心中的激动，惊呼连连，满屏的"大师""男神"。他为此头痛不已，多次声明自己担当不起这样的称呼，劝告粉丝们还是称"张老师"或者"祖庆老师"比较合适。他甚至在群里说，只有死去的人才有资格被称作"大师"。我也附和了一句。但没有什么效果，还是挡不住"大师""男神"满屏乱飞。

后来，执行群主章晓贴出一个群规，其中一条明确规定，不准在群内出现"大师""男神""女神"之类称呼。祖庆兄为此真是煞费苦心。

"作文聊天吧"聊得热火朝天。但是，有一天，祖庆兄突然问我："建平兄，'作文聊天吧'办得好累。你说我要不要继续坚持？"聊了几句，我明白了，他是因为欠下了太多的人情债。我说："听从你内心的召唤吧，实在觉得累，就不要勉强了。"他回复："我再想想。"

我以为他会停了"聊天吧"，没想到他居然选择了继续。而且在学期初，他居然像学校的教务处那样，列出聊天吧一学期的课程清单……我是真服了。

后来，"作文聊天吧"改为微信群，不再安排课程了，成了老师们自由交流的场所。祖庆兄终于卸下了这份负累。我觉得挺好。毕竟他只是有知名度与影响力的"祖庆"，而不是朋友与粉丝戏称的"佛祖"。

祖庆兄之所以被戏称为"佛祖",据管建刚撰文,是因为"祖庆肚子凸得腼腆,有点弥勒佛的样;祖庆一开口,笑呵呵的,没脾没气的,这一叫,就叫开了。"

称祖庆兄为"佛祖",的确有外形的原因。有段时间,他的身体明显发胖。我建议他跑步,他说嫂夫人不同意,怕伤膝盖。但是他步行上班,日行一万步,风雨无阻。

我万万没想到,他在新加坡访学的三个月期间,或许是脱离了嫂夫人的"管辖",或许是意识到跑步才是恢复体形的捷径,居然开始跑步了。他还不时在微信上分享跑步的心得与途中的美图,还几度向我请教跑步的技术与经验。

我看着他在新加坡跑得越来越远,速度越来越快。最远的一次,他跑了三十多公里,最后五公里还跑出了六分之内的配速。对于他这样的跑步"小白"来说,这样的成绩已经难能可贵了。

访学结束时,祖庆兄瘦了一大圈,我和他打趣:"你回家时,可能嫂夫人都认不出你来了,不敢让你进家门了。"

后来,我无意间得知,祖庆兄在新加坡成功减重,不仅仅是靠跑步,他还节食——晚饭前先吃两只苹果垫肚子,然后只吃少量菜肴,不进主食。这般毅力,我是没有的。我跑步,是喜欢,是健身,更主要的是嘴馋,想在大运动量消耗之后,多吃点儿好吃的。

祖庆兄哪怕肚子不再"凸得腼腆",失去了"佛祖"的外形,却依然是"佛祖"——因他有毅力与信仰。

祖庆兄一介书生,却并非"两耳不闻窗外事"。他关心时事,怀忧国忧民之心,时常撰文,发出自己的声音。

有感于会议太多，他写了《有多少会，可以不开；有多少会，可以短开》；有感于六安教师讨薪，他写了《当家长不再相信老师，病人不再相信医生，人民不再相信警察》；有感于某校长在重大场合读错字，他写了《我们在乎的不是"鸿浩"而是北大》……

他的公众号"祖庆说"，兼容并蓄，只要是好文章，他都乐于为作者推送。安徽萧县老师试喝牛奶，我写了一篇《你们都误会了，"试喝牛奶"实际上是给老师们的隐性福利》，祖庆兄觉得不错，就转发了，还把题目改为《班主任亲们，咱结伴去安徽萧县"试喝牛奶"……》。

祖庆兄从不吝啬自己的智慧。六安教师讨薪事件之后，我以《阿Q正传》为蓝本，写了一篇小说，他建议我标题加上"民国"，以规避敏感嫌疑。听了他的建议，我把题目改为《民国讨薪：当阿Q怼上孔乙己》。

祖庆兄多次在发公众号之前，把文章先发给我预览，让我提出建议。我也不揣鄙陋，直言应该调整的地方。他常感叹写文章不容易，瞻前顾后，如履薄冰，既要准确表达观点，又不能因此惹上麻烦，所以总是反复审核，自我检查。

祖庆兄是"作者"，也是"行者"。自2015年元月，他为衢州魏巍希望小学捐书始，这几年陆续为西康、天台等五所学校，捐书六批次，总计五万多元。资金来源于他的稿费与"祖庆说"公众号的打赏。

祖庆兄开通了公众号之后，好几次忽悠我也开一个。他的观点是：不是我们写得多好，而是必须发出自己的声音。我一直犹豫，因我性格直率，嬉笑怒骂，写文章也如是，在博客时代曾因"发出自己的声音"而毁誉参半，麻烦不断。如果不能按照自己的意愿去写，不写也罢。

但是，看着"祖庆说"风生水起，又看到四川的教师朋友章晓开通了"老章的杂货铺"——他也是受祖庆兄的诱惑——我决定重出江湖。

公众号就像孩子，须取个好名字。想了好几天，也没想出一个令自己满意的。于是，决定用大白话，叫作"赖哥作文课"。"赖哥"是学生对我的爱称，"作文课"是因为我已决定职业生涯剩下的时间，主攻作文教学。

祖庆兄得知我开通公众号之后，兴奋莫名。他也认为"赖哥作文课"不理想，遂自告奋勇，取了几个名，比如"赖哥作文""赖哥教作文"。过了两天，又建议我取"赖哥有料"。他是如此热心，似乎这个公众号是他的一样。

我的公众号发第四篇文章时，祖庆兄就挎刀助力了。他转发了我的文章《从对手到战友》，并写下热情洋溢的推荐词：

> 这厮是个好玩的人。不说别的，单说有一年，我到他家乡，他热情地请客——请什么？请我疾步行走；不说别的，单说有一回，我请他在千人聊天群评课，他第一句话就是"祖庆兄这节课是一节基本失败的课"；不说别的，单说有一回，他当主持人，竟然公然说一位德高望重的前辈"赖老爷子不是人……"；不说别的，单说他曾蠢蠢欲动想开个个人公众号，可是他忍了很久……终于，他还是按捺不住，开了！从此，这厮走上了不归路。这厮姓赖，名建平，号姥爷。

是的，从此我走上了公众号写作的"不归路"。

我做事随性，缺少规划，做公众号也一样。可事情就是这么奇怪，原本只是出于喜欢，随心所欲地做，可是有些思路与想法，做着做着就有了。说不定以后真能做出一些意想不到的附加值来。

祖庆兄给予我机会，也给予我鼓励。

公众号做了半年多，我决定把"赖哥作文课"改为"顽童作文"，和他一讲，他立马回复："顽童作文，好！"

写"顽童作文"，做作文顽童，我自己也觉得好。

祖庆兄创意不断。2018 年 10 月底，他约我和章晓，想让沉寂已久的公众号"创意作文课"起死回生。

　　说干就干。我们广发英雄帖，征集"创意写作吧"实验班，招募微信公众号管理员，组建管理员微信交流群，商讨如何推送文章……

　　有一段时间，我们讨论最多的是如何美化排版。我们常边研讨边开玩笑。

　　祖庆兄以我在"顽童作文"推出的《赖老师？赖师爷？赖哥！》作为范例，说："建平兄最近排版都不错！"接着又补了一句："主要是我指点得好。"

　　我坦然承认："俺的排版的确受到'种豆南山'的指点，不过他种下的是豆子，俺开出的是茉莉花。"

　　张春苗老师夸我："赖哥不仅帅还有才，文能拿笔杆，武能爬高山。"

　　祖庆兄俏皮地丢来一句："赖哥主要有个好哥——祖庆。"接着，发了一个捂嘴笑的表情。

　　跟着祖庆哥，做一点又专业又好玩又有益的事儿，何乐而不为呢？

干　干

干干，就是干国祥老师。黑衣、长发，瘦瘦的一介书生。

第一次见到他的名字，是在 2009 年的《小学语文教师》杂志上。其时，他开了一个专栏"干干解文"。

先前，我对干干老师一无所知，因他既非特级教师，也非四处上课或常有文章见刊的明星教师。然而，一读他的文字，我即有高山仰止之感。

他的文字，气度不凡。且看他解读叶绍翁《游园不值》的引言：

> 应怜屐齿印苍苔，
>
> 小扣柴扉久不开。
>
> 春色满园关不住，
>
> 一枝红杏出墙来。

经典之为经典，就在于它永远像一座随四季变换颜色的山，既恒定地站在那里，又不时地因着外界而变换着色泽。也就是说，它永远需要不断地重新阐释，它将在不同的语境、背景下，获得全新的意蕴。

言简意赅。高屋建瓴。

读正文。干干老师从唐诗与宋诗，虚与实，诗人与主人，互文与反讽，事实与猜测，禅趣与茶道等各个角度抽丝剥茧般展开解读。

虽是短文一篇，我却读得大呼过瘾。

因隐藏在干干老师文字背后的，是文字学、课程论、古典文学、比较文化学以及哲学的背景。而干干老师信手拈来，举重若轻，纵横捭阖。

"干干解文"专栏搁笔之后，我再也没有读到干干老师的文章，也未曾见到关于他的片言只语。我猜，他或许是悬壶问世，浪迹江湖，独坐幽篁，长啸山林去了。

那时，我迷恋纸媒，对互联网接触不多，对当时如火如荼的"新教育实验"也不关心，自然也不知干干老师是"BBS（网络论坛）时代"的一方诸侯。

再一次见到干干老师的名字，已是两年后。

一日，我正在书友书店闲逛。猛然见书架上有一册书，一个醒目的书名映入眼帘——《生命中最好的语文课》。

生命中最好的语文课——是谁如此狂妄？在语文课还深陷诟病的旋涡，批判与争议还从未止息时，竟敢号称"生命中最好的语文课"？莫非是个沽名钓誉，哗众取宠，博人眼球之徒？

取下一看，作者——干国祥。

粗略一翻，繁花满目。

已被诸多名师反复演绎的《孙悟空三打白骨精》《草船借箭》《长相思》等文本，都有全新的解读与课堂实操。

很难描述阅读《生命中最好的语文课》的那种感觉。

干干老师的课独树一帜，不同于我们所熟悉的任何一个语文流派。他上小学语文课，也上初中语文课。借班上课的孩子有时是贫困地区的娃，基础很弱。可是在干干老师的课上，孩子们跟着他在字里行间穿越，在思辨与审视中攀爬，课堂呈现出惊人的宽度与深度。

干干老师是文本解读的高手，更是教学实践的行家。他不只是一个坐而论道，对他人的课堂评头论足的"食客"，还是一个敢于亲身下河，操刀上阵的"厨师"。他可能比大部分一线教师更了解一线，也可能比大多数理论家更了解理论。

　　读完《生命中最好的语文课》，我又读了干干老师的《理想课堂的三重境界》，然后掩卷长叹："我，我们，对语文教育的理解太肤浅，太苍白，还常洋洋自得，自命不凡。"

　　一直想认识干干老师。

　　机会，终于来了。

　　2017年，阿牛（陈金铭）发起的桐庐"课程设计师工作坊"，带队导师中干国祥赫然在目。

　　毫不犹豫。必须报名。就报干干老师的班！很可惜，干干老师因为行程冲突，最后没有带班。可是，作为导师之一，他终究还是来了。

　　听干干老师讲课，是一种听觉、视觉与思想上的盛宴。

　　演讲时，他手舞足蹈，意气飞扬，旁征博引，犀利深刻。时而癫狂，似狂风吹过巨木；时而沉静，如时空瞬间定格。正如他曾经的微信公众号"痴且狂"与"狂且痴"。他痴于语文教育，也狂于语文教育。因痴而狂，因狂愈痴。

　　毫无疑问，演讲时的干干老师，是个狂人。你没有看错，狂人。除此之外，我没有任何词汇可以描摹与形容彼状态下的干干老师。

　　这种全方位的感官与心灵冲击，非亲历现场者不可得。

　　那场讲座中，印象最深刻的是其中一个问题：

　　有人问干干老师："为什么您在罕台的学校办得如此成功，最后却离开了？"

　　干干老师回答："是他们要让我走。我说你们要让我走，可以，给我一点时间。"他被迫放弃自己亲手打造得风生水起的学校，却如此云淡风轻。

到了台下，干干老师似乎变成了另一个人。

蒋军晶老师在解读"群文阅读课程"时，干干老师独自坐在会议室的最后面，若有所思的样子。

我鼓起勇气走到他面前，说："干干老师，能加一下您的微信吗？"

"可以啊！"他说完就打开了自己的二维码。

我连忙点击"扫一扫"。可是不知咋的，微信的运行速度很慢，老半天也扫不出来。

干干老师一直举着他的手机。

我急得发慌，不停解释："哎呀，干干老师，这手机那个慢啊！真让人受不了！"

"慢慢来，不急，没事的。"他微笑着安慰我。

"叮！"扫描完毕。急出我一身热汗。

再见干干老师，已是 2019 年 10 月。

祖庆兄辞职后，在谷里书院组织了一期培训——"书虫教师静修营"。干干老师是导师之一。

在杭州火车东站等候接站。我先到。不多久，干干老师也到了。

远远地，我便看到了他：仍旧是一袭黑衣，长发，戴了顶黑色的JEEP牌帽子，背了个大包。

在车上，我与他有一搭没一搭地聊天：

关于《生命中最好的语文课》。干干老师说："书写好以后，我就交给编辑，不管了。纸张啊，装帧设计啊，都不管了，他们更专业。原先不是这个书名，是出版社换成了《生命中最好的语文课》。换就换吧！"

关于哲学。我问干干老师，什么书可作为哲学的入门书，他不假思索："黑格尔的《哲学史讲演录》。"

关于他最近的文章。我建议干干老师把近两年的文章也集结出书。他说："目前积攒的文章，出两三本书是足够了，但是没什么意义。"我大惊。当得知我已读过《生命中最好的语文课》与《理想课堂的三重境界》时，他补充道："还有一本《破译教育的密码》。"

我赶紧上网搜，却没有搜到。

干干老师说："可能卖完了，以后会再版，应该会换个书名。"

后来，书名变成了《破译教育密码》。

干干老师在谷里书院，主讲了一天的《论语》。大伙儿听得如痴如醉。这，是又一个版本的"干干解文"。

还是那句话，干干老师的教学魅力，那种全方位的感官与心灵冲击，非亲历现场者不可得。

在谷里书院，值得一提的是另一件事儿：

祖庆兄嘱我用文言起草"书虫教师静修营"的结业证书——"谷里书院终身荣誉谷主证"。

虽百来字，却也颇费脑子，我竟写了一节课时间：

岁在己亥，初秋微凉。崇山叠翠，清涧绝尘。蠹虫毕至，闭关静修。晨间奔走，幽林竹香动。夜深挥笔，案牍灯光薄。闲览书传，籍采奇异。俯仰有赤子，谈笑无白丁。有清哨之醒耳，无手机之扰心。历五日，业成，绩优。特授"谷里书院荣誉谷主"称号，以志雅趣。

课间，给祖庆兄看。他匆匆一阅，说很好。又说，你发给干国祥老师看看，请他提提意见。

发给干干老师看看？我踌躇了片刻，硬着头皮发了过去，并附言如下：

干干老师，祖庆嘱我撰一"荣誉谷主证书"。休营时，颁予学员留念。如您有闲暇，望斧正。

稍后，干干老师回复：

书囊毕至，息机静修。

修正数字，顿见高明。尤其是"息机"，我曾思索良久，却未想到，用"闭关"，甚不满意，却被他一语道破。

稍后，干干老师又回复：

谷主太高，谷树差不多。

谷主一词，祖庆原也忧其有歧义之嫌。又被干干老师一语道破。

改"谷主"为"谷树"，是有渊源的。

诗人雪野讲童诗时，干干老师坐在讲坛一侧，静读海德格尔的《尼采（上卷）》。

雪野老师讲到他始终不太认可人是一种动物的说法，认为人更像是一株安静的植物，扎根在大地上。

干干老师立马起身，走到雪野老师身边，说："我刚好读到海德格尔写的一句话。这句话验证了你的观点——哲学家是一种稀有植物。"

此言一出，全场哗然，皆报以掌声。

干干老师与雪野老师是挚友，在各自的土壤扎根，生长，彼此观望。如此回应，是偶然，也是必然。

只可惜，因我打印证书时，过于激动，竟然忘了将"蠹虫"改为"书蠹"。因此"谷树证"是不完美的。

一日，祖庆兄发给我一篇文章，是干干老师的《解海子的诗歌纪念海子（车过德令哈）》。解读的是海子的名篇《日记》：

姐姐，今夜我在德令哈，夜色笼罩

姐姐，今夜我只有戈壁

草原尽头我两手空空

悲痛时握不住一颗泪滴

姐姐，今夜我在德令哈

这是雨水中一座荒凉的城

除了那些路过的和居住的

德令哈……今夜

这是唯一的，最后的，抒情。

这是唯一的，最后的，草原。

我把石头还给石头

让胜利的胜利

今夜青稞只属于她自己

一切都在生长

今夜我只有美丽的戈壁空空

姐姐，今夜我不关心人类，我只想你

对天才诗人海子，我曾迷过好一段时间，他的作品我大多读过。干干老师从哲学的角度论述了海子的创作苦闷与焦虑，继而展开整首诗的解读：

于是，某一天，当火车经过一个叫德令哈的地方，在戈壁的尽头，在草原的尽头……这是夜晚，远远地望去，雨水中城市荒凉如秋……猛然间，被叫作灵感的事物喷涌而出，词语越过思的堤坝，在存在的平原上，冲出一条河流。

这不是关心人类的诗，这是存在或生命的诗，这首先是意识到自己的孤独存在的诗，意识到自己孤苦的诗，这是怀念着一种美丽真切的诗，这是渴望着一种温情相拥的诗。于是，诗人因淋漓地表达出自我，而让这首小诗，成为真正的大诗，成为真正的存在之诗——所有人生命深处的诗。

这是唯一的，最后的，抒情。

这是唯一的，最后的，草原。

因为是唯一的，所以是全部的。但这一刻，诗人并不为了全部而思，而写诗。这一刻，诗人卸掉了思的重负，本真地存在于真正的草原，真正的荒凉之上，本真地渴望着爱情，渴望着生命。

我把石头还给石头

让胜利的胜利

今夜青稞只属于她自己

一切都在生长

今夜我只有美丽的戈壁空空

姐姐，今夜我不关心人类，我只想你

这首诗最打动人心的地方，就是回荡在全诗中的"姐姐"二字，但这不是肉欲充溢的"姐姐"声，这是彻底的孤独中对温情的最后呼告，诗人只想要一丝温暖，一丝温情，这个寒冷孤独的旅程中（虽然身外的季节是在七月）。当这个"姐姐"的呼告，放在如此空旷的草原戈壁之上，放在如此漫长孤独的旅程中的时候，我们就仿佛听到纳兰性德"山一程，水一程，身向榆关那畔行"之中对风雪所发出的"故园无此声"的无来由的怨艾。而重要的并不是身外的风景，重要的只是诗人敏感的灵魂，在特定的场景中，唱出一种生命永恒的悲鸣，但同时也是美丽的、凄婉的歌唱。

这一刻，带有基督文化风格的海子（拯救），猛然间与道家的意境（存在）相碰撞，于是，把石头还给石头，让胜利的胜利，而"忧伤的麦子"成为一棵"只属于她自己"的青稞，一切都在生长，不需要诗人的词语强加干涉，道法自然，万物自然而然地在这片大地上涌现，包括诞生、爱情和死亡。这一刻，海子不是基督，海子只是海子，只是一棵青稞，有他自己的诞生、爱情、死亡。

于是，今夜我放下为万物重新命名的重任，只有眼前这美丽的戈壁，不再关心人类，只关心自己，只想起你的美丽，你的温暖。

于是，漫长的负担，使命与思的重担，似乎只是为了让诗人觉悟这放下的片刻的解脱。而这解脱的刹那，仿佛就是整个漫长的重负之旅的一个答复，一个奖赏。但我们不能假设，如果这首诗中真的不出现作为背景的漫长的思之辛劳，那么这一声"姐姐"会是怎样的轻佻？如果这一声"姐姐"，没有真诚地"关心人类"的背景，会是怎样的浮泛？而当一些轻浮之辈引用这首诗用来传达情爱的时候，他可曾想过，他自己不是今夜不关心人类，而是压根儿就不曾为人类的命运有过丝毫忧虑？

所以，这两手空空，这悲痛，这泪滴，不是为"姐姐"而流而痛，而仍然是为自己的天命，为人类的命运而起。但是，当诗人在痛到不堪承受的时候，他由衷地喊出"姐姐"——他渴望在这一刻，能够从自己这一声孤独的、没有回音的呼喊中，给自己一点暖意，一点温情：

> 姐姐，今夜我在德令哈，夜色笼罩
> 姐姐，今夜我只有戈壁

但火车仍将在黑暗中前行，碾过这沉寂的大地。

许久，我才缓过神来，回复了祖庆兄一句话："如此解读，到位啊！"
祖庆兄回我两个字："深刻。"

干干老师曾讲起一件事：他写了《〈春江花月夜〉细读》之后，投给了《名作欣赏》杂志。编辑回应："文章写得好极了，可是我们杂志已经不发表这类文章了。"干干老师心道：我把这么好的文章写出来了，至于发不发表，随便你们了。没想到编辑又补了一句："但是这篇文章实在写得太好了，我们决定破例发表。"
干干老师对自己的文本解读能力是相当自负的，他曾写道：

> 《三打白骨精》《巨人的花园》《春江花月夜》等，则是我解读文本的代表作。借由这些课例，我知道自己在文本解读上已经站在一个不必仰视任何名家的位置，而且这种解读通过精心设计，是能够转化为课堂教学最珍贵的资源的。

2021年末，祖庆兄邀请干干老师为一线教师做一个"大单元双主题小学语文统编教材文本解读"课程，他应允了。

课程启动后，我联系干干老师，想让他在自己的公众号上也转发一下宣传课程的软文，或从自己的角度来谈谈对这个课程的设想。

他回复："过几天吧。"

果真，过了几天他才发文。我估计，他是要过自己心里的那道坎。

课程招生火爆。我又联系干干老师，希望他写一个推文，为课程加一把火。这次，他没有丝毫迟疑，立马回复："今天下午整一个。"

此后，干干老师开始主动发文，为课程引流。知识付费时代，付出劳动，获得收益，为自己吆喝几声，不丢人。

从书生干干，到校长干干，再到自我推广者干干，干干老师也在课程中成长与蜕变。

破书店

第一次见到破书店，是在 20 世纪 90 年代初的七里小学。

那天，全校十几个老师在教室里开会，操场上传来一阵拖拉机的轰鸣声，还有人大叫："有人吗？有人吗？"校长起身说："可能是新分配的老师来了，大家去帮助他搬一下行李！"

拖拉机上站着个小伙子，长头发，小眯眼，上身是灰色的西服，下身是两膝盖上各有一个破洞的牛仔裤，手里拎着一只双卡收录机。收录机的其中一只喇叭已掉了下来，挂在电线上，直晃悠。

他行李不少，被褥全套，小方桌一张，皮箱一只，书不少，还有笔墨纸砚。

此君就是本文的主人公破书店，那时他还没有开书店，是个低我两届的学弟，姓郑，大名忠华。

我与另外两位学长得知他要进来时，都非常期待。这个山区学校又小又偏僻，那时，只有我们三个年轻人。他来了，就多一个玩伴了。

可惜，他的表现却让我们大失所望。

晚饭后，约他去散步，说不去；晚上，约他打牌，说不打。除了工作时间，他都在房间里，闷头写字画画。他颜体写得不错，国画也有些功底。

我们到他房间里去，想找他玩，他只是淡淡地打个招呼，继续写字画画。

我们觉得无趣，便退了出来。由此认定，这厮是艺术家，有怪癖，不可接近。

然而，判断失误。仅数日之后，他便与我们玩到了一块儿，散步、打牌、吹牛，端是一把好手。他有一只海鸥牌相机，得闲时便挂在脖子上，到校外四处晃悠，时不时举起相机，咔嚓咔嚓几下。那年月，相机是稀罕物。如此，他便成了当地的知名人物。以至于学长张兄惊呼，这厮是善于伪装的猛兽。

我曾问他："为何一开始对我们几个那么冷淡，如今又与我们打成一片？"他说："一开始不熟悉呀，现在熟悉了呀！"

新老师在八月和九月的工资是一起发放的，虽然只有区区四百多元钱，忠华却成了我们之中的"有钱人"。我们三个学长约他看电影，吃馄饨，喝娃哈哈 AD 钙奶。自然，都是他买单。

我素来口无遮拦，一日对他道："你存在的价值，就是供我们'敲诈'。"他听了，非常生气，说："哦，原来你们就是这么看我的呀！"遂将自己关在房中，好几天都不理我们。

那时，我们虽是老师，比学生也年长不了几岁，还是几个大孩子。

记得忠华履职时，是三年级包班，每周除了体育课，其他所有课程都是他的。

他是能与学生玩到一起的。其中有俩男孩，一个叫"柱柱"，一个叫"猛猛"，简直是他的跟屁虫。一得空，就厮混在一起。这俩"熊娃"，成绩不出色，然活泼天真，讨人喜欢。甚至忠华在车站等车，准备回家时，俩娃也陪着他，却又闲不住，于是背着"郑老师"的大包，互相嬉闹取乐。

时间稍长，忠华特立独行的个性便暴露无遗。

话说一日，校长见他教室内空无一人，即问我："忠华班里的这些学生到哪里去了？"

"到龙潭野炊去了。"

校长"哦"了一声，不再过问。

隔一日，校长见他的教室内又空无一人，即问我："怎么忠华班里又没有学生了？"

"到石尖顶野炊去了。"

校长大奇："干吗三天野炊两次呢？"

"第一次野炊后，学生觉得不过瘾，他今天又带出去了。我劝他不要安排得这么密集，他不听。"

校长又"哦"了一声，不再追究。

下雪了，他突发兴致，要带学生上学校附近的炮台山赏雪。

炮台山不高，但仅有一条踩出来的羊肠小道可上山。路滑易摔，我担心万一有孩子头摔破了，牙磕掉了，就麻烦了，劝他不要去。他不听，脖子上挂着相机，执意上山。

约一小时后，孩子们安全返校，小脸儿冻得红红的，衣服、鞋子、帽子全湿了。他们一个个兴高采烈、神采飞扬，议论着谁滑倒了，谁还把其他人也撞倒了，谁掉进雪窟窿里去了……

我担心孩子们浑身湿漉漉的，会冻着。少顷，去他教室里一看，孩子们三五成群，正就着火熜（一种烤火的器具）烤火，一个个身上与脑袋上腾腾地冒着热气。

那时，学校管理宽松，小事基本不管，自行安排，责任自负。

那次忠华，带学生去石尖顶野炊，到了山顶，方想起顶峰没有水源，即派了两名学生下山取水。

俩小屁孩拎着水桶，屁颠屁颠下山去了。他们沿着山民踩出来的荒径，"嘿呀嘿呀"地抬水上山，一路晃荡，即将抵达时，已只剩下半桶水。

眼见要登顶，小屁孩喜不自胜，高声喊道："郑老师，水来了！""咣当"一下，剩下的半桶水打掉了。塑料水桶打破了，一小屁孩膝盖也磕破了。

然家长绝不因此兴师问罪。小孩子上山玩，摔跤，跌倒，很正常呀！农村里有一句话，"跌一跌，大一大"。意思是，小孩子摔跤一次，就长大一点。

那时，一周上五天半的课。一日，忠华突发奇想，周日上午再让学生来校上半日课，且规定全班都得参加——免费的。

我为孩子们求情："周末应该让学生休息才是。"

他眨巴两下小眼睛，反驳我："可是，学生都愿意的呀！"然后，他就问满场飞奔的熊孩子们："你们愿意周日来上课吗？"孩子们边跑边回应："我们愿意的！"他得意扬扬，一挥手，喝一声："走！回教室上课去！"

留下我，目瞪口呆。

一个周日上午，一个家长骂骂咧咧地来到学校，黑着脸说："星期天，上什么课呢？小孩子早饭不吃就来了，胃要烧坏的呀！"

待家长走了，我问忠华："你看，好心不得好报吧？"

忠华无语。因他免费为学生补课，竟然得到一顿抢白。周日补课就此终结。

山间岁月，清苦异常。

我们常买些肉菜打牙祭。大家最喜欢的是烧猪肠。我喜欢烧菜，负责烹饪。忠华不会做菜，负责清洗。其他人负责去隔壁村民家里讨要一点儿葱头蒜苗。

忠华从未干过洗猪肠这活儿，却洗得极其干净——将猪肠套在水龙头上，以流动的清水不停冲洗，一节节猪肠被清水灌满，薄如气球。冲、撸、撕……

一套流程，反复操作，洗得清清爽爽。

山里，文化生活极其贫乏。听流行音乐，成了主要的娱乐项目。

忠华安顿下来后，把他那破收录机的两只音箱拆下来，各接上一段电线，高高地挂在窗户两边，几乎顶到了天花板。音量开到最大，声音自高处发出，震得窗玻璃直发抖。

一次，我们在他房间里打牌，夜半方休，也不走，非得睡在他床上，他推辞不得，只好从命。可是床小，四个人不好睡，索性就横着睡，八条腿垂在床沿上，又随意塞了一盘磁带，将录音机开得山响，还跟着音乐放声唱歌。

次日，周边有村民传言：

"昨天夜里，小学里几个老师似乎发疯了。"

"半夜里，有老师似乎在哭，哭得好惨。"

……

我们闻之，大笑不已。

暑假，忠华的小表弟到学校来玩，他天天用面条招待那可怜的小家伙，青菜面、阳春面、水煮面……两人吃得面有菜色。

一天傍晚，不知他从哪里弄来一截冬瓜，表兄弟俩打了一次牙祭。次日早晨，我从楼上下来，见他二人在喝稀饭，面前摆了一大碗汤，是昨晚剩下的冬瓜汤。两双筷子在里面不停地打捞，也没捞出一片冬瓜来，只好就着汤，美美地喝稀饭。

有一次，我烧了一道"青辣椒炒油渣"，他尝后，觉得鲜美。

数日后，我从他门前经过，闻到一股浓重的焦味，朝他的小方桌上一看，一只盘子里面装满了黑乎乎的东西。他告诉我，这是"青辣椒炒油渣"。我大惊，问他:"这么糊了,怎么可以吃?"没想到他说,可以的。边说边夹起所谓的"青辣椒炒油渣",就往嘴里送,吃得嘴唇黑乎乎的。

他还盛情邀请我品尝,吓得我落荒而逃。

有一段时间,忠华整天想着离开教师队伍,去做书画装裱工作。

我屡次劝他。他固执己见。

终于有一天,他对校长说,他要辞职了。果真,说完就拍屁股走人了。我的心里空荡荡的。可万万没想到的是,一周后,这厮竟耷拉着脑袋,又回来了——因父母亲友一致反对。

一年后,他调离了。

那是 20 世纪 90 年代中期,流行拍摄婚礼录像,他抓住商机,买了一台摄像机,工作之余做起了摄像服务,还真赚到了钱。有了几个小钱,他就沾沾自喜,经常打电话,请我到小店里撮一顿。我觉得破费了。他却说,自从拍了录像,手头就活泛了,吃顿饭的钱是有的。

这样的日子持续了好几年,等到模拟摄像机淘汰,数字摄像机开始大量上市时,他的生意就到了尽头。

我一直认为他不拍录像,是因为业务量下降了,无利可图。三十年后,才得知是厌倦了。

忠华的夫人疯姐是乡卫生院的医生。那时,卫生院的效益普遍欠佳,没过多久,她就主动"下岗"了。

录像不拍了,妻子失业了,还在城里买房了,家庭经济的拮据加速了忠华的不安分。他先是和我商量,准备在镇上开一家健身馆。这种超前的消费思想在农村肯定行不通,我断然否定了他的设想。后来,他又想开一个网吧。

这是好主意，我赞同。

网吧开张那天，几个要好的朋友一起去捧场，放了几个大烟花，说了一些"恭喜发财"之类的俗套话。

网吧生意很好，两元钱一小时的上网费，在高峰期，一天能有七八百元的收入，而运营成本只有人工费、房租与电费。可是三个月后，网吧就停业了。

为什么呢？原来周边一所中学的学生要来上网，有的调皮孩子半夜也跳墙出来玩。今天赶走了，明天又来。他觉得这个生意不能做了。就这么简单。这家伙还是有底线的，不会只盯着钱看。

忠华一直想做一件既有文化品位，又有经济收益的大事。有一段时间，他整夜整夜地失眠，因为他有一个宏大的设想——创建国学研究会，且正儿八经地拟好了章程，制订了学员授课计划，请我过目。面对如此春秋大梦，我当头给他浇了一盆冷水。

2006 年，忠华想到了开书店，我十分赞同。一方面是因为当时衢州城缺乏有品位的书店；另一方面是自己买书花费不菲，如他开了书店，我必是忠实的顾客。

七月，我外出旅游时，他就开始装修了。八月初，他的书友书店正式营业。进门，显眼处是十二个大字：

维护读者权益　书友拒绝盗版

在那个盗版盛行的年代，如此大张旗鼓地反盗版，是需要勇气的。

至此，我便戏称他为"书友破书店"，后来简称为"破书店"。

开业之后，但凡有空，他就泡在店里，忙个不停。晚上，我常去玩，每次离开时，街上已行人寥寥，可他还是坐在电脑前，说是要再做一点事儿。

我多次问他，做得这么辛苦，不累不倦吗？他说，越做越觉得有意思，即便什么都不做，在店里随便转转，整理一下书架上的书，也十分惬意。

偶尔得闲，他则捧着一本书，在吧台后静读。他是爱书之人，曾花了一个月的薪水买一本画册。

开了书店后，每有好书，他便自己先拿一册，收藏起来。

破书店豪言要开百年老书店。他想办法，跑关系。慢慢地，顾客多起来了，也有单位来采购了。

开书店，其实挺累的。我曾帮他看店一天，上午八点到岗，晚上八时许他来接班，营业额已达1300多元。可是整整十二个小时，几乎没有空闲。忙着时，没啥感觉；闲下来后，才发现浑身说不出的困乏。

我又忍不住问他累不累。他却说，这么有意思的事，怎么会累呢？

他恨不得以书店为家。据他说，这源于小时候的际遇。那时课外读物极少，如今坐拥书城，是对儿时阅读饥渴的补偿。

开店之初，他是什么书能挣钱就做什么书。

渐渐地，定位清晰起来了——仙侠穿越，太俗，不做；养生保健，没必要，不做；流行时尚，不喜欢，不做；后来干脆连教辅也不做了——作为教师，他非常清楚学生应该多读好书，少做甚至不做教辅。

故，他将书店定位为人文书店。

我问，不考虑营收吗？他答道，书店要有自己的追求，要培养自己的读者群。

如此数年，他的心渐渐大了。店面小，难以组织活动；位置又偏，不在大街上，不熟的人难以找到——他要把书店搬到古城门下去，且要两间店面。

他想到了，就去做了。

新店开张后，活动挺多：请作家与学者签名售书，观影，书友聚餐，"文青"手作……书店很是兴旺了一段时间。

也许是发展形势不错，他又扩了一间店面。不久，又在新店面上搭建了一个小阁楼，美其名曰"高空发展"。

然而，他渐渐厌倦了跑关系找销路的日子。如此一来，销售额急剧下降。书店最初的两间店面上方有阁楼，一直空着，他寻思着可以做房间与茶室各两个，为书友提供住宿与比较私密的喝茶聊天空间。有了新想法，他又携夫人四处考察。

做房间与茶室，对于这个小书店来说是"大工程"：得将阁楼打掉，整体下降二十厘米，方有理想的高度。楼上的住户开始投诉，相关部门也来阻拦，他被弄得焦头烂额。所幸，最后终于做成了。

那段时间，他迷上了老木头，一不做二不休，索性把书架全换成老木头的。如此，投资成本大大增加，整个工程下来，消耗了大几十万元。

可完工之后，我印象中，除了景凯旋先生、傅国涌老师与山西作家玄武来住过几次，客房大部分时间都空着，没有产生任何经济效益。而且客房如要正式投入营业，还需要通过诸多审批与检查，他怕麻烦。

书店遂成了几个老书友聚会的场所，以至于门可罗雀。

我问破书店，为啥不再去跑销路了？他说，从心底里不想做这事儿。有亲友为他介绍了单位的团购，做了几次，他也说倦了。因为逢年过节总得去感谢一下相关人士，尽管并不需要值钱的礼品，然而送什么人家才喜欢，以及如何送出手，令他大伤脑筋。

因此，团购也渐渐断了。

2016 年，他与疯姐在桃源七里登山时，无意间看到一座闲置的黄泥瓦房，位于村尾，门前山涧，屋后竹林，群山环抱。

夫妻俩一商量，就买下来，准备造民宿书院，美其名曰"让阅读有配得上的好山水"。

买房子，花费不多；造民宿，投资巨大。况且此处不通大道，所有的建筑材料，或肩挑手扛，或骡子运送，仅运费就是不小的开支。

破书店囊中空空，然脑子好使，他一手想办法贷款，另一手发起众筹。2019年，在近百位书友的帮助下，众筹金额达到近200万元，抱山书院建成。2020年，这里被评为浙江省最高等级民宿——白金宿。

造民宿的甘苦自不待言。他曾与我说过，有一次开车进山，中途突然停车，趴在方向盘上大哭了一场。哭毕，擦干眼泪，继续干。

抱山书院的设计、装修乃至每一件家具，破书店都是费了心思的。对于其间的5000余册藏书，作家玄武评价：

> 环境之美，暂且不提。书院自然有书，不稀奇。但是全国各地，无论是图书馆还是其他，你要找到一个没有烂书的地方，则是太难，基本不存在。抱山书院几乎是奇迹般的存在。
>
> 我对同行的年轻友人说，你直接拍书架，回去按图索骥一册册买一册册读，都是可以的。

书院正常运营后，我以为破书店会安分一些。

没想到，他转身又开了一家抱山手作，专门设计与制作老木头家具。他租了场地，请了几个师傅，乒乒乓乓地干了起来。

他自己难得去手作坊，师傅们都不知有这个老板，因他又爱上了采茶与制茶。他请教了制茶高手，购买了炒制与烘焙器具，一得空就漫山寻找野茶树，乐此不疲。

去年，他又突发奇想，先是把夫人老家废弃多年的瓦房改造成民宿小院，名曰"踏过樱花第几桥"。之后，又将自己老家的砖瓦房全面翻新，名曰"胡不归"民宿。

你还别说，两座老旧的民房经他一番折腾，还真有味道。

我问破书店，民宿造了这么多，怎么经营？他说，造起来再说，没有客人，自己住也舒服的。

我笑他，两家的旧房子都改造完了，看你明年还能折腾什么。他回应道，明年的事儿明年再说，总要做一点事的。

我俩是三十多年的老朋友了，可是一见面就掐架。

我叫他破书店。他唤我破菜刀。

我滴酒不沾。他无酒不欢，且总是惦记着我家那几瓶陈年老酒。

我认为油车技术成熟，补能方便。他谈起电车，眉飞色舞，恨不得马上就买一辆。

我喜欢自然景观，向往大山大河。他热爱古迹遗址，留恋老宅名刹。

一年暑期，我们都要去河西走廊自驾游。我说过几天，忙完了手头的事儿一起出发，路上有个照应。他偏不等我。

又一年，我们好不容易约定携手自驾黔西南，回程时我要去登梵净山，他却要逛凤凰古城，只好分道扬镳。

数日前，我们相约：活着的时候，互掐了一辈子，这还不够；死后，坟墓要面对面而造，一直对着，这叫——"死对头"。

水文姐姐

　　水文姐姐是我在航埠小学工作时的搭班老师。我教语文。她是班主任，教数学。从教以来，水文姐姐是与我搭班时间最长的同事。我们合作了四年。

　　把水文叫作"姐姐"，是有一番来历的。

　　与水文搭班伊始，我对她百般瞧不习惯。

　　她挑食。在学校吃工作餐，常常是打了满满一盘饭菜，吃两口就不要了。这种现象多了，我就忍不住提醒她："你吃多少，打多少，不要打了一大盘，吃了一点，就倒掉，这样会让学生认为你不节约粮食。"

　　水文振振有词："食堂提供的饭菜每次都有余量，反正剩余的都要倒掉，无非是从菜桶饭桶里倒掉，还是从我的盘子里倒掉，没有本质的区别。"

　　我说："不能因为结局一样就忽略了过程。言传身教，注重的就是这个过程。"

　　水文自然是不服气的："反正最后都是用来喂猪。"

　　我无法说服她，只好摇摇头，无奈地表示："姐姐，我服你了。"

　　她对喜欢的食物毫无节制。有时候，饭菜刚刚倒掉，她就泡了一包方便面。

　　我忍不住又讲她："吃方便面不好的。垃圾食品。"

　　她照样振振有词："我肚子饿啊！"

"你刚才多吃几口饭，不就得了？"

她还是振振有词："饭不好吃。方便面好吃啊！"

我无法说服她，只好摇摇头，无奈地表示："姐姐，我服你了。"

凡是水文所喜欢的，一概毫无节制。有段时间，她迷上了泰剧，常常是一天把一部数十集的肥皂剧看完。

我问她："你咋看完的？"

她用奇怪的眼神看了我一眼："我设置了掐头去尾，能节省很多时间；重点看男主女主的戏码，其他的跳过去不看，又能节省不少时间。"

"三十多集，一天也看不完呀！"

"早上起床就看，晚上接着看；还可以设置倍速，加快播放的速度。"

"你昨天晚上看到几点钟？"

"嘿嘿嘿！"水文似乎有些不好意思了，"凌晨四点。"

"经常熬夜对身体不好的。"

"可是，我喜欢呀！"

我无法说服她，只好摇摇头，无奈地表示："姐姐，我服你了。"

水文胖。为此，她自己也时常苦恼，有时还顾影自怜，说："我年轻的时候，可苗条了。大家都说我身材好……"

我讥讽她："阿 Q 经常说，先前，我家比你家阔多了！"

她不以为意："可惜，以前买的那些好看的衣服，我现在都穿不下了。"

我立马鼓励她："锻炼啊，跟着我骑自行车，跑步。合理运动，饮食有时，保证睡眠，就能减肥了。"

她马上转移话题："她们说我这是福相呢！有福还不好吗？谁不希望有福呢？"

我气不过，就反驳她："欧美发达国家已经把肥胖定义为一种病，你再这样下去，以后高血压、高血脂、心脏病，就全都找上门来了！"

她立马一副知足常乐的样子，嘴里念叨着："活着就好，活着就好！"

我无法说服她，只好摇摇头，无奈地表示："姐姐，我服你了。"

水文被我诟病的，还有各种不足：说话唠叨啦，不注意随手关灯啦，一点点事情就要咋咋呼呼大惊小怪啦，不一而足。

最让我生气的是，每次学校里布置工作，我作为副校长，到年级组传达会议精神，布置相关任务。我刚讲完，年级组长水文就马上把任务又交给我去做。

我很不理解，向她申诉："我代表学校布置的工作，咋一下子全变成我自己的工作了呢？"

她很认真地看着我："你是我年级组的成员吗？"

我只好说："是的。"

"我是组长，你要服从组长安排，是吗？"

我只好又说："是的。"

"你是学校领导，是吗？"

我只好说："是的。"

"学校领导应该支持年级组长的工作，是吗？"

我只好又说："是的。"

她狡黠地笑了："所以叫你做，没错啊！"

我时常对她说："我这个领导，在你面前，啥也不是。只有被你反复欺负。"

她还是振振有词："哎呀，能者多劳嘛！"

我无法说服她，只好摇摇头，无奈地表示："姐姐，我服你了。"

同年级的留芳老师私下对我说:"赖老师,我估计全校只有水文敢这样支使你。"

我说:"我对她一点办法也没有。"

留芳却说:"我觉得这样挺好的。"

我装出暴跳如雷的模样,指着她的鼻子说:"你跟着她,也学坏了!"

留芳缩着脑袋,偷笑了一会儿,又安慰我:"我们都知道你是好人。"

我哭笑不得。

水文有两句口头禅。

一句是"哎哟喂,哎哟喂!"她常常心急火燎地跑进跑出办公室,嘴里念叨着"哎哟喂,哎哟喂!"之所以这样,是因为她没心没肺,丢三落四,不是忘了这个,就是忘了那个。

另一句是"我做不来的喂,我做不来的喂!"借着这个由头,我一布置工作,她转手就把工作又布置给我。

其实,水文很能干。

她是数学老师,专业素养很高。有一次,我在手机上笨手笨脚地算98与129相乘,嘴里还念叨着。还没等我在键盘上敲出数字,水文就脱口而出了——她是口算的。

我表示佩服。她却不以为意,说:"这有啥呀,你再出几道更复杂的乘法题目,我也比你用手机算得快。"我一试,果然。

她是班主任,组织能力很强。要开家长会了,她想把组织工作推给副班主任——就是我了。这次,我坚决不从,她很无奈。本以为像她这么粗枝大叶又没心没肺的家伙,会随便整一下,没想到正式开会时,内容安排得很合理,考虑得很周全,两个小主持人也有模有样。最后甚至展演了全班的乐器齐奏。

水文除了作为班主任讲了一些必须要讲的话之外，基本当上了甩手掌柜。

因水文治班有方，学校里组织班主任论坛，布置她介绍经验。她立马拒绝了："哎哟喂，哎哟喂！我做不来的，我做不来的！"可是，得知无法推辞，她还是认真写了稿子。

论坛上，她讲到发动班里的孩子学习吹葫芦丝，因为音乐老师任教的班级比较多，不能随时到教室里来辅导，她就自学，学会了，再教孩子们。

说着，她从身后掏出一支葫芦丝来，说："我现在就吹给大家听听，看看我的水平怎么样。"

小伙伴们都呆了。接着，掌声四起。水文激动得满脸绯红，立马吹起了葫芦丝。可是，一吹，没吹响；再一吹，跑调了。小伙伴们在下面笑成一团。我提醒她："你太紧张了，我们都知道你会吹的。现在就别吹了，继续讲吧！"

水文发了狠，说："哟喂！这支葫芦丝今天还要和我作对！我非用它吹出一首歌来不可！"她定了定神，静了静气，果然吹了一首完整的曲子。

我心里暗暗佩服：水文这个"市十佳班主任"绝不是浪得虚名的。

我一直怂恿水文锻炼身体，跟我一起跑步。她一直不肯答应，每次总说"活着就好，活着就好"。终于有一天，她不知是咋回事，答应第二天和我一起到学校晨跑。

第二天，我一早就到了学校，绕着操场跑啊跑，跑了五千米，她没来；又跑了十千米，她还没来；约定的时间早就过了，她还是没来。

柴嘉杰、叶文杰等一干小屁孩跟着我跑。我边跑边和他们聊天："陈老师答应我的事情却做不到，气死我了！等会儿她来了，我们一起捉弄她一下好不好？"

小屁孩们一听这话，一个个眼睛发亮："好的，好的！"

"等陈老师出现时，你们一起喊'水文姐姐'。"

"这……我们可不敢……陈老师要不高兴的。"

"好啊,你们只怕陈老师不高兴。"我瞪着眼珠子,威胁他们,"你们难道不怕我现在就不高兴吗?"

小屁孩们面临两难选择,鉴于好汉不吃眼前亏,纷纷说:"好的,好的!"

过了好一会儿,水文姗姗现身。我丢了个眼色给破孩子们,他们小声叫道:"水文姐姐,水文姐姐。"

我大声说:"我没听到!"

他们立马大声喊:"水文姐姐!水文姐姐!……"喊着喊着,他们就跑开了。

水文莫名其妙。从此,"水文姐姐"这个名号就渐渐叫开了,不管男女老少,大家都这么称呼她。

水文姐姐看我与朋友常在周末骑车、爬山、品尝美食,于是她也想参与。我欲擒故纵,说要考虑考虑。她几番请求,我终于同意。

第一次,是骑行"七里—太真"线路,衢州山地骑行的入门路线。事先,我怕水文姐姐体力不支,叮嘱她带几块巧克力。没想到骑不多远,她就嚷嚷骑不动了,要休息。一休息,她就掏出巧克力猛啃,名曰"补充体力"。骑了不到四分之一的路程,她的巧克力全下肚了。后来,我的巧克力也全都被她吃掉了。

这一次骑了九十千米,可把水文姐姐骑怕了。以至于她好久都不敢参加我们的活动。后来,不知是我们不断地蛊惑起了作用,还是水文姐姐也有爱美之心,想通过骑行来达到健身的目的。反正她又跟我们骑了好多次。

水文姐姐骑车,麻烦特别多。一会儿嫌头盔的带子勒得太难受,一会儿怪鼻涕水挂下来了,一会儿又觉得魔术头巾蒙着脸影响了呼吸……她有一万个骑不动的理由。

每次，她想放弃的时候，我就吓唬她：你再不好好骑，我就把你扔在半路上，这地方是个光棍村，万一路边跳出个人来，我可管不了你。

　　每次，她喘着粗气问我："赖建平，还有多远？"我都告诉她，十千米。再问，就是五千米。继续问，就是三千米。接下来不管问多少次，全是三千米。她上了数次当，就不问了。

　　后来有一次，水文姐姐"嘻嘻嘻"地笑了好一会儿，问我："赖建平，你知道我为什么要和你们一起骑车吗？"

　　我说："运动减肥啊！"

　　水文姐姐摇摇头，说："不是。"

　　我纳闷了："那是为啥呢？"

　　她低头，捂着嘴巴，"嘻嘻嘻"地又笑了好一会儿，说："我告诉你，你不要骂我啊！我是看你们每次出去，都吃好吃的——我也想吃点儿。你不要骂我啊！"

　　我哭笑不得。

　　我常在操场上跑，常常跑数十圈，甚至上百圈。不少孩子受我的感染，跟着跑，有些老师也慢慢跑起来了。终于，水文姐姐也跑起来了。她虽然体能不行，但发了狠，每天八千米，还发图让我监督。

　　她不爱运动的习惯变了，但丢三落四依旧，居然把房产证、土地证等许多重要的证件给丢了。不得已，只好去重新办理。

　　在行政服务中心的办证窗口，她把自己的身份证递了进去，工作人员左看右看，满脸疑惑。水文姐姐被她看得心里发毛，问："看啥，难道一个大活人还能造假吗？"

　　工作人员指着身份证上的照片，问她："照片上这个人不像你啊！"

　　"咋不是我？就是我！你要不要给我办啊？"水文姐姐不高兴了。

办好了手续，水文姐姐在镜子里看了看自己，又看了看身份证，终于明白了工作人员的诧异——照片与本人简直是两个人——她瘦了一大圈。

水文姐姐想一出是一出，而且想到要做什么，就要立马去做，一分钟都不想耽搁。

一次，她忽然心血来潮，说："赖建平，我要来听你的课。"

我大惊："干吗？别来打搅我上课。"

"我就要来。"水文姐姐很坚持。

"我的工作有不受打搅的权利。"我也很坚持。

"你是优秀教育人才呀！我虽然是中年大婶，也有上进心的呀，也想进步的呀！"水文姐姐满嘴歪理。

"姐姐！"我投降了，哀求道，"你是教数学的，我是教语文的，你听啥语文课呀？"

"语文没学好，数学也要受影响的。"水文姐姐继续诡辩。

"求求你，不要来了。家常课，没啥好听的。"

"不好听，我更要来，我要检查我的副班主任的教学工作！"水文姐姐振振有词。

"等会儿上课了，我就把门关掉。"我终于想出办法来了。

"你如果把门关掉，我就不停敲门，敲到你开门为止。"水文姐姐是说得到做得到的。

我怕了，连忙讨饶："姐姐，门就不要敲了，你来吧，来吧……"

上课了，水文姐姐果然拿着一条凳子，坐在教室后，还掏出个本子，不时记着些什么。

下课了，水文姐姐在办公室里眉飞色舞："哇，赖建平的语文课真是上得好，我班里的学生真有福气，这是用钱都买不来的……我小时候如果能听到这么好的语文课，现在语文也不会这么差了！"

我说："水文姐姐，你现在如愿以偿了吧？"

结果，她说："我以后有空都要来听语文课了。"

我仿佛被当头揍了一棍。

后来，水文姐姐果然隔三岔五地来听课。她还要求举手发言。我经过孩子们的同意，也给了她机会，回答得还不错。

有一次，我代上一节音乐课。水文姐姐问我上什么内容。我说："先让学生学习《时间都去哪儿了》的歌词，再观看视频，学唱歌。"

水文姐姐忽然又来了兴致，说："我也要来学的。"

我几乎要跪下了，求她："水文姐姐，音乐课你就不要来听了，这不是我的专长，我连钢琴都不会。"

水文姐姐一脸蛮横，说："反正我要来的。"

"好吧，你要来就来吧，我就当课堂上没有你这个人。"

"时间都去哪儿了，还没好好地感受年轻就老了……"

读着，唱着，教室里隐约传来某种不太和谐的声音，不过我没在意。等我终于发现是水文姐姐那边传来的抽泣声时，她已被自己感动得泣不成声，泪流满面。

我也不是好惹的，为了报复水文姐姐，也是颇动了一番歪脑子的。

又是一次代音乐课，我教《米兰》。

"老师窗前有一盆米兰，小小的黄花藏在绿叶间。它不是为了争春才开花，默默地把芳香洒满人心田。啊，米兰，啊，米兰，像我们敬爱的老师，像我们敬爱的老师，我爱老师就像爱米兰。"

破孩子们唱着唱着，我灵机一动，就引导他们把歌词略作改动：

"水文窗前有一盆米兰，小小的黄花藏在绿叶间。它不是为了争春才开花，默默地把芳香洒满人心田。啊，水文，啊，水文，是我们敬爱的老师，像我们喜爱的米兰，我爱米兰，就像爱水文。"

破孩子们唱得摇头晃脑，不亦乐乎！下课时，我要求他们下节课上课时，告诉水文姐姐，我们学了一首很好听的歌，并且一定要把这首歌唱给她听。

没想到数学课下课了，水文姐姐兴冲冲地跑进办公室，说："赖建平，这首歌被你一改编，还蛮好听的，我喜欢！"

我本想捉弄她一下，却吃了哑巴亏。

不过有一件事，让水文姐姐很是郁闷了一回，说起来特别可笑——是她自找的。

一日，她心血来潮，要在班里测试一下在破孩子们的心中，她和我到底谁更重要。

她是这么问的："如果我和赖老师，只能留下一个，你们希望谁留下来啊？"

一个破孩子愣头愣脑地问："是不是实话实说？"

水文姐姐正色道："当然！"

让水文姐姐大跌眼镜的是，除了稀稀拉拉十几个孩子主张留下她，大部分孩子都希望留下来的是我。

水文姐姐没想到是这个结果，她不甘心，就问柴嘉杰——这家伙是她的得意弟子，数学经常考满分；这家伙却是个懒汉，生字懒得抄，作文懒得写，是以语文大多数时候只能考六七十分，经常被我训话。

"柴嘉杰，为什么你也选赖老师啊？"

柴嘉杰居然说："陈老师，您带了我们五年，我们和您感情很深，但是我们还是觉得赖老师对我们更重要。"

水文姐姐颇受打击，在办公室里垂头丧气，嘴里念念有词："这个班真没良心，五年都白教了，都白教了……"不过她马上又眉开眼笑了，"嘿嘿"地笑着，说："这样也好，这样也好，这样说明我的搭档优秀啊，我也跟着沾光了……"

她的情绪变化如此之快，让我目瞪口呆。

水文姐姐心直口快，喜怒哀乐全形于色。作为长期搭档，我受够了她，一直想找个机会捉弄她。

毕业联欢会，我等待已久的机会到了。为了在毕业联欢会上，把水文姐姐弄得哇哇大哭，我设计了无数次台词，几乎每一句都是催泪弹，都能打开水文姐姐的泪腺，使之"飞流直下三千尺"。水文姐姐平静地对破孩子们发表最后的演讲，婆婆妈妈地讲着卫生啦、安全啦这些鸡毛蒜皮的小事，丝毫没有我预想中的激动与不舍。

水文姐姐讲完了，该我讲几句了。看着这班陪伴了我四年的破孩子，他们正没心没肺地交换零食，吃东西，扭过头去谈笑，我原先设计好的那些煽情的、用来捉弄水文姐姐的话语，竟然一句也想不起来了。

我只能语无伦次地说："同学们，你们就要毕业了……就要离开赖老师了……请你们记住，你们是赖老师的学生……你们走得再远，都走不出赖老师的思念……"

破孩子们还在没心没肺地交换零食，吃东西，扭过头去谈笑。我眼眶一热，突然失态，捂着嘴巴，趴在窗口，哭出声来了。

我擦干眼泪时，水文姐姐走过来，关切地问我："赖建平，你刚才怎么哭了？"

阮　子

阮子，是我曾经的同事与助手。

科室的事儿冗繁芜杂，可是阮子每天都是笑眯眯的，似乎啥事做起来都挺有意思的。只有一次，一位老教师不接受她安排的代课任务，还说了一些过激的话，她气得两腮通红，跑来找我，"呼哧呼哧"地直喘气，要我为她"主持公道"。等我把事情处理好之后，她的气也消了，还夸我处理得好，称自己需要学习的东西还很多。其实，我从她那儿学到的更多。

学生时代，我是文学青年，发表过一些散文与小诗，可惜岁月消逝，激情渐薄，俗务缠身，以至于动笔渐少。有一段时间，我看阮子在网络上玩得乐此不疲，还常常喜不自胜地笑出声来。一问，才知道她在玩那时最火的博客。我被感染了，也跟着玩了起来，沉睡了多年的写作冲动被唤醒了。

从那时始，我一直写，陆陆续续写了一百多万字。不过，我从未想过投稿。

2008 年，阮子在专业杂志上发了一篇文章，尽管是一篇很小的文章，却在我心里引起了极大的震动——看似遥不可及的事儿，只要敢于尝试，就可能成功。阮子的成功又唤醒了我投稿的冲动。同年末，我也发了一篇专业的小文章，于是兴冲冲地给阮子看，未曾想到，她随意翻阅了一下，竟然在杂志中也发现了她的名字——我们竟然以这种方式相遇。

后来，我又在本地的晚报上读到了阮子的随笔。其时，我已暗下决心，只要阮子做到的，我也要努力去做。就这样，阮子在帮我打开了专业写作的大门之后，又顺手帮我重新推开了文学写作的小窗。

多年同事成兄弟，我和阮子亦如是。

周日早晨，我懒洋洋地在阳台上看书，忽然接到蓝灵芝的电话，问我，要不要带上家人到阮子家去打牌。我有些犹豫，几家人一起，得十几个人，不太好吧？蓝灵芝说，是阮子自己提出来的，今天她老公不在家，说是让大家在她家里吃饭，痛痛快快玩一天。

我于是欣然前往。几家人，大人摆开牌桌，打扑克牌，没轮到的就在边上当观众；小孩到处乱跑，捉迷藏，玩得兴起时，大呼小叫。我看孩子们简直玩疯了，提醒他们："你们声音轻一点，不要吵！"没想到阮子却说："没关系，今天让他们放开来玩！"得到女主人的许可，孩子们玩得更闹腾了。我们的牌局也渐入佳境，玩到得意处，也和孩子们一样，忍不住大呼小叫。

在阮子家美美地吃了一顿大餐，牌局继续，游戏也继续。可是好景不长，玩了不多一会儿，阮子的儿子小胖期期艾艾地走到她身边，说："妈妈，我要去练跆拳道。"

阮子头也不抬，手臂一挥，对小胖说："今天在家里玩，不用去练跆拳道了！"

小胖其实也不愿意去练跆拳道，但还是噘着嘴巴说："要去的，要去的……"

阮子有些急了，呵斥道："平时叫你去，你偏不去；今天有人玩，叫你不要去，你偏要去。你烦不烦哪？没看妈妈正忙着，没时间送你去跆拳道馆。在家里和姐姐弟弟们好好玩，不要去了！"

小胖也急了，跺着脚说："要去的，不去的话，爸爸要骂的。"

阮子应道："今天爸爸不在家，妈妈答应你不用去。"

小胖急得要哭了："可是爸爸在家里呀！"

"啊！"我们愣住了——阮子不是说老公不在家吗？

这时，房门"吱呀"一声开了，阮子的先生——老徐走了出来。

阮子诧异不已，两颊涨得通红，两眼瞪着老徐，像是看一个外星人似的，问老徐："你怎么在家里？"

老徐带着腼腆的笑，慢悠悠地说："我一直在家里。你们说的话我都听见了。"

阮子更奇怪了："我怎么没看到你？"

原来，老徐夜班归来，径直钻到被窝里睡觉去了，而其时阮子已经起床。

我们纷纷致歉，说打搅了老徐补觉。老徐连连宽慰我们，说没事的，没事的。

正在尴尬之时，阮子似乎临时作出了一个重大的决定，她又一挥手，对老徐说："这样吧，你睡醒了，没事干，正好送儿子去练跆拳道。"

等老徐拉着小胖的手出了门，走远了。众人你看我，我看你，一阵哄堂大笑之后，打牌的继续打牌，游戏的继续游戏。

几年之后，阮子离开了我们——进城了。现在，我们一年难得见一次面，偶尔在 QQ 上或者微信上淡淡问候一声，打趣一下。

其实，真正的朋友，无须经常联系。如果彼此需要，哪怕千山万水，只要招呼一声，立即拍马赶到。

阮子，就是这样的朋友。

愣头青

学校里来了一批新老师，一群青春靓丽的美少女中，夹杂着一个敦实憨厚的小伙子。看他愣头愣脑的样子，我心头不由得冒出一个词——"愣头青"。

愣头青对学校的一切都觉得惊奇，无论是环境还是设备，无论是对人还是对事。他常常睁大了那双不大的眼睛，呆呆地发出一声感叹："哇！"只要你在他身边，就能感觉得到，这一声悠长的感叹的确发自他身体的深处。

学校要为每个新教师配一个师傅，教研组长宣布这个消息时，愣头青略略一愣，脱口而出："我要赖老师做我的师傅！"弄得我好不尴尬。

过一阵子，愣头青找到了我，说："赖老师，我第一次听你讲话，就觉得应该拜你为师。我刚才那样讲，你不介意吧？不会得罪其他老师吧？"

我笑了："能得到你的认可，我很高兴，愿意做你的师傅。你诚实于自己的内心，说的是真话，说真话的人是值得尊重的。"

听我这么一说，他释然了，又问我："那么，以后我可以叫你师傅了吗？"

"当然可以！"

得到我肯定的答复，愣头青欢天喜地而去。从此以后，他隔三岔五地就有问题问我，有的问题简直幼稚得可爱，但是他问得一本正经，我也答得有板有眼。

一个中午，愣头青走进我的办公室，搓搓手掌，摸摸脑袋，抓抓耳朵，欲说还休。

　　我说："有话不妨直说。"他的脸"唰"地红了。我明白了，这小子年纪也不小了，整天掉在花堆里，应该是看上哪个美女同事了。

　　果然，我猜中了他的心思。他又搓搓手掌，摸摸脑袋，抓抓耳朵，说："好几个我都喜欢，不知道哪个更适合我，想听听师傅的意见。"

　　我仔细听了他的想法，耐心地进行了分析，最后帮他确定了目标：秋英——一个福建姑娘，个子高挑，工作踏实，爱动脑筋。

　　我对愣头青说："这姑娘以后必定是贤妻良母。谁娶她，谁赚到。如果她嫁给你，顺便还可以帮助你家改良一下品种——孩子肯定长得比你高！"

　　这下子，愣头青没有搓手掌，没有摸脑袋，更没有抓耳朵，而是歪着头想了一想，然后下定了决心似的："就她了！"

　　看他还站着不走，我问他："还有事吗？"

　　愣头青的脸又"唰"地红了："我不知道怎么向她表白，又怕遭到拒绝，怎么办？"

　　"你如果怕别人拒绝，就一辈子不要谈恋爱了。"我调侃了他一句，接着又说，"谈恋爱也要对症下药，因材施教。我不可能教给你具体的方法，但可以告诉你十六字方针——投其所好，脸厚心黑，不达目的，誓不罢休。"

　　看他还在犹豫，我又补充了一句："一个小姑娘，远道而来，举目无亲，你这时候去关心一下，她肯定很感动，你再施以手段，她还不主动投怀送抱吗？"

　　愣头青其实不笨，听了我的一番指点，他恍然大悟，欢天喜地地去了。

　　过了一段时间，他雄赳赳气昂昂跨进我的办公室，大声宣布："师傅，我成功了！"

　　我从稿纸上抬起头来，一头雾水。他挤眉弄眼道："就前段时间和你说的那个事儿。"然后，他清清嗓子，挺直身子，接受我的恭喜。

愣头青要结婚了。

他找到我，说："赖老师，你能不能给我当婚礼的主持人？"

我说："为啥？"

他眨巴眨巴小眼睛说："我参加过你主持的几场婚礼，觉得你能根据新郎新娘的情况量身定制主持词，不拘一格，不落俗套，那时候我就想，以后我结婚的时候，一定要请赖老师做婚礼主持人。"

我看着他，不作声。

他被我看得心里有点不踏实，又追问了一句："赖老师，可以吗？"

我亮开大嗓门，训斥他："你明知道我肯定会答应你的，还问个啥？选个时间，我们具体商量一下婚礼的细节。"

愣头青挨了骂，却满心欢喜，屁颠屁颠而去。

我常跟愣头青开玩笑。

一次，大伙儿在食堂里吃工作餐。我对他说："你这辈子，到现在为止，只有一件事情是做对的。"

他愣头愣脑地想了好一会儿，委屈地说："不会吧？！我怎么其他事情都做错了呢？"

愣头青的妻子——就是福建姑娘曹秋英——后来成了教师中的作家，人称"蚯蚓老师"，吃吃地笑了，接口道："赖老师，我知道他哪件事情是做对的——就是娶了俺呗！"

愣头青马上眉开眼笑，自豪地说："那是当然的！"继而又拍我的马屁："都是在师傅指导之下取得的成果。"

一次，我有事找他，电话接通之后，故意板起面孔，教训他："你这个蠢

108

货！"

没想到电话那头，愣头青不假思索，毕恭毕敬地应了一声："哎！"他如此诚恳，弄得我倒不知如何应对了。

玩笑开多了，有时难免"擦枪走火"。

又有一次，电话响起，我一看，是愣头青的号码，就想捉弄他一番，于是故意捏腔拿调、怪声怪气地问候他："嗨，亲爱的！"

不料，电话那头居然传来年轻女子的声音——居然是"蚯蚓老师"。我慌忙解释，并再三乞求："此事万不可被愣头青那厮知晓。"

没想到，次日，愣头青走到我面前，"嘿嘿"地干笑了几声，说："昨天，你和蚯蚓的对话，我早就知道了。"

我装作要跳起来的样子，气急败坏地说："好个蚯蚓，说话不算话，居然把我和她之间的秘密告诉你！"

他眨巴着不大的眼睛，得意扬扬地说："昨天，你们通话时，我就在她边上。嘿嘿嘿……"

愣头青做爸爸了。

周末，他来找我，说："赖老师，我儿子五行缺火，我想给他取个带'火'字的名字，或者'火'多一点的名字。你觉得怎样？"

我说："我倒觉得你五行缺心。"

愣头青愣了，他不知道五行缺心是什么意思。

我说："你是缺心眼儿呀！怎么相信这个？"

他讪讪地笑道："宁可信其有，不可信其无。"

我说："我理解你那颗做父亲的心。说说你自己给儿子取了什么名字吧。"

"方曹灿。我和蚯蚓觉得读起来不太顺口。"

我一听就知道，这是受了我女儿名字的影响——夫妻双方的姓氏加上一个字。

"你不必拘泥于把蚯蚓的姓也加进名字里去。既然想要'火'多一点，灿字的'火'就太少了。不如取名为——方灿然吧！"

"方灿然，方灿然……"愣头青在念叨，"这个名字叫起来比方曹灿顺口。可为什么这里面的'火'会多一点呢？"

"'然'字的本义是燃烧，下面的'四点水'，是火的变形，其实是'四点火'呀！"

"哦！"愣头青恍然大悟。

"灿然，不仅火多，而且有明亮的意思。男孩子就应该阳光一点，开朗一点，你说是吧？"

愣头青一拍大腿，道："哇！这个名字叫起来响亮，含义又好。叫方灿然，就这么定了！"

我说："你确定不征求一下蚯蚓的意见？"

愣头青露出他招牌式的腼腆笑容："蚯蚓正是因为自己想不出来，才让我来请教你老人家的。再说了，这点小事，我还是能做主的。"

愣头青做事有一股愣劲儿。

我曾带着一帮青年教师研究《临死前的严监生》一课，这是《儒林外史》中的经典片段。他们一次又一次地试教，却被我一次又一次地否定。愣头青终于熬不住了，求我："师傅，怎么上这篇课文，你告诉我们好吗？"

我只指明方向，只阐述我想要的效果，尽管在我心中已经有了理想的教学设计。临了，我扔下一句话："只要你肯动脑筋，办法总是有的！"

愣头青的愣劲儿一下子上来了，他咬咬牙，斩钉截铁地说："好，我一定动脑筋，想出办法来！"

这篇课文一共上了八次，后来，还真被愣头青想出了一个好办法。其他几个小年轻受网上资料的影响，都是围绕严监生的"两个手指"的含义展开教学，他却独辟蹊径，聚焦严监生的动作拟定思路。这个设计与我的想法不谋而合，只不过他的教学设想还比较粗糙。

最后，我亲自演绎给他们看，还写了一篇文章。愣头青口服心服。

愣头青并不擅长写作，但有上进心。我号召青年教师要多写文章，他积极响应。一次，我到他办公室去时，他正在写一篇征文，就逮住我帮他修改。我坐下来，"噼里啪啦"一通删，删得他心惊肉跳，一口一口倒吸凉气。

后来，他忍不住求我："赖老师，你能不能不要删了？"我说："干吗？"他说："你的删除键敲一下，我的心就痛一下。"我说："你觉得我删改得不合理吗？"他说："那倒不是，我只是舍不得。"

最后，他三千多字的文章，只剩下约一千八百字。

他说，这下好了，我连字数都不够了。我说，你知道我为什么要把这些话都删掉吗？他老实说，不知道。我说，因为删掉的这些，都是废话，而且都是你从网上抄来的废话。他惊叫起来，哎呀，赖老师，你怎么知道的？我笑笑，说，你以为我这个师傅是吃素的吗？这些废话的语言风格与你自己的不一样，你以为我看不出来吗？

愣头青也心悦诚服。

我和愣头青做了七年的同事之后，他突然提出要进城。

接到他的进城申请，领导百般挽留。愣头青的愣劲儿上来之后，莫说领导，就是一百头牛也休想把他拉回来。可三天之后，他突然把我叫到一个无人之处，告诉我不想走了。

我诧异了："你好不容易得到领导的批复，怎么又不想走了？！"

他胸口急剧起伏了几下，似乎胸膛里波涛汹涌，忽然"呜呜呜"地哭了，边哭边说："现在，学校正是最困难的时刻，我这时候走，是不是成了无情无义之人？"

我好一番劝说，他才渐渐平复了情绪。

愣头青顺利进城了，然而生活并不总是一帆风顺的。

一天，蚯蚓对我说："赖老师，有个事情想和你说，又不好开口。"

我说："我们之间，有话直说，有啥不好开口的？"

"你献过好几次血，是吧？"

"是的。"

"是这样的，小良爸爸做手术要用血，而我和小良又不符合献血的标准，你能不能帮我们去献一次？"

我有些生气，瞪着眼珠子质问她："这么重要的事情，小良为啥不直接和我讲？"

"他脸皮薄，不好意思说。"

"告诉小良，没问题。明天我就把献血的单子送到医院里去。"

第二天下午，我去献了血，晚上把单子送到老人的病房里。回家后，我就休息了，忘了关手机。半夜，"叮"的一声，收到一条信息——是愣头青发来的："赖老师，谢谢你！以后你如果让我为你去死，我都是愿意的。"

我哭笑不得——哎，这家伙的愣劲儿又上来了！

骑行侠

口述：梁鹏成　整理：赖建平

2015 年到 2018 年，我在深圳一家公司做了三年。按部就班的工作，常态化的加班，使我厌倦。明天就是今天的重复。难道我就这样过一辈子吗？

我想辞职，想完成一个心愿，做一件富有挑战性的事儿——骑行 318 川藏南线。后来想想，318 也就两千多公里，不到一个月就能骑完。既然辞职了，干脆搞个大的，环中国骑行。

得知我要辞职去骑行，父母坚决反对。父亲原本便固执而强势，母亲要好商量一点，但在这件事上，他们的观点高度一致。姐姐开始有点儿不知所措，不知道是该支持还是该反对，后来她征询我的小学语文老师赖老师的意见——赖老师也是骑行爱好者——就毅然选择了支持，还给我买了一堆速干衣。

说实在的，我快三十岁了，本来应该买房谈恋爱结婚生子了，这年龄出去骑行，挺尴尬的。不过既然决定了，也不管那么多了。

为了这次骑行，我光是做攻略，就看完了 10T 的纪录片。边看边查地图，一一校对纪录片上的正误。长途骑行，万一因为认知有误，错过了食宿点，那就麻烦了。

113

我是重装骑行，帐篷，睡袋，冲锋衣，毛毯，食物，水，修车工具，仅行李加起来就有七八十斤重。刚开始，我带的是自安装帐篷，质量好，但是挺重的。后来，在常德遇到俩骑友，他们的帐篷、睡袋、防潮垫加起来，总共不过150元，便宜得要命。最关键的是帐篷很轻，才一公斤多一点。

我果断把原来的帐篷寄到了朋友家里，转身买了他们那一款。除了轻这个优点之外，它还很便宜，更重要的是，我认为可以用就成。我的运动相机、移动硬盘，都是便宜货。我不怕艰苦，喜欢克服困难。不过，这款帐篷不防水。

我对318国道很失望，车多，人多，一路乱哄哄的，像个菜市场。刚开始，甚至想过放弃。进入219国道后，我找到了享受的感觉。后来，就上瘾了。没错，是上瘾了。我不擅长社交，喜欢独处。在219，我一天见不到几个人，大多数时间都是一个人在路上。天高地阔，风景全是我的，舒服啊。

我是穷游，对吃不讲究。带个油气两用炉，自己买菜做饭，是否好吃不打紧，能填饱肚子就成。关键是开支小，经常一天只花一二十块钱。在西藏，我买了五斤糌粑粉，才二十块钱。这货顶饿，我一直吃到进入西安，还没有吃完，最后剩下几口，发霉了，才扔了。干脆面也是常备的，八角或一块钱一包，便宜。带个三四包，在路上，饿了就啃一包，省事。

有些骑友比较奢侈，吃饭下馆子，住驿站和宾馆。我不和他们一起吃饭。一来，有的人吃饭要喝酒，吃饱了又要休息，费事；二来，我极少吃正餐，饭点到了，就吃糌粑粉和干脆面。

经过饭店门口，我闻闻他们饭菜的香味，就满足了。

从2018年4月14日踏上征程，一直都很顺利，还真没遇到大困难。当然，车胎被戳破是常事。

小困难还是有的。

在新疆的巴音郭楞乡，肚子饿得要命，备用的食品都吃光了，口袋里只有 15 块钱。手机没有信号，搞不出钱来。路边的拌面 20 元一份，买不起。巴音郭楞虽说是个乡，可是没几户人家，连个卖零食的小店都找不到。没办法，只得走人。到巴音布鲁克还有四五十公里，我自忖能撑到那里。

这时，一个自驾的大哥看出了我的窘况，他塞给我二十元钱，我不要。他一定要塞给我，说吃口热饭吧，把钱塞到了车把上。我不好再拒绝。

我饿啊，啥东西都能吃下。赶紧点了拌面。拌面好，菜是限量的，面却可以无限量加。我拼命吃，尽量多吃一些，吃到撑，吃到想吐为止。吃着拌面，我哭了。

我常这样，只要是在小店里吃饭，一定要吃到撑得不行。在 219，我每天只吃一顿正餐，一般是晚餐。早饭是不吃的，早上起来，直接走人，一顿饭就省了。

有时候也馋。实在馋得慌，就吃糖。吃一颗糖，就觉得好幸福。

糖果是在 219 的死人沟买的，一块钱四颗，我买了十块钱，还有没吃完的，留在家里。这里，藏民卖的方便面和糖果，比别的地方便宜多了。

在路上，水是必不可少的。正常情况，我带的水是够的。有时候，还带得太多了，白白浪费了力气。

在新疆，从民丰到轮南，是沙漠公路，大约有 540 公里，我担心水不够，带了九升。没想到路边有 108 个水井坊，除了第一个与最后一个分别距民丰与轮南各四五十公里，中间路段很密集，每隔四公里就有一个，加水很方便。

也有缺水的时候。

在 219 的 594 道班，水喝完了，看到后面有房子，就去找水。房子很大，院子也很大，可是见不到一个人。天气不太好，是黑云压顶那种，有些恐怖。虽然找不到水，但是地上有很多矿泉水瓶，有的里面还有水。我就东捡一个瓶子，倒一点水；西捡一个瓶子，倒一点水；用气化炉烧开，凑合着喝了。

运气好极了，我在院子里找水时，居然捡到了一瓶豆瓣酱。有口福了。

我特别喜欢吃棒冰，越累越想吃，越冷越想吃。吃得最多的一天，是在神农架，一天吃了十来个棒冰、冰激凌，带巧克力的那种，我最喜欢。

我在哪儿都能睡，大部分时间是露营。荒郊野外，废弃的工棚，未完工的工地，厕所里，牛圈与羊圈里。人家觉得不好，无法忍受。我觉得很好啊，就住下了。所以，这种长途骑行是无法结伴而行的，因为很难彼此迁就。

还是一个人好，自在。觉得累了，就早一点休息；觉得还有余力，就再骑一段路程；想夜骑，想雨骑，都可以，尽情放纵。偶尔遇到谈得拢的骑友，结伴骑一段路程之后，还是各骑各的，先到的去找住宿点，最后到那儿会合。

在荒野露营，没人管，没人驱赶，也不怕车被偷，自由自在。到了村庄，特别是城市就不行了，各种阻挠，也怕偷车的。

在新疆叶城的一个村庄，我和一个骑友看中一处废弃的羊圈，有棚子，想在那儿搭帐篷。我们怕惹麻烦，很小心地问当地人要不要收钱。回答，不要钱。

等我把帐篷搭好了，那人过来了，说向村委会汇报过了，村里为了保证我们的安全，避免其他人来打搅我们，夜里得派人看着，每人得交看护费50元。还把手机给我看，说是上面有和领导的聊天记录。后来讨价还价，每人交了25元。交了也就交了，在外地，得习惯这样。

前往珠峰的路边，有一座空置的房子，在雪山脚下。前不着村，后不着店。骑友们喜欢在那儿露营，当地有人专门在那儿收费。等你帐篷搭好了，再过来收钱。我去珠峰的时候，骑友群里有骑友提醒我。到了那儿，一看，果然，一辆三轮车在候着。

城市里，管控更严。在民丰县汽车站，已经是夜里十一点了，我看看四周无人，正想搭帐篷。有当地人过来，叫我出示身份证，还说要叫警察来。警察真的来了，看了身份证，叫我走人，说："年轻人，小心点！"

没办法，只得另找露营地。

在新疆，五十来天，我有三天住在朋友家，其他时间基本住宿在公路涵洞里。运气最好的一次，在荒野里捡到两床别人扔掉的被子，把洞两头一堵，躲在涵洞里写日记，用手机看电视，逍遥自在。

从叶城到霍尔果斯，我一个多月没有洗澡。

很多车友与粉丝很热心，看了我的行程，会提前给我安排住宿，一般我都会拒绝。一则不自在，二则我太脏了，连住宾馆都觉得不好意思。

骑行路上，太多风景。

一般的景点，我想去，就逃票。景区那么大，总有入口。敦煌，我也逃票。为了逃票，走了五公里多路。走走路，挺好，很舒服。我对佛教不感兴趣，那些佛像也看不懂，随便看看，就算了。

真正想用心感受的景点，比如冈仁波齐，我是买票的。凌晨三点起床，去转山，花了十来个小时，完成了五十多公里的转山之旅。在那里，我感受到了对自然的敬畏之心。那么多转山的人，不乏小孩与老人。我看到一个老人，趴在石头上喘气，却拒绝家人搀扶，一定要凭着自己的力量站起来。那一瞬间，我被信仰感动了。

长途骑行，肯定有危险。

很多人关心会不会摔车。摔车，只有一次，是在秦岭。那天背光，下雪，路上又有暗冰。咣当，车摔了，人没摔。看车子倒在地上的时候，我如释重负，心里想：终于摔了。

危险的是货车。有一骑友，才出发，就被大货车刮了。那货车载了一车超宽的钢板，把车友的鼻子刮掉了。各种扯皮，很难处理。现在还在打官司。

野兽也是个威胁。有骑友在无人区看到狼。我没见过。有一个车友，在219若羌的沙漠公路边露营，被狼吃掉了。我都想不通，沙漠里怎么会有狼。但，这是真的。

我露营时，都要做好防狼的准备。被吃掉，就太亏了。在阿里的佩枯措湖边，我独自露营。先搭好帐篷，再在帐篷外铺上塑料布，防雨。塑料布有两块，一块是捡来的，一块是在拉萨买的。再找了几块废弃的钢板，搭了个架子，把帐篷围起来。这样，狼就进不来了。

我被藏獒袭击过。藏獒冲我扑过来时，我全身僵硬，没有做出任何应急反应。幸好，它咬的只是我的驮包。它的主人也在边上。如果被猛兽攻击，只有等死。不是不想反抗，而是恐惧之下，人会丧失反抗的机能。

高原反应也很可怕，因为我们根本就不知道"高反"什么时候会来。

一个车友就是高反死掉的。他是在219，翻越第四座达坂时死的。在一个下坡，车在路边，人在沟里。后面的车友发现时，他已经没治了。

我也高反过。在折多山，上山时还好好的，下山高反了。头昏昏沉沉，就想睡觉。幸好那天有四位骑友同行，他们对我很照顾。两个在前开道，帮我控制车速；两个在后压阵，防止后面的车子对我造成伤害。前面两个骑友也怕的，怕我撞到他们，不时说："控制好速度，不要撞到我啊！不要撞到我啊！"

出事其实是很正常的，很正常。

但我最怕的还是人，怕敲诈，怕不准我露营，怕找各种麻烦。所以我尽可能避开大城市。大城市，千城一面，也没什么好玩的。

一路上，遇到最多的还是好人。在藏区，牧民们邀请我吃饭，都把家里最好的东西拿出来招待我。

一个大妈知道我吃不惯藏餐，特意给我包了羊肉野菜包子。那包子，特别大。吃不完的，她让我第二天带着上路，当干粮。

在高原上，我晒得黑不溜秋，跟藏民的距离就近了。有些大婶大妈跟我开玩笑，说小伙子，有没有想法，在我们这里找个藏族姑娘？

在西藏一个建筑工地上，我在搭帐篷，一群工友走来，邀请我和他们一起吃火锅。有个工友是西宁人，我到张掖的时候，他在西宁要结婚了，邀请我去参加婚礼。可惜当时是十月下旬，祁连山暴雪，我过不去。

219国道的636道站，骑友们都给五星好评。只要在附近扎营，道站里的人就会来问，水要不要。很温暖。

在霍尔果斯，我看到一大片在建的商品房，就到工地里去转悠，发现厕所很干净，还能洗澡。我洗了澡，又洗衣服。已经一个多月没洗澡了啊。几个工友过来，看到我，就说你怎么在这里洗衣服啊，我们那里有洗衣机啊！

路上也遇到一些很奇怪的人。

在成都一家青年旅社，老板娘擅长调酒，请我们几个骑友喝，是威士忌。开始是一杯一杯地请，后来喝高兴了，她就整瓶整瓶地请。喝了好几瓶。喝高了，她操起菜刀，就往街上冲。我们赶紧把她拉回来。一放手，又往街上冲。我们很无奈，拉回来后，只好把她锁在房间里。

快到嘉峪关时，一段烂路的尽头，遇到一个人，问我要不要吃香肠。我本来不想吃，看到他很热情，已经把香肠剥开了，就吃了。吃了以后，他拿出手机，叫我摆拍视频。叫我说，在这里遇到一个好心人，无偿给骑友赠送食品——原来，他是要发抖音。

武汉有个女孩子，在青藏线一家小饭店吃白饭，邻桌一位阿姨看见了，一定要塞给她五百块钱。她不要。阿姨说，拿着吧，拿着吧。这个女孩子一直放不下这事儿，和我说想报答这位阿姨。我说，算了吧，你有这份心就可以了，有机会的时候，把这份善意传递给其他需要帮助的人。

我这一路，遇到无数好心人，他们给我指路，留我住宿，给我食物，对我嘘寒问暖，不图任何回报。在合适的时机，我也会把这份善意传递出去。

骑行就是消耗。

鞋子消耗得不多，就三双。才上路时，是一双耐克。在多玛一个工地上露营时，已经脏得不成样子了，又臭，我扔在帐篷外面。夜里，听到帐篷外有狗在转悠，我没有起床。早上起来时，发现鞋子不见了，估计是被狗叼走了。幸好，工地上有许多鞋子，我捡了两双，都是高帮的篮球鞋。工友说，反正是别人扔下的，不要钱。翻越天山，下坡时，掉了一只。在西安，我想跑步——一看到跑道我就想跑步，又买了一双，后来烤火时，烤焦了。

打气筒消耗了四只，有用坏的，有丢的，也有掉在路上来不及去捡，被货车压坏的。外胎四只，内胎五六只，补胎片就不知道用了多少了，反正很多。

冲锋衣也旧了。这次回来，姐姐看我的冲锋衣都洗得发白了，就带我去买新的。

我这一路，就是享受，就是玩。

刚开始骑行时，我尝试过直播。如果粉丝多，得到的打赏就多，就可以攒路费。我曾看到两个人做直播，发财了。后来，我放弃了。直播杆放在车前，不舒服；直播时，要和粉丝互动，不安全；特别是遇到粉丝想和我说话，而我又很不想说话时，就尴尬了。

凡是和玩冲突的，我就放弃。

在珠峰大本营的一块石头下，我放了十块钱，是用塑料瓶子装起来的。我在骑友群里告诉后面的骑友，让他们到那块石头底下去捡。这是一种乐趣。

在湖北西陵峡，我捡到一条还没断奶的狗仔，它的妈妈被货车压扁了。它当时躲在妈妈的皮毛上，因为冷，因为害怕，瑟瑟发抖，用无助恐惧不安的眼神看着我。我决定带上它。当时，我计划一路到武汉，再去东北。可这小家伙不好带，晚上一小时撒一泡尿。成都有朋友愿意收养它。因此，我到武汉之后，直接去了成都，又从成都去了大理。这下子，计划就改变了。不然的话，这条线要东北走完了之后再走。

去年过年，朋友把小狗带回石家庄了。这次，我到石家庄会去看这个小家伙。

玩着玩着，这段旅程就快结束了。我计划骑行三万五千公里，目前已经完成两万五千公里，还剩下去东北的一万公里，都是平路，很轻松，三个多月就能骑完。我喜欢骑烂路，骑上坡路，完成后有巨大的满足感。平路要乏味一些。

这次回家休整，父母很着急，唠唠叨叨，问我："怎么还要骑呀？什么候才能骑完呀？"

等剩下这一万公里骑完了，我就找工作，买房子，娶妻生子，过世俗的生活。从骑行，到恢复正常生活，这是很自然的转换。

环中国骑行，这样的旅程，一生有一次，就够了，我很满足了。

完成以后，我要整理骑行日记。目前，日记已经有60万字了，估计最后会有100万字。我要把日记整理成一本书，不出版，给自己留一个纪念，也可以送朋友。

如果我喜欢上了某个女孩子，娶了她，我要带她去看比我现在看到的还要美的风景。

注：梁鹏成是我在航埠小学工作时的学生。2019 年，他顺利完成环中国骑行的壮举。

果　果

　　果果尚未出世时,我和她就很熟了。那时,她家在我家楼上,她妈妈每天挺着大肚子上下楼,从我家门口经过。

　　八月三十一日晚上,大伙儿在楼下纳凉,我对果妈说:"你可要熬住啊,千万不要明天生孩子。"因为果爸和我是科室的同事,明天就要开学了,杂事多如牛毛。倘若果妈明天生产,果爸就要去陪她,科室的事儿全落到了我身上,我就太惨了。

　　果妈听了我的话,双手捧着大肚子,宽慰我:"放心,至少还有半个月呢!"

　　第二天一早,果爸打来电话:"赖建平,不好了,我老婆要生了,我现在就要送她去医院。"

　　完了,哪壶不开提哪壶了!那天,要转学的、要休学的、要插班的、要复学的,各种家长将我团团围住。我焦头烂额,差点儿没被家长们给撕了。

　　数日后,果爸终于现身。我向他诉说这番"苦难"后,他伸了一下瘦长的脖子,托了一把鼻梁上的眼镜,说:"别提了,生孩子真是麻烦,我好几夜没睡过好觉了。如果可以选择,我情愿来学校上班。"我仔细打量了他一下,这厮果真瘦了许多,怪不得眼镜都要往下滑了。

果果就在我的头顶长大了。

我比果爸年纪大，论辈分，果果应该叫我赖伯伯。赖伯伯我性情温和，喜欢孩子，人畜无害。然而，世界就是这么奇怪，果果每次看到我，都要吓得哇哇大哭。这是如此不可思议，我至今没有弄明白其中的缘由。

果果对我的脚步声了如指掌。每次我刚踏上一楼的楼梯，只要她在家门口玩耍，就能辨别出我的脚步声，且大喊："赖建平来了！赖建平来了！"

我知道她怕我，是以不去惹她。偶尔忍不住好奇心，到了五楼之后，探头向六楼做一个鬼脸，或者打一声招呼，可怜的果果小朋友就会吓得直往果妈怀里躲。为此，我没少挨妻子赖婶的训斥。

慢慢地，果果开始不怕我了；非但不怕，每次见到我，她都直呼我的名字，还要悄悄地在我可敬的屁股上拍打一下。为此，她没少挨果爸果妈的训斥。

每次，我都抢着为果果辩护，说这是孩子喜欢我，愿意和我亲近；再说了，国外的小孩还直呼父母的名字呢！

果爸果妈不接受，说这不行，有违礼仪。不过对于果果喜欢和我玩这一点，他们完全没有异议。

果果到了学龄以后，就到城里去读书了。我们见面的机会少了，但感情没淡，每次见面，我们都要闹成一团。赖婶说我没有大人样。果爸果妈则无奈地说，这两个人又开始闹腾了。

果果喜欢读课外书。果妈多次说，果果想来我家玩，想看看我的书房，想到我这里借书，想让我辅导作文。说得多了，我就不好意思拒绝了。

果果有个闺密，叫畅畅。果果来我家，带来了畅畅，还带来了一可、老蛋他们。

有一次，我讲小时候第一次考试，考了个零分的故事给他们听，他们笑得东倒西歪。

然后，我叫他们把自己考试失败的故事讲给我听。其他几个孩子都讲得兴高采烈，热闹得像五百只鸭子。唯独果果不说话。

我问果果："老果，你难道没有考试失败的事例吗？"

"没有，我每次考试都是班里第一，年级前五的。"

"分数高并不代表没有失败。有没有哪道题，明明会做，却做错了呢？失误也是失败哦！"

"没有。我失分的题目，都是真正不会做的。会做的，我从不失分。"

我不死心："不一定是考试，生活中其他事情做得不好，也可以。"

果果被我逼得都要哭起来了："真的没有的！我年年都被评为三好学生。左邻右舍也都说我很懂事。"

我看着她的眼睛，一字一顿地告诉她："如果没有考试失败的经历，你的小学生涯是有遗憾的。"

果果一头雾水。

转眼，果果快读初中了。她的个子像竹笋，节节拔高；脸上的小痘痘，也呼啦啦地出来了；家族遗传的长脖子，简直可以和长颈鹿媲美了……

一天晚上，我听到敲门声。开门一看，是果果。她进了门，边换鞋子边对我说："赖伯伯，我想和你说一件事。"

"啥事呀？"

果果还没开始说，便呜咽了。我慌了，拍拍她的肩膀，安慰她："别哭，别哭！慢慢讲，有我呢！没有解决不了的问题。"

"这次语文考试，我考得很差。"果果一边说，一边泪水哗啦啦地滚下来。

"爸爸妈妈骂你了？"

"一句都没有骂。他们还安慰我。要是他们骂我一下，我心里还会好受一点。"果果再也忍不住了，"呜呜"地哭出声来。

我没有安慰她，而是问她："考了几分呀？让你这么挫败。"

果果擦了一把眼泪，说："89分！"

"哎呀！我还以为考了59分呢！高年级了，89分也是很好的成绩呀！最起码比我的零分强多了。"我打趣道。

"呜呜呜！"果果哭得好伤心，"可是，89分对我来说，已经很差了。我平时都是考九十七八分的，连九十五分以下都很少。"

我递给她一张纸巾，认真地对她说："恭喜你啊！"

果果哭笑不得："你还要笑我啊？"

我说："不是笑你。你还记得我说过的那句话吗？"

果果点头，看着我。

我说："考试失败，是一次难得的经历。你想想看，一帆风顺，一马平川的人生，是多么乏味，多么可怕！"

果果认真地看着我，在听我讲。

我说："人的一生必定要经历失败。你在小学的最后阶段，经历了一次失败。这样，你的小学生涯就没有遗憾了。人的一生一定要品尝酸甜苦辣，有遗憾的人生才是完美的。你这么聪明，肯定懂的！"

果果果断地点点头。

这时，畅畅、一可、老蛋几个嘻嘻哈哈地进门了。我推了果果一把，说："去，和她们玩去吧！"

一会儿工夫，几个女孩子就玩得不亦乐乎了。果果的沮丧与悲伤的情绪一扫而光。

果爸果妈都是语文老师，果果的语文成绩很好，作文尤其不错。不过，我向来是要为难她的。

曾经，我和果果、畅畅三家人，结伴到黄栀山玩。路上，我对她们两个说："谁能用最简洁的语言，把我们现在做的这些事情表述清楚？"

两个小姑娘噼里啪啦地说开了：

"今天上午，我们一家三口和赖伯伯一家、畅畅一家，共三家人，开车去黄栀山玩。"

"早晨，赖伯伯带着我和果果两家人，先开车，后走路，到黄栀山去爬山。"

……

我一一否决了她们，直到她们词穷。

两个小姑娘不干了，质问道：

"为什么我们的表述都不行呢？"

"老师说，开头要四素俱全。我们说的没错呀！"

我摇摇头，说："老师说得没错，但那是针对大部分同学的。对你们这样的尖子生，要求必须不一样。"

"到底怎么说才好，你给我们做个示范！"

"对！可能你在忽悠我们！"

两个小姑娘不依不饶。

"晨起，驱车直奔黄栀山。"我说，"你们看，九个字，就把事情讲清楚了。"

"可是，人物呢？一个人物都没有呢？"

"呵呵，为什么开头就要出现人物呢？优秀的写作向来是打破常规的。规则从来都是为庸人设立的。真正优秀的作者，是那些打破规则，又创造新规则的人！"

"人物到底啥时候出场呢？"小姑娘们打破砂锅问到底。

"在合适的时间，人物自然地出来就行了。"我故作高深地说，"这是一种很高级的写法，叫作'让人物慢慢出场'。至于什么是'合适的时间'，这个要靠训练与经验。"

两个小姑娘心悦诚服。其实，所谓的"让人物慢慢出场"这种高级写法，是我现场瞎编的。

　　据果妈说，自从果果经常到我家来玩以后，果爸在家里的地位就一落千丈了。

　　她说："原先我们家果子是非常崇拜她老爸的，啥事都问老爸，啥事都要老爸说了才算。和你玩得多了，听了很多你讲的故事，读了很多从你家借来的书，她就再也不崇拜老爸了。在家里动不动就说，赖伯伯怎么说的，赖伯伯怎么说的。"

　　果爸在边上，听了果妈的话，伸了伸长脖子，托了托眼镜，不无妒忌地说："是的，现在赖伯伯都成了果果的偶像了，她都看不起我了！"

　　说完，果爸使劲吸溜了一下鼻子。

孔 孔

我班的女生孔孔同学向邻班的男生周周同学投出了一封求爱信。周周同学的班主任留芳老师很紧张。

我说："对这样的事儿，不能不关注，也不能太关注。也许过几天，就没事了。"留芳老师犹豫了一下，点头说："或许吧。"

没想到孔孔天天给周周写信，而且原本对孔孔无感的周周，居然被打动了。这让留芳老师很是忧虑。我对她说："过几天新鲜感过去了，事情自然就平息了。"

可事情的发展，出乎我的预料。只要周周上楼，四、五、六年级的孩子就趴在楼梯上喊："孔孔老公上来了！孔孔老公上来了！"孔孔上楼，大家就喊："周周老婆上来了！周周老婆上来了！"

周周的手臂上居然还刻上了孔孔的名字，是自己用圆规刻上去的。

我再也不能淡定了，决定找孔孔谈谈。孔孔坦然地承认了这事，对同学在楼梯上喊话的事情，她也不见怪。好吧，那就继续静观其变。

一周时间很快又过去了。周一，留芳老师向我反馈，说孔孔和周周放学后约会了好几次，这事情被家长知道了，周末，双方的家长把他们各自关在家里，结果他们跳窗出去，结伴到城里玩了一整天。幸好没有出什么事。

我说："没事的，明天我到你班里上一节课就好了。"留芳老师将信将疑。

我给她班里的孩子们读了绘本《卤蛋》的一部分：

　　卤蛋每回过马路前，都要许下三个愿望：第一，千万不要突然跌倒；第二，如果跌倒，千万不要有冒失的车子撞到他；第三，如果真的被车子撞了，一定要有好心的美女来救他。

　　孩子们笑得东倒西歪。

　　"为什么卤蛋祈祷'一定要有好心的美女来救他'呢？"我问。

　　"嘿嘿嘿嘿……"一个孩子红着脸说，"他喜欢美女呗！"

　　我逗他："看来你很懂卤蛋的心思哦！接下来，卤蛋还有什么稀奇古怪的愿望呢？请看大屏幕！"

　　大屏幕上打出了："每次睡觉前，卤蛋都要许下三个愿望……""愿望"两字后面，是三条横线，等着填空。

　　卤蛋许下的是什么愿望呢？孩子们猜测了一通之后，我出示了答案：

　　卤蛋每次睡觉前，都要许下三个愿望：第一，希望明天上学不会迟到；第二，如果迟到，不会被老师罚站在校门口；第三，如果被罚站在校门口，不要被隔壁班的小珍妮看到。

　　孩子们发现了：卤蛋所祈祷的美女就是隔壁班的小珍妮，卤蛋喜欢小珍妮。好！我要请君入瓮了。

　　"每个人到了卤蛋这个年龄——也就是你们现在的年龄，都会对异性产生好感。"破孩子们惊呆了，有的"唰"地脸红了。"说说吧，你喜欢谁？"

　　孩子们打死也不说。

　　"我告诉你们一个秘密，要不要听？"

　　一听说有秘密，破孩子们来劲了，齐声说："要！"

　　"有一个像你们这么大的男孩子，喜欢上了班上的一个女孩子。"孩子们眼珠子咕噜噜地盯着我，"不好意思，那个男孩子就是从前的鄙人。"

"哄"地一下，班里像是炸开了锅，孩子们笑成一团。

"好了，我把我的秘密都告诉你们了。你们该把自己的秘密告诉我了吧？"

孩子们坚决不肯。

"要不这样好了，你们先告诉我，有还是没有？"我退让了一点点。

一个愣头愣脑的男孩子迟疑地站起来说："老师……我……没有。"

"心理学研究表明，到了你们这个年龄，都会有自己喜欢的人，这是正常现象。如果没有，就是不正常现象。什么叫不正常呢？就是变态呀！"我看着愣头青，问他，"现在，你告诉我，有还是没有？"

这货傻眼了，承认有吧，是正常了，可是当着大家的面讲出来，太丢人；说没有吧，就成了变态，这也是他难以接受的。愣了好一会儿，他才轻声说："有的。"

"好。你是个正常的孩子。"我挥手示意他坐下。

"现在，每个人都问问自己，你是正常还是不正常。如果你是个正常的孩子，就把你喜欢的人的名字写下来。不要让别人看到。也不准偷看别人。"孩子们你看我，我看你，最后遮遮掩掩，纷纷拿出本子，悄悄地写起来。

"喜欢是正常的，但是天天喊着这事儿呢，就不正常了。"我说。有孩子轻声插嘴说"就是变态"。我接着说："对！如果在读书的年龄，控制不住自己，去关注不该过分关注的事情，就不正常了。你懂的……"

这节课之后，再也没有人在楼梯上乱喊了。孔孔与周周事情的影响也慢慢淡化了。留芳老师也放心了。

故事还没完。暑假，我在学校值班，孔孔来玩。我问她："孔孔，你和周周现在怎么样了？"

"哎呀，老师别哪壶不开提哪壶了，早分开了！"

"为啥分开呀？你们不是挺好的吗？"

"放假了，不在一起了，自然就分开了呗！"

故事还没完。四年以后，这班孩子已经高一了。八九个女孩子，结伴来看我，叽叽喳喳的，像一群麻雀。

坐定以后，我问孔孔："你和周周现在还有联系吗？"

孔孔笑着说："别提了，初中的时候，我和周周在同一所学校，这个家伙居然和新同学说，我是他老婆。我气死了！"

我问："你怎么办？"

"我和他说，你再乱讲，我就打死你！他就没讲了。嘿嘿……"

"你后来有没有对其他男孩子有好感啊？"

"有啊，老师，我告诉你，我已经谈了十几次恋爱了。最长的半年。最短的，只有两天。"孔孔眉飞色舞。

"两天就结束了。怎么回事？"我很好奇。

"我喜欢一个高年级的男孩子，他好帅啊！喜欢了好几个月，终于在餐厅里和他搭上话了。可是，和他谈话之后，发现不是我喜欢的类型，第二天就分手了。"孔孔一脸轻松。

"原来，这就是一次恋爱啊！"我装出诧异的模样。

"哎呀，老师，你不懂啦！我们这个谈恋爱不影响学习的啦……"女孩子们七嘴八舌地给我上起课来。

包　子

　　包子，大名包轶涵。从小到大，大伙儿都叫他包子，如叫他大名，他还不习惯，一时半会儿反应不过来，有时还会纠正人家："叫我包子好了！"

　　包子这厮做事全凭好恶，很情绪化。他不愿意做作业，却爱打乒乓球。每次接近下课，他的手就伸进抽屉，只等铃声响起，便拿上球拍起身，"唰"地蹿出教室门，直奔球台而去。

　　自从知道我会打球以后，他就很想和我切磋一下，但是我一直没有答应他——对学生，我是很吝啬的，哪怕他们想从我这里拿走一根鸡毛，也要付出艰辛的努力。

　　那日，包子又提出和我过招，并且要比个输赢。我同意了。

　　双方约定：如他取胜，则以后的语文作业全由我代劳；如我取胜，则他必须保质保量完成语文作业。比赛采用十一球制，一局定胜负。

　　次日下午，乒乓球馆，大战一触即发。

　　未曾料到，比赛完全呈一边倒的态势，我以８∶０领先。这时，班里学生得知我们在约赛，全都拥入了球馆观战。

　　包子脸上挂不住了，说："让同学们做裁判，重新来。"

　　我答应了他："好！"

　　包子先发球，却撞网了。他说："这个不算，是试球。老赖，你也试一次。"

好吧，你说是试球，就是试球。我要让你输得心服口服。

比赛正式开始，平时在球台前杀伐四方的包子同学今天中了邪一般，大失水准，只要他的球拍一接触到球，不是撞网就是出界。他每输一球，就引起同学们的一阵哄笑。

很快，他就以"0：11"输了第一局。

边上观战的同学们叽叽喳喳评论，有说我深藏不露的，有说包子不自量力的，也有对他冷嘲热讽的……

包子脸上又挂不住了，他把球拍往球台上一拍："都是这些人影响了我的发挥，特别是这些女生！老师，你让他们下去，三局两胜，我要和你决一死战！"

我朝观战的学生们使了个眼色，他们虽然还想继续看热闹，但全都很识大体地下楼玩儿去了。

第二局的比赛过程与第一局一样乏善可陈，包子同学只要接到球，球就莫名其妙地乱飞，他越打越泄气。结果，又是一个"0：11"。

我问他："第三局还比不比呀？"

"不比了。三局两胜。我已经输了两局了。"

"权当切磋球技嘛！"

"打不过你的。算了！"包子输得灰头土脸。

我问他："怎么样？以后作业要不要拖欠了？"

他用右手胡乱地抓了抓后脑勺，爽快地说："愿赌服输。我会按时完成作业的。"

他能否说到做到，且让我拭目以待。

可是，为何我就料定自己能赢下比赛呢？万一输了，岂不是真要替他做作业了不成？原因很简单，因为我观察过包子的球技，他不是我的对手。还因为我有秘密武器——长胶球拍。用此球拍击球时，球路变化莫测，人称"怪拍"。我仔细观察过，学生中没有人用长胶球拍。再加上包子的球风刚猛，"怪拍"的性能正好克制他，是以他根本招架不住。

我的目的不仅是赢他，还要让他输得很惨。

正要出操时，包子与强哥打架了。在队伍里你踢我一脚，我踹你一腿，拉都拉不开。我赶过去时，强哥有所收敛，连忙转过身来。包子却还怒气未消，趁强哥转过身去时，又在他的屁股上狠狠踢了一脚。

我让其他学生先出操，他们两个留下。

"怎么不打了？"我问他们。这两个宝贝大眼瞪小眼，"呼哧呼哧"地直喘气，却不说话。我搂着他们的肩膀，让他们的身子往中间靠。他们的身体像两根僵硬的木棍，象征性地互相碰了一下，又像"同极互斥"的磁铁一样，瞬间就生硬地拉开了距离。

"不是没打过瘾吗？"我装出恍然大悟的样子，又把他们拉开一些，"哦，是刚才距离太近，不利于发挥你们'降虫十八掌'与'蛤蟆腿神功'无与伦比的威力。现在的距离，比较适合彼此攻击了，是不是？"他们听了我的调侃，差点儿"扑哧"笑出声来，但马上又抿紧嘴唇，瞪着对方，摆出不共戴天的架势。

"好吧，既然你们不想打了，就不要打了。"我给他们找了一个台阶，让他们好顺坡下驴，但是我提出了新的要求，"现在，你们就手拉手下去参加跑操。"

刚才还拳脚相加的两个敌人，现在怎么可能手拉手呢？当然不可能——他们谁也不伸手。

"你们是同学，不是仇人。既然你们不想拉对方的手，只能我辛苦一点，拉着你们的手喽！"我左手一个右手一个，拉着他们下楼梯。没走两步，强哥的鞋带散了，他小声说："老师，我的鞋带散了。"我说："鞋带散了，你就系起来。"强哥急了："老师，我一只手没法系鞋带呀！"我故意装作没听懂，大声说："你还想叫包子给你系鞋带呀？他拉不下那个脸。只有我，肯蹲下来为你系鞋带！"

说这话时，我感觉包子的手微微有些发紧。我把他们的两只手塞在一起，顺势蹲下，准备给强哥系鞋带。强哥大窘，急忙蹲下叫道："老师，不用的，不用的，我自己来。"

系好了鞋带，我作势又想拉起他们的手："我们三人一起跑操吧！"两人很尴尬，说："哎哟，那还不倒霉死了！"说完，赶紧拉着手就跑。我紧跟着他们，还要求他们："快一点，跑到队伍前面去！"

他们跑，我追。他们跑得快，我也追得快。没跑多远，他们彼此配合得就非常默契了——要摆脱我的追击，他们只能心往一处想，劲往一处使。

跑着，跑着，我又追上去了，还掏出手机，准备摄像。他们回头一看，大惊失色："快跑啊，如果被老师拍下去，这下子丢糗可就丢大了！"说完，两人嘻嘻哈哈，飞奔而去。

我望着他们的背影，暗自好笑。出操结束，我把他们叫到一边，问："手拉手一起跑步，感觉如何？""不好。"两人一起回答。"你们跑得喜笑颜开，乐不可支，还说不好。这不是骗我吗？"我故意面露不悦之色。他们满脸尴尬，支支吾吾，无言以对。

我话题一转："刚才，我叫你们继续打，为啥不理我？"包子说："有老师在，我们不好意思出手。""可是，明明我在你眼前，你还踢了强哥一脚。莫非是视我如空气？你也太不把我放在眼里了吧？"我装出很气愤的样子。包子更是尴尬，无言以对。"现在，你们还想打架吗？"我盯着他们的眼睛说。"不想了。"两个家伙异口同声。

可想而知，一来体力已经消耗得差不多了；二来经过这么一番折腾，气也消了——打架原本就是因为鸡毛蒜皮的小事；三来，刚刚他们还联手对付我的追击，是同一条战壕里的战友，怎好意思马上反目成仇呢？

"今后如果再打架，怎么办？"

"我们就背着对方跑步，把多余的精力消耗掉。"

"行，我听你们的。万一你们以后还打架，就背着对方跑步，把多余的精力消耗掉。"

两个宝贝点点头，表示接受。

我说："好，现在你们准备上课去吧！"他们磨磨蹭蹭地，不走。强哥有些不好意思地请求："老师，能不能把你拍的视频删掉？"

我说："这个我要留着慢慢欣赏，说不定什么时候还要发给你们的父母欣赏一下呢！"他们两个连连哀求："老师，不能啊，不要发给我爸妈，更不要发到网上，太丢人了……"

"嘿嘿……"我故意装出不怀好意的样子，"那得看你们以后的表现，还得看你们的老师——我的心情如何了。"

意料之中的事儿，没过几天，强哥与包子之间又爆发战争了。

两个小家伙宛如两只好斗的小公鸡，横眉怒目，不断指责对方，似乎全世界的真理都在自己这边。

班主任芦芦老师气坏了，又是询问原因，又是调查取证，声色俱厉兼苦口婆心，气得连饭也只吃了一半。

好久，这两个小家伙终于消了气，认了错，道了歉。

可是，班主任那关过了，我副班主任这一关还没有过。

可惜的是我当天的事情有点儿多，不能和他们"亲切交谈"，是以只给他们俩留下一个问题："想一想你们答应过我的话，你们说话算不算数？好好想一下哦！"

两个小家伙一脸茫然，但还是认真地点点头，表示要好好想一下，并且说话是算数的。

次日午后，我把他们叫到一起，问他们："你们答应我的事情，想起来没有？"

两个小家伙只是说想起了曾经答应我不再打架，其他的愣是没想起来。

我提示他们："就上次你们打架的时候，我们在楼下办公室讲好的。"

他们又认真想了想，最后苦着脸说："老师，真的没想起来。"

"好吧！"我说，"你们上次答应我，如果再打架，就是精力过剩，要把多余的精力消耗掉。是吧？"

"啊！我想起来了。你是说要我们背着对方跑步。"包子终于找回记忆了。

"啊！"强哥一声惨叫，作势欲躲，"老师，不能啊！能不能不要这样？！"

我说："好吧！你只要说两句话，我就放你一马。一句是——我不是男孩子；另一句是——我说话不算话。"

强哥扛不住了——谁受得了这话呀，他挺直身子，做出宁死不屈的样子："打死也不说！"

"那好吧！下楼，去操场。"他们转身想走，我又叫住了他们，"哎，别忘了老规矩，手拉手！"

强哥还有点儿不好意思，包子比较大方，主动地拉住了他的手。

他们手拉手，很友好的样子，下楼梯，穿过校园广场，到了操场上。

"剪刀石头布！"包子输了，他先背强哥。

包子个子小，气力弱，没走几步就东倒西歪了。不一会儿，还顺势倒在了地上，把强哥摔得七荤八素的。

我把他们扶起来，继续刚才的游戏。

结果强哥趴在包子背上，没走几步就差点儿滑下来。得我在他的背后，托着他的屁股，他才能勉强挂在包子背上。

包子累得气喘如牛。

强哥也累得咬牙切齿。

我一直在他们后面催着，他们连滚带爬，叫苦着，嬉笑着，总算背完了150米。

接下来，是强哥背包子，强哥累得"呼哧呼哧"地喘气，包子虽然挂在他背上，也舒服不到哪儿去。

不过，所谓"累并快乐着"就是如此，两个小家伙沉浸在游戏中，几乎忘记是在接受惩罚了。

又一个150米结束了。我问他们："还有多余的精力吗？"

"没有了！"两人装出好累的样子，齐声说。

"好，这次到此为止。可是，如果还有下次，怎么办？"

经过一番讨价还价，最后我和两个小家伙达成新的协议：如再打架，背着对方跑300米。

"老师，我们可以走了吧？"强哥用期待的眼光看着我。

"不行，为了表示你们已经和好了，必须拥抱一下。"

"哦！老师，怎么还要这样啊？！免了吧！"强哥又开始讨价还价。

还是包子比较大方："既然和好了，拥抱一下就是了。"

咔嚓，我按下了快门，为他们留下珍贵的瞬间，也留下了他们"战争"的铁证。

转眼间，包子上六年级了。

步入六年级之后，包子人并未见长高，可其他方面的变化却不少——再也不会和低年级的小屁孩一样，玩得疯起来就在地上打滚了；衣裤鞋子讲究起来了，据家长反映，非品牌服装不穿；头发理得清爽利落，隐约间还有些韩剧里"小鲜肉"的味道；对男生女生之间鸡毛蒜皮的事情特别感兴趣，有事没事常常借此瞎起哄……

早晨，芦芦老师在阅读《家校联系手册》。包子在"心情日记"里是这样写的："为什么不能早恋，真不知道大人们是怎么想的！"

芦芦老师一看，暗自心惊，但是她马上有了主意："赖老师，包子问了一个有意思的小问题。按照分工，这样的小问题是应该由副班主任处理的。你说是吧？"

于是，她顺手把问题抛给了我——很"不幸"，我正是她的副班主任。

课间，包子和几个女生跳牛皮筋正跳得起劲。我朝他招招手："来，到办公室里来，我们来研究一个有趣的问题。"

他屁颠屁颠地随我来到办公室。

我看着他的眼睛，问他："你今天给芦芦老师出了一道啥有趣的题目？"包子愣头愣脑地想了一会儿，居然说："不知道啊！"

我看着他的眼睛，说："再想想。"他伸出右手，抓抓脑袋，好像挺认真地又想了想，还是说："真的没有。"

我只好把话挑明了："你在'心情日记'里面写的那个……"

"啊……"他似乎恍然大悟了，"我还以为是啥问题，那是我弟弟给我写上去。他在楼下读四年级。"

"哦，谁写的不是问题。"我漫不经心地说，"兄弟之间心意相通，他写的就是你写的，一样的，一样的。""嘿嘿……"包子不好意思地搔搔脑瓜子。

我接着问："你既然提出了这个问题，就说明已经认真思考过了。我想听听你的理解。"包子急了，脱口而出："老师，我是随便写的，没有思考过，更没有答案。"

"你看，你看，你刚才说是弟弟写的，转眼又说是你自己写的，到底是谁写的呀？我都被你搞糊涂了！"我意味深长地朝他笑笑。包子彻底无语了，只好朝我尴尬地笑了笑。

"既然你不知道答案，就听听我的理解，好不好？"包子不笨，自然说好。

我说:"请你给'恋'字组一个词。"包子脱口而出:"恋爱。"

"说得好!"我说,"恋爱,恋爱,恋就是爱,早恋就是早爱。是吧?"包子点了点头。

"爱意味着什么呢?"我顿了一下,让他有一点点思考的时间,又说,"爱意味着责任。父母爱你,就要供你上学,供你吃穿,满足你学习生活的需要,这是他们的责任。如果一个人口口声声说爱你,却连最起码的责任都承担不起,那么还有资格说爱你吗?你说,是吧?"包子又点了点头。

"爱还意味着什么呢?"我又顿了一下,"爱还意味着能力。爱一个人就要关心她,保护她,给她安全感。当然,这需要一定的物质基础与经济能力。你说,是吧?"包子连连点头。

"你上一届,有一位学姐,爱隔壁班的一个男孩子,爱得学校里几乎所有人都知道了,她也无所畏惧,大有'虽千万人吾往矣'的气势。"包子的眼睛亮了——显然被我的话吸引住了,"可是暑假时,她打我电话,我顺便问起这事,结果你猜怎么来着——她说:'老师,你还记得这事啊!我和他早就分手了。'你看,这么不靠谱的感情是爱吗?"包子连连摇头。

"是呀,你的理解和我的一样。因为爱还意味着忠诚,感情十年、三十年、五十年不变,这才叫爱。"我趁热打铁,"你们作为学生,自己还是孩子,还需要长辈的照顾,能承担起爱的责任吗?能拥有爱的能力吗?或许今天喜欢某个人,可是没过几天就见异思迁了,这是爱的忠诚吗?充其量只是有些好感而已。你说,是吧?"包子谦恭地弯下身子,连连点头称是。

我说:"早上,你提的这个问题把芦芦老师都难倒了。快,把我刚才说的话去和芦芦老师讲一遍,给她做做早恋知识的普及工作。"

包子一本正经地走到芦芦老师的位置前,又一本正经地把我的话复述了一遍。一会儿,他做完了早恋知识的"扫盲"工作,回来向我深深鞠了一躬,说:"谢谢老师!"说完准备离去。

我挥手叫住他:"过来,过来,我还有几句话要和你谈谈。"包子一脸疑惑,他不知道我还有什么事情要和他交代。

　　我勾住他的肩膀,靠近他的耳朵,问道:"你有喜欢的女孩子吗?"包子大惊失色,连声否认:"没有,没有!"

　　我不为所动,继续轻声对他说:"如果有一天,你有了自己喜欢的女孩,千万不要急着告诉她,否则会显得轻浮。当你能承担起爱的责任,又有了爱的能力,确定对她有爱的忠诚,并且考虑成熟的时候,再告诉她,好吗?"包子小鸡啄米般地连连点头,又向我深深鞠了一躬,心悦诚服而去。

　　我想,包子回去之后,或许会重新思考他的"人生规划"了。

嘉 城

　　嘉城身高一米七零，体重一百六十多斤，膀大腰粗，看起来完全不像六年级的小男孩。

　　他长得虽然高大，心智却很幼稚，特别喜欢生闷气，只要一生气就拒绝吃饭。奇怪的是，我才教他一两天，他就对我特别黏糊，有事没事就来找我套近乎，时常抱着我的胳膊不放，提一些让我啼笑皆非的要求。

　　我教他的第二天，下课后，我在走廊上休息，嘉城就走过来，抱着我的胳膊，摇着："赖老师，你周末到我家吃饭好不好？"

　　我很奇怪："你干吗要请老师吃饭呀？是你妈妈让你叫的吗？"

　　"不是呀，是我自己要请你。"

　　"你没有经过家长的同意就请客吃饭，万一老师去了之后，你的爸爸妈妈不欢迎，那可怎么办才好？"我和他开玩笑。

　　"不会的啦，他们肯定很欢迎的！"嘉城不依不饶。

　　"赖老师要减肥呢，最怕吃大餐了。下次我到你家去找你玩，好不好？"我不忍让他失望，想了个办法，先把他稳住。

　　凭着职业直觉，我断定嘉城家庭肯定有问题——要么父亲长期不在家，要么父亲与母亲都长期不在家，是以在潜意识里，他把我当成了父亲的替代品。和家长一联系，果然不出我所料——他父亲常年在外做生意。

为此，我一方面要求他父亲定期与他通话，并尽量抽时间回家团聚；一方面努力发挥"父亲的替代品"的功能，对嘉城特别关心，以避免他父爱缺失。如此这般，嘉城对我更是依赖，半天没有见到我，没有抱着我的胳膊，没有和我说话，便心神不宁，若有所失。

嘉城没有学习的概念，上课了经常呆呆地坐着，甚至不知道把书翻开，字写得好似一团乱草，大部分作业根本不会做。这两天，干脆笔都懒得拿起来了。好好地和他讲，他就和我涎皮赖脸；严肃地和他讲，他就当作没听见。数学老师向我反映，嘉城在课堂上还瞎捣蛋——其实，在其他课上，他也是如此。

讲道理、谈心，一次又一次，嘉城毫无改观。我忍无可忍，故意当着全班同学的面，指着他的鼻子告诉他："从现在开始，别找我说话！因为我不会理会一个连作业都不做的人。"嘉城面红耳赤，好不难堪。

当然，我并非真的不理嘉城。课后，我悄悄找了几个学生，叫他们出面帮我做一下思想工作。

一上午，嘉城郁郁寡欢，颇为落寞。上课倒是规矩了，也提笔做了一点儿作业，不过，我还是没理他。

午间，包轶涵老虎一般发怒了，"嗷嗷"地吼叫着，要找姚康骏打架——实际上是嘉城对包轶涵恶作剧，并且耍了一点儿小伎俩，把战火引到了姚康骏身上。眼看大战一触即发，嘉城以为接近我的机会终于来了，屁颠屁颠地去劝架，向我献殷勤。

我告诉他："你是我做老师以来，第一个不做作业的学生，我是不会理你的。"

我一开口，嘉城可高兴了，居然"厚颜无耻"地说："老师，你说话不算数哦！刚才你理我了。"

"说话要算数"，这是我经常对学生说的话，也是对自己的要求。不过，我早就料到他有这一招了，一本正经地告诉他："我找你说话是可以的，你找我说话我是不会理你的。"

既然游戏规则是我定的，当然是我说了算。

嘉城理屈词穷，悻悻然地转身离去。

我倒是要看看，他能和我对抗多久。

嘉城近段时间很不像话。

语文作业已好久未交，数学、英语、科学作业也束之高阁，让老师们头痛不已。当然，这段时间，凡是他来黏我，我一概不予理睬。我注意到，嘉城常用眼睛的余光瞄着我的一举一动，尤其是我在和其他学生谈笑逗乐时，他的眼里满是失落。

上午，连续两节语文课。最后的作业时间，嘉城一直在玩一本毕业纪念册，竟然连作业本都未摆将出来，我多次用眼神提醒，嘉城虽如坐针毡，但依然无动于衷。

下课了，我走到嘉城的座位上，把那本毕业纪念册从他面前挪开，轻声细语地和他讲："请把你的作业本给我。"

嘉城低头，不予理会。

我问他："是没拿来，还是没做？是不想做，还是没做好？"

嘉城依然低头，不予理会。

我又说："我讲了这么多，出于礼节，你都应该回应我一下，难道不是吗？"

嘉城还是低头，不予理会。

我勃然大怒，拿起毕业纪念册，"啪"地摔在他面前："你就玩吧，往死里玩！你这个没出息的东西！"

嘉城终于有反应了，他低着头，把毕业纪念册、书本、书包全部扔在地上。旁边的同学一次次帮他捡起来，他又一次次地扔在地上，后来干脆一股脑儿扔进了垃圾桶。

我骑虎难下，好不尴尬。

幸好，午饭时间到了，教数学的卢老师进来叫我先吃饭。我顺坡下驴，故作镇定地离开。

嘉城如泥菩萨一般木然而坐，独自生闷气。

稍后，卢老师给嘉城打了饭，坐在他面前，和他聊了好久。卢老师离开后，嘉城竟然吃饭了——真是奇了怪了，嘉城往常可是一生气就拒绝吃饭的呀！

午间，我在班里面批作业，嘉城竟然拿着本子上来了——作业全做好了，字也写得挺端正。

批了作业之后，我转过身来对嘉城说："中午，我不该冲你发火。现在，我向你道歉。但是，作为老师，向学生催要作业，是我的职责，还请你理解。"

嘉城没想到我会这样，又惊讶，又感动，似乎还有点儿想哭，表情好生复杂。我低下头继续批其他同学的作业时，他拿起自己的作业本，对我微微鞠了一躬，然后转身离去。这个变化，意想不到。

下午，课间休息时，我来到嘉城身旁，凑近他的耳朵，悄悄问他："为啥有这么大的转变？态度变得这么好？字写得这么端正？"

嘉城理直气壮地答道："因为，我的小宇宙爆发了！"

我假装好奇地问："告诉我，卢老师和你讲了什么？"

嘉城又昂然答道："这是我和卢老师之间的秘密。"

"不过……"我才说了两个字，嘉城就接口说道："我以后保证完成作业。"

"哎呀，你这样讲就见外了。"我拍拍他的肩膀，"不要张口闭口就是作业。我希望你的小宇宙爆发的时间长一点，不但在语文课上爆发，而且在英语、数学、科学课上也要爆发，好不好？"

嘉城连连点头称是。

　　可是，他的毕业纪念册还躺在垃圾桶里呀。我捡起来，抹平，端端正正放到他的面前。我相信，他不会再扔掉了。

　　其实，他们到底讲了啥，我知不知道真无所谓。我确切知道的是，嘉城抵抗了这么久，其实已经很想向我"缴械投降"了——卢老师和他的这番对话，只不过是让他找到了"顺坡下驴"的机会而已。

　　嘉城自从"小宇宙爆发"之后，上课时思路开始围绕课堂转了，时不时要举手发言了，作业本上的字也写得越来越像字了。当然，有一件事情始终没有发生变化——他对我还是那么黏糊。

　　每当我走过他的座位，他就会飞快地拿出作业本，满含期待地问我："老师，你看，我的字写得怎么样？"老师的"师"字，他的尾音拖得特别长——有种听到隔壁的小女孩向妈妈撒娇的感觉。每当这时，我总是很用心地打量一番，然后拍拍他厚实的肩膀，告诉他，写得真不错，已经超过班里好多同学了。听了这话，嘉城可得意了。

　　考试时，只要会做的题目，嘉城都写得特别认真。尤其是作文，写得好长好长，而且学会了给句子加标点，给文章分段。每次，我都给他的作文打一个很夸张的高分，在全班同学面前夸他写得好棒，并且告诉他，如果基础知识与阅读题再加强一点，说不定就能考及格了。每次我一表扬，嘉城就大声说："我懂了。老师，我会努力的。"他那声音大得生怕全班同学听不到似的。临近毕业，我在班里发起了"30本计划"——在毕业之前的一个多月里，每人至少读完三十本课外书。嘉城先是读一些图多字少的桥梁书，后来我发现他竟然在读《清季淳儒——俞樾传》。

　　为了激发孩子们的阅读激情，我邀请了儿童文学作家毛芦芦来和他们交流。我让大家事先准备问题，届时向作家提问。嘉城闷头想了一个晚上，终于想出了一个问题:"请问毛芦芦阿姨,您在写作时遇到不会写的字怎么办?"

我夸他这个问题有三个妙处:

第一,用上了礼貌用语;

第二,把自己在写作中遇到的问题和作家的生活巧妙地联系起来了;

第三,整个问题非常简洁,没有一个字是多余的。

和作家见面时,我故意安排嘉城提问。作家连连夸他的问题有水平。嘉城简直乐坏了。当然,这个环节是我事先安排的。

毕业考后,嘉城跑到办公室来找我,说:"老师,这次我估计能考及格了。"

对他而言,及格是梦想。

考试成绩出来了,嘉城的语文破天荒地考了 63 分,数学也考了 65 分——他的梦想居然在小学阶段的最后时刻实现了。他兴奋地在班级 QQ 群里大叫:"我语文和数学都考及格了,老爸会奖励我的,老爸会奖励我的!"

毕业典礼之后,我把他拉到一旁,告诉他:"你是赖老师最信赖的朋友,最优秀的学生。"

嘉城低着头,红着脸,好腼腆。

晚上,我发现嘉城的 QQ 签名变成这样的了:有疑问,找老赖,24 小时在线帮您解答。

往死里夸

阿冲是班里著名的"拳击手"兼学困生。

他的课余时间基本用来打架，用"一天一小打，三天一大打"来形容他，真是不妥当，因为他有时一天要"战斗"好几次。他的上课时间基本用来睡觉，往往是上课铃响了，他的睡意就来了；下课铃响了，他马上就醒了。这其中分寸的拿捏，委实让我佩服。

我是在他三年级时开始教他语文的。他拳击之勇猛，学业之难堪，让我绝望。经济学的"二八定律"在教育领域也是适用的，因为一个老师大约百分之八十的精力是用在百分之二十的后进生身上。可是对于阿冲，我就算是把百分之一百的精力都用在他一人身上，也没有多大的效用。

三年级的第一次期末考试，他语文考了 21.5 分，数学也考了 21.5 分，学业成绩之均衡让全班师生大跌眼镜。尤其值得一提的是在期末考试场上，试卷发下去不久，阿冲就没了踪影。监考老师诧异了：活生生的一个大胖子，怎么就失踪了呢？她走到阿冲的位子前，刚想看个究竟，教室里突然"砰"地一声枪响，吓了她一大跳。原来，阿冲藏到了桌子底下，掏出火药枪开了一枪。

阿冲表现差，成绩也不好。虽然我没有放弃他，但是他却准备放弃我了。三年级第二学期的期末考试，他的语文考了 11.5 分。

四年级了，我不再把很多的精力放在阿冲的学业辅导上——付出与回报太不成比例，而是改变了策略：我在班里宣布阿冲是我兄弟，并且用极度夸张的话语与声调不停地找机会夸他。这一举措，引得班里的其他孩子羡慕不已。阿冲为此十分得意。

　　课余时间，我有事没事就摸摸他的脑袋，搂搂他的肩膀，只要他一时半会儿没有向同学"开火"，我就往死里夸："阿冲，你今天已经连续两节课没有打架了。你这个小弟没有给我丢脸，我真的没有看错人！那你能不能做到连续半天不打架？"他听了我的话，立时神采飞扬，挺起胸膛，大声回应我："能！"

　　课堂上，我经常踱步到他面前，只要他坐得比较端正，没有做与学习无关的事情，也往死里夸："哎呀，阿冲同学真是坐如钟啊！"有时他明明坐得歪七扭八，我这么一夸，他就忙不迭地坐正。等同学们的目光聚焦到他身上时，他刚好摆出正襟危坐的样子，让大伙儿肃然起敬。

　　阿冲的课文是无论如何也背不下来的，只要他认真地读一次——只要一次，我肯定往死里夸："阿冲读书时中气十足，声音真好听！真想听他多读几次！"阿冲头脑特简单，为人特单纯。我这么一说，他就真的以为他的声音是天籁之音。等我再转到他面前时，他会故意挺直脊梁，大声地读课文。而我，也会做出很欣赏很陶醉的样子。这样一来，他就更来劲了。

　　阿冲的听写是基本不会写的，作业是基本不会做的，我全让他抄，只要抄对了，照样往死里夸："阿冲抄写得真好啊！一笔一画，好像字帖一样。"其他学生不乐意了，纷纷表示："这么简单的抄抄写写，谁不会呀？"我立马会找出某某人在某一课抄写时，某个字写得"缺胳膊少腿"，或者干脆写成另一个字的事实，以此证明阿冲的杰出成就。事实胜于雄辩。他们明知我是找理由护着阿冲，虽然气急败坏，可是无话可说。

抄得多了，阿冲就习惯了。

一个单元教学结束之后，我把学生常见的错误集中在一起，做成一张卷子，进行知识点过关检测。阿冲做了几个题目之后就傻眼了——剩下的题目都不会，他就想到左右与前边的同学那里去看，结果大家都把卷子遮得严严实实的，阿冲一个字也看不到。

阿冲急了，"腾"地站起来，气呼呼地向我告状："老师，他们不让我抄！"全班学生都笑了，我也笑了。阿冲有些莫名其妙，怔怔地看着我。

我说："阿冲，平时做作业可以到同学那里抄，但是考试不能抄。不过，你可以到书上抄，只要抄对了，老师也给分。"阿冲喜滋滋的，正要坐下时，我又补了一句话："你现在抄，就是为了以后都不用抄。"

"噢！"阿冲应了我一声，就坐下了。不管听得懂还是听不懂，也不管做得到还是做不到，每次阿冲的回应总是很快的。

当然，在阿冲开始"哗啦哗啦"翻书的时候，我的夸奖立刻毫不吝啬地跟上了："阿冲的书读得多熟练呀！随便一翻，就能找到自己想要的内容。"

我对阿冲说的这些话，有时我自己都不相信的，但是我说的时候必须很真诚，仿佛是肺腑之言一样。学生们听得多了，渐渐心知肚明——老师是在用一种特殊的方法帮助阿冲。

有些时候，阿冲控制不住自己，又打架了，我依旧往死里夸："阿冲这次打架，距离上一次已经整整三天了，进步很大啊！不过如果能坚持一周不打架，就更了不起了！"

有些时候，阿冲懒劲上来，连抄作业也嫌麻烦了，我照样往死里夸："阿冲这是在做短暂的调整。他要创造更长的连续完成作业的纪录呢！阿冲，你说是不是？再说啦，谁还不犯一点小错误啊！"

有些时候，阿冲干脆在课堂上睡着了，我还是往死里夸："你们看看，阿冲为了保持端正的坐姿，都累得睡着了，你们不要吵醒他！"当然，这些话睡着的阿冲是听不到的，但是我会让一个学生在他醒来之后传话给他。

正所谓"千穿万穿，马屁不穿"，如此这般操作之后，阿冲渐渐变得安静了，作业基本能上交了，打架的现象慢慢减少了，课堂上偶尔也开始举手了。

期末，我在课堂上让大家练习缩句："在农民的辛勤劳动下，今年小麦的长势十分喜人。"很多学生都答错了，教室里陷入了冷场。

这时，阿冲举手了，他大嗓门一亮，轰出了四个字："长势喜人。"

他答对了。

我夸张地从椅子上跳起来，大声道："好！"全班的学生，包括阿冲，都吓了一大跳。

等大家回过神来，我说："阿冲的聪明终于开发出来了！"教室里掌声四起。阿冲的脸上露出抑制不住的笑容。

四年级的期末考试，学生们考得不错。

我问他们："对自己语文成绩很满意的请举手！"只有三个人举手，其中两个是班里的尖子生，另一个就是阿冲。问他为什么对自己的成绩这么满意。

阿冲大声说："因为我进步了！"说这话时，他坦然而自豪。

是的，除了阿冲，有谁能一次进步 40 分呢？

第三辑

家人

老祖母

大地回暖，草长莺飞。

祖母又该给我寄马兰头来了。

以往，每年四月，周末回家，祖母就会端上一盘清炒马兰头。瓷盘雪白，嫩芽剔透，热气氤氲。

"尝尝看，好不好吃？"我是不喜欢吃马兰头的，一度固执地认为它的滋味辛辣刺喉，不堪下咽，然不忍拒绝，便夹了一筷，慢慢咀嚼。

"好不好吃？"祖母宛如孩子，眼巴巴地期待着我的接纳与欣赏。

为了不让老人失望，我有滋有味地咀嚼，连连点头："好吃。香，嫩，鲜！"

祖母高兴了："那你就多吃一点。吃完了，晚上我再炒一盘。"

没办法，为了证明真的"好吃"，我唯有硬着头皮，装出很享受的模样。

祖母看我吃得津津有味，又有了新想法："你这么喜欢吃，我就每个星期给你寄一些来。"

我大吃一惊，连连推辞："不用了，不用了，太麻烦了！"

祖母知我向来怕给旁人添麻烦，连忙解释："公交车的售票员都跟我很熟。我老人家委托的事儿，她们不会推辞的。"

做一个对儿孙辈有用的人，是老人最大的快乐。我不忍拂了她的好意，就应承下来了，并反复叮嘱她，采摘时注意安全，少寄一些——多了，吃不完，就可惜了。

从此，每到马兰头长成时，祖母总是隔一段时间就给我寄来。

捧着马兰头，老人的劳作如在目前：她总是拄着拐杖，到没有种植果蔬且水泽丰润的地头去，那些地方无人喷洒农药，马兰头长得嫩又长。回家之后，端一只小凳，坐在门前，把一枚枚嫩芽择得干干净净，然后点起灶火，先烧半锅开水焯一焯，再放山涧中去漂一漂。马兰头漂在水中，身姿轻盈，叶片舒展。

尽管不喜欢吃马兰头，祖母也不在身边，我总是用心地烹饪，用心地品尝与回味——其间蕴含着祖母的舐犊之情，我不敢亵渎。时间一长，渐渐熟悉了那独特的滋味，觉得不那么难吃了。后来，竟品出了别具风味的鲜美。

马兰头渐渐老了。老人就给我寄其他的菜蔬：苦麻菜、四季豆、青瓜、豆荚……一茬一茬的，当然更多的是老人亲手采的野菜。她拄着竹杖，提着小篮子，踽踽穿行于水沟边，田野间，只为长大成人的孙子吃一口新鲜的蔬菜。

小时候，家家户户都种菜。我家门前就是小溪，一长条菜地横在家门与小溪之间。父亲在沿溪的埂上培上泥土，在溪面上凌空搭起瓜架，剩下的事情就交给南瓜苗了。

南瓜开花了。祖母知晓哪些是不结瓜的花儿，摘下，洗净，用水淀粉一调，放柴灶的油锅里一煎，浓香四溢；或者切碎，清水一煮，稍一勾芡，清淡爽口，别是一番风味。

夏日，溪面低，瓜架高，小南瓜一只只挂下来，高高低低，大大小小，错落有致，憨态可掬。祖母够不着，就扛一支木柄的铁叉，在瓜架下，溪石上，瞄准了，"扑哧！"就叉下一只。可是，光洁圆润的小南瓜上多了两个小洞洞，仿佛完美的艺术品横遭破坏，令我不忍。

秋日，南瓜渐老。一只只如同乡间的壮汉，膀粗腰圆，肌理分明，隐隐然闪烁着暗淡的光泽。瓜重，藤老，渐渐支撑不住。藤断，瓜落。溪水中，溅起一声祖母的惋惜。

严霜将至。祖母嘱我摘瓜。此时，老南瓜已硬实如花岗岩。小心翼翼地摘下，叠入畚箕。一只畚箕装两只大南瓜，挑起来时，扁担被压得吱吱作响，肩膀被压得生疼。可是，把一只只老南瓜，整整齐齐地码在屋角，很有成就感。

祖母烹饪南瓜有讲究。蒸饭时，剖开一只老南瓜，切一小片放在饭甑底下的沸水中煮透，若粉而甜，则人食之；不然，则为猪饲料。若炒食，瓜宜切薄，油宜多；若煮食，瓜宜切厚，油宜少。然，无论是炒是煮，除油盐之外，不加任何佐料，上桌时撒上几粒青葱，南瓜与青葱的香味便缠绕着，在餐桌上氤氲。

南瓜叶也是好滋味。沸水中过一过，凉水里漂一漂，手掌心搓一搓，叶面上的白毛毛就脱落了，水中像浮着万千细若牛毛的银针。祖母烹调南瓜叶，尤爱加入一勺早晨熬得浓浓的米汤。青青的瓜叶，乳白的米汤，汤汁慢慢就变成稠稠的，显出琥珀绿的光泽，味道极佳。

南瓜藤和南瓜秆也不可丢弃。撕去外边薄薄的一层皮，剥掉脆硬的筋，切碎了，炒着吃，味道很是特别。尽管初次食用有些扎嘴，习惯之后，竟会觉得这感觉也如此亲切。

晒干了的老南瓜片，加入酱黄豆、细碎的橘皮与辣椒面，做成香辣南瓜饯。如再加入适量糯米粉，番薯粒，味道尤为丰富，百转千回。

每次剖老南瓜，祖母总是把南瓜子收拾得干干净净，晒干，在铁锅上烘烤得香喷喷的，封在酒坛子里。

冬夜，捧出一坛积攒起来的南瓜子，一家人"嘎嘣嘎嘣"地嗑开来，暖意融融。

西北风起，年关将近，家家户户要炒玉米。

炒玉米，特别热闹。柴火要旺，火力要足。二尺六的大铁锅烧得通红，祖母倒入炒得漆黑的细砂，再倒入干透的玉米粒，大铁铲"沙沙沙"地在锅里来回翻动，金黄的玉米粒与黑亮的砂粒柔情似水，缠绵悱恻，难舍难分。不多时，玉米香便在空中氤氲开来，"噼噼啪啪"的声音此起彼伏，宛如锅里燃放了百十枚小炮仗。间或还有砂粒，仿佛不听话的孩子，冷不丁"啪"地从锅里蹦出来，吓你一大跳。灶火通红，香气缭绕。家家户户玉米炒得热闹非凡时，我就在空气里闻到了年的味道。

平时没有工夫炒玉米，祖母就用煮玉米安慰我童年辘辘的饥肠。

取白瓷罐一只，放入两把老玉米，加上尽量多的水，放在火塘里，慢条斯理地炖。水开了，任由玉米粒在瓷罐里上下地翻，任由水蒸气推得瓷罐盖子"砰砰"地响，任由溢出的水滴落在炭灰里，"扑哧扑哧"把炭灰砸出一个个浅坑，又在"扑哧扑哧"声里，被后起的炭灰次第掩盖。炖上半天，瓷罐里的水也减不了多少，因此无须照看。等到炭火耗尽，余温尚存，揭开瓷罐盖子，一粒粒老玉米早成了一朵朵玉米花。

这玉米的花朵是江南的女子，灿若明霞的霓裳，薄如蝉翼的外衣，衬着水一般柔美，玉一般剔透，花一般绽放的粉脸。轻轻撮起一粒，慢慢放入口中，舌头搅动几下，一点点的清香，一点点的微甜，立时便化在舌尖上了，只剩下一片玉米衣在唇齿之间怅然若失。

祖母难得出门。我七岁时，曾跟着她走亲戚，坐"咣当咣当"响的大客车，到了镇上的车站。

整个车站，一圈围墙，一座房子，一个停车位，如此而已。靠近出站口，有一棵大樟树，枝干斜斜地伸出墙外。

墙外，是一个小摊。方桌一张，条凳四条。小煤炉两只，一只搁着水壶，一只架着铁锅。木架一只，放着十多只碗，白花花的。数只竹篾外壳的热水瓶，一只洗碗盘，与木架一起，靠在墙根。

摊主是位大婶，正弯腰忙活，见了我们，绽开笑脸，招呼一声："来了！坐一下！"显然与祖母熟识。

祖母用衣袖在凳子上抹了抹，拉着我，坐下："扁食，两碗。"扁食，就是馄饨。

"等一下啊！一下就好！"大婶就着锅碗瓢盆一通忙活，两碗扁食就端上来了。

白色蓝边碗。白瓷调羹。那馄饨，一朵朵，云一般地在汤中漂着。汤面上，绿的是葱段，红的是辣椒，金黄的是老油条碎末。一小团白色的猪油，正渐渐化开。油光点点，香气氤氲。

拾起调羹，刚要下口。祖母忽然提醒："慢一点，吹几口，吹凉一点再吃。不然，嘴巴要烫坏的。"

我舀起一只，"呼哧呼哧"地吹了几口，便往嘴里放。"哎哟！"果然好烫。

"不听我的话。烫到了吧？"祖母半是关切，半是责怪。

我只好静下心来，慢慢吹气，慢慢吃。入口，化若无物。

祖母边吃边与大婶闲聊。大婶嘴巴说着，手里也不闲着。她刚熬好猪油，用锅铲挑了几粒油渣，弹到我们碗里。"加点油渣更好吃。很多人都不知道这种吃法。"

……

祖母光顾着说话，吃得就慢了。等她回过头来时，发现我的眼珠子正乌溜溜地盯着她的碗。

"你怎么吃得这么快呀？没吃过瘾，是吧？"祖母把她碗里的扁食舀了几只给我。

我依依不舍地对付完这几只扁食，还想再吃一碗时，祖母已经起身准备赶路了。

"奶奶，我还想再吃一碗。"

"你这小鬼！扁食是点心。点心，点心，是点一点心的。不能当饭吃。当饭吃，也吃不饱的。我们下次再来吃。"

祖母向来是宠我的。我满以为她会答应我，允我再吃一碗。现在，只是徒留了希望。我清楚得很，这个"下一次"不知要等到哪一次了。

祖母八十五岁高龄时，在一个冬夜去世。

凌晨两三点钟，响起了急促的敲门声。开门一看，是校长。门外的风冷，校长的话更冷。他说，你家来电话，你祖母刚刚去世，学校给你丧假。

祖母是倒在了牌桌上。

早先，祖母是不搓牌的。不搓，并不是不会。祖父年轻时精通赌术，去世多年以后，家里还有他留下的各种赌具。祖母眼看着很多人赌到妻离子散，家破人亡，是以对牌一直敬而远之。

重新开始打牌时，祖母已经八十岁高龄了。是村里几个年龄相仿的老人，在三缺一的时候拉她凑数，结果祖母就此迷上了。不过老人很克制，她有"三不打"原则：农忙时不打；手气差时不打；上午打了，下午就不打。

祖母技术不错，输少赢多。有时我故意逗她："奶奶，您以前不是说白白把钱输给人家，还不如买点糕点吃吃更实惠吗？"她说，几个老人在一起打打牌，过过日子，说说话而已，输赢很小，只是彩头。

每当过年时，我都要给祖母零花钱。自从她打上牌之后，我就不再说是零花钱了，而是说这是给她打牌的本钱。祖母非常高兴，常在几个老伙伴面前炫耀，引得她们艳羡不已。

祖母打牌，是很讲究运道的。一天上午，她到邻村的代销店里去买白糖，在路边上居然捡到一块硬币。回家后，她兴冲冲地和我说，今天运气好，下午要去搓牌了，保证赢钱。我说她迷信。她说打牌的人一定得信这个。晚饭前，祖母回来了，赢钱了。比赢钱更让祖母开心的是，在还剩最后一手牌的时候，她来了一个"杠上开花"，把老人家乐得满面春风。

祖母六十岁时，曾因脑血管突然破裂，静养了半年，方才痊愈。医生说她有高血压，她不信，因为平日里身体没有任何不适。我们劝她去医院检查，她不去，还说医生就想到老人家这里挣钱，否则哪有生病不难受的呢？

老人在这方面很倔强，我们无计可施。

康复之后，祖母又平静地生活了二十五年。

那天，祖母在后山上的堂舅家打牌，吃过早饭就去了。打了一会儿，说不太舒服，头有点痛。堂舅的母亲——也就是我的小外婆，就让祖母在她床上躺一下。吃了中饭，又休息了一会儿，牌局继续。打了数圈，祖母趴在桌子上，又说脑袋痛。小外婆依旧叫祖母到床上躺一会儿，祖母不依，叫堂舅背自己回家。回家要穿过一片竹林，百十米路。半路上，祖母对堂舅说，你走快一点，我今天恐怕要死了。走到家门口，祖母还告诉堂舅用哪个钥匙开锁。到了家里，把她放在床上时，就不会说话了。

医生来了，上了药，但是明确告诉我父亲，这只是略尽人事而已。

祖母走了，在那个冬夜，走得很安详。我赶回家，见到她的遗容，就像睡着了一样。

对此，村里的老人很是羡慕，都说这是祖母做人好，好人有好报，善人得善终。

如今，母亲接过了祖母的接力棒，常给我寄菜。

而母亲，也渐渐老了。

老母亲

小雨滴们，自天空一跃而下，砸在芋叶上。

砸在边沿。啪，叶子颤动起来，原本悠闲倒挂着的水滴们，哗啦啦地坠落。

砸在叶柄。噼，啪，蹦了三两下，没了气力，遂沿着叶脉哧溜一声往下滑；叶沿的凹陷处，停着一个巨大的水滴，小家伙嗖地撞上去，大水滴晃了晃，就包容了她的莽撞。

越来越多的小家伙匆匆忙忙跌跌撞撞前仆后继，扑入大水滴的怀抱。芋叶勉力支撑，渐渐不胜重荷，身体一软，大水滴一歪，来不及惊叫一声"哎呀"，便一头栽下地去。

芋叶顷刻恢复原状。小水滴们又沿着主叶脉欢天喜地地滑下来，迅疾抱团。

芋叶之上，有小欢喜，也有大危机。

门前是母亲的菜园。

有一种叫作"放屁"的虫，能放臭气，且爱叮辣椒树。难捕捉，因其一有风吹草动，即落地装死，保护色与泥土相近，不易察觉，非常讨厌。

如以农药除虫，辣椒就不能吃了。若不去除虫，则没有辣椒可吃。

母亲曾用手捉，颇费事；又曾经添炭火在火熄里，放置于辣椒树下，摇动辣椒树，放屁虫落到火熄里被炙死，可惜容易伤树。后来，她想出一个办法——盛一桶热水，把虫子摇落在桶内，虫死而树无损。

此法，绝妙。

蒸饭时，母亲在电饭锅里放了一碗肉。

饭熟时，我想把肉端出来，可热气蒸腾，颇难下手。鼓起勇气试了一下，碗壁烫且滑，端不起。将一张餐巾纸撕为二，垫在指肚与碗壁间，咬牙一发力，碗底热浪，直舔指背，又没端起。

母亲至，说："我来！"

我说："太烫了，凉会儿再端。"

"不打紧。"母亲伸出双手，抵住碗壁，稳稳将肉碗端起，说，"还是我的手比较老。"

母亲一辈子在山间地头劳作，她的手是铁耙子与老虎钳，攀得上大树，拧得了藤条，耐得住热汤，端是厉害。

小学高年级时，我在外读书，每周归家一次，母亲都要替我洗脚。

她哗啦啦地往脚盆里倒热水，又倒入些许冷水。"太烫了！太烫了！多加点冷水！"我叫道。

"哪里会烫哇?！"母亲操瓢加入些微冷水。

"还是太烫了，太烫了！再加点儿！"我直跳脚。

"不会烫了！"母亲伸手试试水温，"一点也不会烫！"

"太烫了，太烫了！我怕烫的!"

母亲又操瓢，象征性地加入丁点儿冷水，一只手捉住我的脚，不容分说，直往水里按，另一只手哗啦哗啦往我的腿肚子与脚背上泼水。

"哎哟喂，太烫了！"我被烫得龇牙咧嘴，脚想回缩，却被母亲牢牢捉住。

母亲继续哗啦哗啦泼水，又用大拇指搓洗，指肚与我的脚背脚后跟摩擦，发出咕咕咕的声音。她边洗边说："水太凉了，怎么能洗下脏东西？你看，脏条子都搓下来了。你再乱动，我就不给你洗了！"

"好！我自己洗，自己洗！"我欲顺坡下驴。

"不行，你自己洗，洗不干净的！"母亲嘴上回应我，手下毫不懈怠，一只手大铁钳般擒住我的脚板，另一只手毫不留情，咕咕咕地搓着。

"啊！你轻点儿，轻点儿！让我把脚拿出来凉一下……"

等母亲认为功成，我的两只脚，已成俩红萝卜。

母亲休息的日子是屈指可数的。

每天清晨，往往是我刚端起碗，准备喝稀饭，母亲便收拾农具，换上草鞋，拎起蒲包，匆匆出门而去。

母亲是绝少回家吃中饭的，蒲包里装的就是她的中饭：几勺米饭，撒上几粒盐，淋上酱油一匙，菜油两匙；有时还会舀上几调羹酸菜或咸菜，如此而已。

蒲包，是用香蒲叶编成的，结实，轻巧，柔软，方便携带。用蒲包盛饭，在野外食用，在我们老家称为"带饭"。带饭，可以节省回家吃饭时间。

我常常想象母亲在野外吃饭的样子：伸手从树上摘下蒲包，坐在田埂或是石阶上，或者干脆席地而坐，左手托着蒲包，右手持着调羹，大口大口地吞咽，时不时用衣袖擦擦额前和脸上的汗珠。如果能够像母亲一样，在野外吃上一顿"带饭"就好了。我神往不已。

十岁始，母亲让我随她上山干活——给大豆锄草。我很高兴，以为可以吃上"带饭"了。可结果却颇令我失望——母亲说，今天干活的地方离家近，回家吃饭吧。我说，带饭吧，可以多干一点活儿。母亲说，不必，回家吃饭还可以让你休息一下。她不明白我的心思，我好扫兴。

等到终于可以吃上"带饭"，我已经上中学了。那天，母亲说，今天要到棕树坞挖杉木地，带饭，带水。我兴冲冲地去找蒲包，没想到母亲说，用饭盒吧。我一心想用蒲包，就说，用蒲包更好，蒲包大，带的饭多。母亲却说，蒲包没有盖子，草叶容易落进去；带三只饭盒，两只盛饭，一只盛菜，够我们吃的了。

尽管没有用上蒲包，母亲还是满足了我"带饭"的愿望。我和母亲带了三饭盒的饭菜，又带了两茶竹筒的开水。所谓的茶竹筒，是三两节修长的竹节，顶端钻一个方形小口，中间打通，用以盛水。小口上塞上一枚木塞，即可防止茶水渗漏。

上了山，母亲要我把"带饭"挂在树上，要挂得高一些，以防吸引蚂蚁。

我挖一会儿地，就看一眼"带饭"，只嫌时间过得太慢。好不容易等到太阳当头，母亲说，你肯定很想吃饭了，我们歇一会儿，吃饭吧。我压抑住激动的心情，装作随意地把锄头扔在一边，紧走几步，取下饭盒，就地坐下，靠在树根上，准备享受"带饭"。

美滋滋地打开饭盒盖子之后，我瞬间呆了——饭盒里全是蚂蚁，急忙打开另一盒，也是如此——蚂蚁们在饭粒间进进出出，悠然自得，全然无视我的存在。我几乎要哭出声来了——盼了这么多年的"带饭"，居然被蚂蚁给独占了。母亲见了，却不以为意，说："你怕蚂蚁吗？好吧，蚂蚁多的给我，少的给你。"说完，她接过我手里的饭盒，大口吃起来，根本无视蚂蚁的存在。

没有办法，我不能整个下午饿着肚子干活，只好小心翼翼地挑着吃，生怕一不小心就把蚂蚁活生生地吞下肚去。母亲说："没事的，连蚂蚁一起吃下去好了。老人们说吃了蚂蚁，力气会变得很大的。"我有些迟疑："蚂蚁进了我们的肠胃，不咬我们吗？"母亲笑了："有这么厉害的蚂蚁吗？"

好吧，像我这么吃"带饭"，吃到猴年马月才能吃完，下午都不用干活了。我索性闭上眼睛，大口大口吃了起来。尽管有蚂蚁，但是味道并没有变得不同。

吃了几口，我就睁开眼睛，吞咽自如了。哪怕是蚂蚁就在饭上爬行，我也毫不犹豫地一口吞下肚去。最初的恐惧消失之后，代之而来的是无所畏惧的自豪与风卷残云的痛快。

吃完了"带饭"，我拎起茶竹筒，拔开木塞，准备喝水。"咕咚，咕咚。"才喝了两口，我就被呛到了，"吭吭吭"地咳嗽不停。母亲连连在我背上拍打，叮嘱我喝得慢一点儿。

后来，我还多次带饭。我带过年糕，烧一堆火，和弟弟烤年糕，那天几乎没干多少活儿，尽烤年糕吃年糕了；带过番薯，捡好多干柴，烧出一窝炭火，煨番薯当午饭；还在草丛中捡过数只鸟蛋，放火上一烤，蛋清蛋黄流了一地，啥也没吃着……不过我至今没有吃过蒲包装的"带饭"。

如今，家里连蒲包也找不到了。

我读小学时，学校离家十五里，得住校。我每周日下午背着两只挎包，一只装着两个菜罐子，一只装着鼓囊囊的大米，走路去学校。母亲从不送我。

那次，我背着包，出了家门，听到屋角"哗啦"一声响——母亲刚把一大捆柴背回家。

我说了一声："娘，我去学校了。"

母亲忽然说："等等，我送你一下。"

我诧异了，这可是从未有过的事，就说："不用了，我自己去。"

母亲说："还是让我送一送吧。"

母亲送我，我还真不太习惯，连走路都不自然了。我走在前面。母亲腰间扎着柴刀，脚上穿着草鞋，头发上还挂着几片叶子，跟在后面。

从屋角走到公路上，要经过屋后一段"之"字形的小坡道。在拐角处，我转过头，瞄了母亲一眼，发现母亲正撩起衣角，在悄悄地抹眼泪。

刹那间，我全明白了，原来母亲一直没有送我，其实是不敢送我。母亲知道，她九岁的儿子，一个人离家求学，其中有许多的辛苦——

饭盒打泼了，只好饿肚子；鞋子湿了，只能捂在脚上；冬天，手上冻疮肿胀，像个馒头；夏天，寝室里蚊虫乱飞，只能用被子紧紧裹住脑袋；更有一次，两个坏孩子抬起她的儿子，想把他扔到路旁的石坎下面去……这些，母亲爱莫能助，只能一桩桩一件件装在心里，不敢去想，不敢去碰。

看到母亲流泪，我一阵心酸，泪水马上涌了上来。我抿紧嘴唇，睁大眼眶，不让眼泪流出来，生怕自己一旦流泪，会让母亲更加难过。

走过"之"字形的小坡道，走上公路，又是一小段上坡，短短的数十米，却是我走过的最长的路。到达坡顶处，我没有回头，忍住哽咽对母亲说："娘，你回去吧。"然后，大踏步朝前走去，任由泪水"扑啦啦"地掉下来，不敢抬手拭擦。

直到走得很远了，我回头望母亲，她还站在那里，一动不动。

后来，母亲又送了我一次。

那天，大雪。母亲和几个家长一商量，决定送我们到学校。大人们挑着米和菜，还有书包，我们几个孩子空着手跑。路上全是雪，中间被行人踩出一条小道，仅可容足。两边积雪及腰，稍不小心，脚下一滑，就跌一个大跟头。如果滑到路边的雪堆里，要好几个人一起拉，才能爬出来。

母亲笑眯眯地看着她的儿子一路跌跟头，一路撒着欢儿。她不时提醒："小心了，不然又摔倒了。"可往往话音未落，她的儿子就又一个跟头跌倒在雪地里，惹得众人哈哈大笑。

四十九岁时，母亲升级为祖母。她的手惯于拔草锄地，劈柴伐木，侍弄小孙女，颇有些大材小用。

为孙女换衣服。随着母亲气势如虹的摆弄，女儿小小的脑袋左摇右晃。

看了几次，我不免有些心惊肉跳，遂提醒母亲："妈，你这么用力，会不会把宝宝的脖子扭断呀？"

"不会的！"母亲自信满满，"你们兄弟俩小时候，我就是这么给你们换衣服的。"

好吧，您说得没错，我的脖子还好好的。

为孙女换尿布。解开襁褓，女儿屈着膝盖，两条小腿儿快活地乱蹬。我说："妈，你看我们的宝宝，在骑自行车呢！"

母亲一本正经道："这么小的孩子，怎么会骑自行车呢？解开了围裙，她活动活动，高兴呢！"

好吧，我承认，这么小的娃，的确还不会骑车。

为孙女把尿。母亲一边把，一边"嘘嘘嘘"地吹气引导。我说："妈，这么小的孩子，哪里听得懂把尿的声音啊？"

母亲说："把几次，她就学会了。"果然，女儿尿尿了。母亲很高兴，说："这个女孩子好乖的，好养的，一教就会。"

好吧，您的孙女肯定啥啥都是好的。

女儿渐长。母亲宠得厉害，要风给风，要雨给雨。

一家人开始吃晚饭时，女儿说要吃棒冰。父亲正色说道："吃饭时，不能吃棒冰。"女儿不依，说："你们不给我拿，我就自己取。"结果，她打不开冰箱门，急得直跳脚。我们都不理她，任她跳。

母亲从厨房出来，见小孙女这模样，急忙问："怎么啦？怎么啦？和奶奶说。"

女儿喊："我要吃棒冰！"

我们都说不要给她吃，吃了棒冰就影响吃饭了。

母亲却拉着女儿的手说："他们不给你拿，奶奶给你拿！"

我们无可奈何，连连摇头。父亲说："完了，刚才我们的教育都白费了。"

女儿乐颠颠地，歪着脑袋，把棒冰吃得吧嗒吧嗒响。我调侃她："你现在神气了哇！"

她更是歪着脑袋，故意把棒冰咂吧得更响，还回应我说："反正奶奶会帮我的。"

有奶奶护着你，我还真对你没办法。

因陪孙女读书，母亲来到了城里。这个家家户户昼夜关门闭户的地方，与她生活了大半辈子的老家有太多的不同——没有可串门的邻居，没有可以耕种的土地——初来乍到，母亲很不习惯。

后来，母亲无意中发现了自己的乐趣：机场的荒地里有很多野菜，可供采摘。于是，春天的小竹笋与马兰头，夏天的野苦麻与马齿苋，秋天的蒲公英与灰条菜，都成了我们餐桌上的佳肴。每次，母亲都采得很多，自己家吃不了，就左邻右舍挨家挨户地分，于是周围人家都知道这里来了一位热情的农村大妈。母亲也因此交了不少朋友，日子过得不那么孤单了。

可惜好景不长，第二年，机场不能随便进出了，母亲的采摘活动就此告终。

无意中得知，城郊有一块可供开垦的荒地。

那天晚饭时，母亲说有人种了很多油菜，打的菜油一年也吃不完，言语之间艳羡不已。与父亲合计，如果自己也去开一块地，应该种些什么庄稼，能够得到怎样的收成。

第二天，家里便出现了两柄锄头、一把砍刀——父母亲开荒挖地了。后来的日子，又渐渐多了扁担、水桶等农具。当时，已有不少老人在这里零零星星地挖了很多地。父母亲去开拓自己的"疆土"时，已经找不到很好的地块了。他们硬是在荆棘丛中，在乱石堆里，整出了属于自己的"地盘"，直至垦出一亩多的菜地。

从此，母亲变得十分忙碌，我常能看到她裤脚上星星点点的泥渍。双休日，父亲也去帮忙。夏日的中午，劳作了一上午的父亲，躺在客厅的瓷砖地上呼呼地午睡。他挽着裤腿，脚上沾满了新鲜的泥土，睡姿狂放而舒坦。母亲则坐在一边，整理自产的菜品，把它们收拾得干干净净，堆码得整整齐齐。

我的父母亲，他们是这座城市为数不多的农民。

因为有了这块菜地，我们家基本不需要买青菜了，父母之间的话题明显增多。谁家的菜被人偷了，谁家的苗长势良好，谁家的肥施得不是时候……这些话语，成了我家餐桌上必备的调味品。因为有了这块菜地，母亲更频繁地给邻居们送菜，也结交了更多的朋友。

我曾多次去菜地，尤其是在春天，那是一种特别的享受。

菜地被一个很大的围墙包着，钻进围墙中间的小门，远远地就看见了菜地里耀眼的黄色。花儿开得不算太多，稀稀疏疏的，但颜色特别的艳，嫩黄嫩黄的，煞是好看。沿着弯弯曲曲的小道前行，两边白色的、紫色的野花宛如我们的引路者，夹道灿烂地蜿蜒……青菜一茬茬，一垄垄，整齐有序地排列着，在阳光下翠色欲流。

刚下了小雨，菜花的中间含着颗颗透明的"珍珠"，轻轻一碰，纷纷滚落下来，俏皮又让人怜惜。许多青菜都抽出了长长的菜心，伸出手，微微一用力，只听"咔"地一声，脆脆的，嫩嫩的，一根菜心刚攥在手心，花叶间的水珠已顺势流到了胳膊上，凉凉的。"咔咔"的响声在静寂的菜地上此起彼伏。

忽然听到一个消息：那块地被拍卖了，开发商很快就要进场开工了。这让父母亲很纠结——继续耕种，也许还能得到一季的收成，但也许所有的辛劳将随着推土机的轰鸣，付诸东流。经过两三天的权衡，父母亲拿定了主意——不能让土地闲着，继续种！

开发商终于破土动工了。父亲经过考察，乐观地估计，一时半会儿自家的菜地还不会受到威胁。可是，没过几天，母亲便发现施工的进度快得惊人，推土机好似狰狞的怪兽，张着大嘴，大口大口地吞噬着土地。

一个周六，母亲告诉我，明天去采花生，据内部消息，家里的菜地要被推平了。

那个周末，我与父母一起把处于成熟期的花生连根拔起。父亲一边摘嫩花生，一边惋惜："如果再有一周的时间，花生就会更饱满了。"母亲望着不远处的大片油菜，止不住地心痛："可惜了，这些油菜成熟以后，可以打数十斤菜油呢！"

母亲的菜地终于消失了。如今，她只能在阳台的花盆中种几丛葱蒜。

我曾戏言，母亲是城市农民。

现实却告诉我——城市是城市，农民是农民，不兼容。

老爷子

　　小时候，村子里办酒席，席上有喜烟，大人小孩都有份。下了酒席，我们小孩就学着大人的模样抽烟，好玩。

　　可能是我七八岁的时候，邻居家婚宴。饭罢，我和弟弟耳朵上夹着香烟，嘴巴上叼着香烟，施施然走出邻居家大门。父亲迎面走来，脸色严峻。我呆住了。弟弟比较灵活，抢前几步，跑到父亲面前献殷勤："爸爸，香烟给你抽。"

　　父亲挡住弟弟递过去的烟，看了我们一会儿，说："我和你们兄弟俩订个协议，好不好？"

　　我们不知道父亲啥意思，自然说好。

　　父亲说："从今天开始，我不抽烟，你们也不准抽。能不能做到？"

　　我一口答应。弟弟却说："只要你做到，我就能做到。如果你做不到，我也做不到。"

　　父亲说了一声："好！"掏出口袋里的烟盒，顺手送给身边的人。他从此没有再抽过一支烟。

　　父亲是公社干部，每次回家，总是把挎包挂在堂屋的木柱上。

　　偶尔，我和弟弟如看到挎包鼓鼓囊囊的，就异常欣喜，因为里面必定有好吃的，时而是两只蜜梨，时而是一包饼干，更多的时候是两只苹果。我尤其爱苹果，红富士，黄金帅，青香蕉，都使我心迷神醉。摸一摸光滑的果皮，闻一闻浓烈的果香，满足感油然而生。

苹果，父亲从不多买，每次两个，一样大小。我和弟弟一人一个，各自坐在门槛一头，享受奢侈的父爱。

弟弟总是捧着苹果，把玩良久，才轻轻咬下一小口，然后细嚼慢咽，似乎那一小口苹果永远也嚼不完。

我性急，如猪八戒吃人参果，"咔嚓"咬下一大口，满嘴的果香，整个人似乎就飘起来了；再"咔嚓"咬下一大口，苹果就少了一大半。

三下五去二，我把一只大苹果啃到只有一枚小小的果核时，弟弟的苹果才打开一个缺口。看着弟弟手中的苹果，我心里馋虫乱爬。弟弟警惕地捧着苹果，似乎我的眼睛里长着两排牙齿，随时会"嘎嘣"咬他的苹果一口。

"给我咬一口，好不？"馋了良久，我终于放下兄长的脸面，试探着问了一声。

"不行，谁叫你吃得那么快！"弟弟一口拒绝。不过，我善良的弟弟终究看不得哥哥的馋相，不多久，他就把苹果递到我面前："给你咬一口。只能咬一口哦！"

我惊喜万分地接过苹果，睁大眼睛，瞅准了便于下口的部位，张开大嘴，"嘎嘣"咬了一口，弟弟的苹果立马少了一小半。

"啊……你怎么咬了这么多？！"弟弟几乎要哭出来了。

"你不是说只能咬一口吗？"我的舌头艰难地搅拌着满嘴的苹果，一只手捂住嘴巴，防止嚼碎的苹果掉出来，还趁机狡辩，"我又没有咬两口。"

弟弟一片好心，却吃了一个哑巴亏，又气又心痛。

等我苹果落肚，又馋馋地盯着弟弟的手时，他的心又软了："给，再给你咬一口，要小口一点。"于是我又得以咬一口，很节制的一小口。吃到最后，弟弟把苹果递到我面前："给，全部给你。"我喜出望外，接过小半个苹果，风卷残云般啃食，毫无羞愧之心。

至今，我也没有想明白，是弟弟不喜欢吃苹果吗？显然不是。在那个物资极端匮乏的年代，农村孩子一年到头是难得吃到一只苹果的。是他心疼我这个猪八戒一般的哥哥吗？他那么小，似乎还没有那么成熟。

不过，有一点是可以肯定的，后来我们俩吃苹果的过程几乎是这个模式的翻版。

我从不敢去动父亲的挎包，弟弟则不然。

一日，放学回家，见弟弟正踮起脚，把鼻子凑到父亲的挎包上，不知在干啥。听到我进门的声音，弟弟转过头来，对我招招手："哥哥，过来，爸爸的包里有苹果。"我也凑到鼓鼓囊囊的挎包前，一股果香从帆布包的缝隙里使劲挤出来，直往我的鼻孔里钻。弟弟把手伸进挎包里一摸，掏出一只大苹果递给我，接着又掏出一只大苹果。

"哥哥，吃吧！"弟弟煽动我。

"爸爸不在家，我们就这样吃了，不太好吧？"我有些迟疑。

"反正都是我们吃，什么时候吃，还不是一样。"弟弟振振有词。

我想了想，觉得有道理，更何况我心里又馋虫乱爬了，于是就和弟弟坐在门槛上，按照固有的模式吃将起来。

父亲回家了，看我们兄弟坐在门槛两头，就招呼我们："我给你们买了苹果哎！"我们端坐不动。然后，他就看到了挎包空瘪的肚子："哦，原来你们已经吃掉了呀！"

父亲给我们买苹果的次数屈指可数。坐在门槛上，望着对面的青山，听着门前的流水声，吃着香喷喷的苹果，成了我童年少有的一抹亮色。

我十岁以后，父亲的挎包里就再也没有出现过苹果，也没有其他零食了。

我很奇怪。父亲说："你和弟弟都长大了，就不买零食了。"那一刻，我觉得长大真不好。

我更奇怪的是，那时父亲薪水微薄，哪来的闲钱给我们买苹果呢？直到我成人以后，父亲在闲谈中无意透露了他的秘密——

到城里开会，早餐时，父亲看到餐桌上旁人剩下的面包，觉得可惜，于是这些面包就成了他的早餐；别人吃过几口的，他撕去吃过的部分，剥去面包皮，也照吃不误。省下的餐券，在会议结束后可以退钱。

帆布挎包里的苹果，是用这钱买来的。

慢慢地，父亲得到了提拔的机会，辗转数个乡镇，后来成了一把手。但是父亲的个性决定了，他这个一把手是当不长的。

父亲开始自学法律，准备为自己的后半生开辟另一条道路。他参加律师资格考试之前，好说歹说，管事的就是不准假。父亲火了："今天这个假你批准，我要成行；不批准，也要成行。如你不批，按照旷工处理，我接受组织的纪律处分。"

管事的一听，只好准假。

代理了几场官司，父亲愈发觉得适合做法律工作，就申请调往法院。可是组织部门不批准，理由是父亲是领导干部，调往法院，要从最基层的书记员做起，不合适。父亲亲自去要求，也未果。靠自己的努力掌控不了的事情，父亲是不会过于在意的。积极进取与随遇而安，在父亲身上并不矛盾。

不料，以为调动无望时，一纸调令打开了父亲通往法院的大门。

现在，父亲从法官岗位上退休已二十多年了，每天收看法律频道，研究法律文献，办理案件，乐此不疲；还时不时打电话给我，叫我帮他到网上寻找并打印一些冷僻的法律条文。

把工作做成爱好，把爱好做成专业，这是父亲的准则。

父亲病了。

是母亲打电话告诉我的。母亲说："你爸病了，病了好几天了，还不让我告诉你们。现在他在客厅，我偷偷打个电话给你。好了，我要挂电话了，他要进房间了，不能让他听见。"

老爷子不让母亲告诉我，是不想给我添麻烦。他一向是不喜欢麻烦别人的，哪怕是自己的儿子。

其实，我之前看出他有些异样，人变瘦了，脸变黄了。问他是否不舒服。他说，最近胃口有些不好，可能是天气太热的缘故，或许等天气转凉了，就好了。

老爷子身体一向硬朗，五十岁之前没有打过点滴，偶尔患上伤风感冒，熬一熬就过去了。最厉害的一次咳嗽，自己炖了橙皮、花生米、川贝啥的，吃了一个来月，愣是没好，医生开了一盒神奇枇杷止咳露，吃了一包，第二天就不咳了。

正因为如此，听了老爷子的话，我也没太在意。

过了几天，我接到一个陌生电话，是医生打来的，叫我去医院，要和我讲讲老爷子的病情。我感到事情有些严重了。

到了医院，刚好看见老爷子从走廊那头过来。他手里拎着一袋药品，腰杆子没有以前那么挺直了，满头的白发特别显眼。

"爸！"我叫了他一声。

一个小护士听见了，急忙伸手扶住——其实是拦住他："爷爷，爷爷！您在这儿坐一下，让医生和您儿子谈谈治疗方案。"

医生把我让进了办公室，我们进了内间。

"老爷子的病情不容乐观。"

"什么情况？"

"癌症指标 500 多，超出正常值近 20 倍。"

"什么癌？"

"现在还没有确诊。初步估计是胰腺癌，就是乔布斯那种。"

"第几期？"

"从目前情况来看，应该是晚期。如果真是这样的话，估计还有三个月的存活期。"

"什么时候能够确诊？"

"还有几个疑点。明天院内专家会诊一下，分管的副院长也会过来，有了结论，我会第一时间通知你。"

"好的。谢谢大夫！"

医生说完后，埋头忙去了。

我心里一片冰凉，泪水一下子涌上来。我稍稍平息了一下情绪，才走出医生办公室。

"医生说什么了？"老爷子看我出来了，就从椅子上站了起来。

"没啥。"我故作轻松，"就是把病情详细讲了一下，让我对下一步的治疗方案心里有数。"

第二天傍晚，医生又来电话了。他说："老爷子的病情复杂，目前还不能确诊。"

"那怎么办？"

"医院现有的设备已经全都上了，但是你也知道，我们这种小城市，医疗条件有限，最好是到杭州、上海的大医院去做进一步检查。"

晚上，我去老爷子那儿，和他商量对策。母亲给我开门，眼眶红红的。老爷子正躺在他的破单人沙发里，悠闲地看电视。昏黄的灯光下，他的皮肤触目惊心的黄。

"爸，你这个病有点儿复杂，看起来是属于疑难杂症一类。医生建议去大医院检查。我们去上海吧？你觉得怎样？"

"我问过了，去上海，属于省外治疗，报销的比例会降低。去省城吧，报销比例不会下降得太低。"

那段时间省城正好有一个国际会议，只准出，不许进。我们想进省城，还得等上好一段时间。

考虑到病情不等人，我建议老爷子还是去上海："爸，省城的技术和上海还是有差距的，我们直接去上海吧！"

老爷子眼睛盯着电视机，手里揿着遥控器，有一搭没一搭地和我聊着："再等等吧，没事，我自己知道，一个月之内，我还不会死。"

我知道无法说动老爷子。只有等。

没想到事情到了第三天，居然出现了转机。

老爷子打电话来说："我要到传染病区去了。"

我大惊："确诊了？是传染病？"

"没有确诊。主治医生请了一个和他比较要好的传染科医生，那个医生也不知道是什么病，但是他说只要对症下药就有效果。如果我相信他，就到他那儿去。"

"这会不会太冒险了？还是去上海吧？"

"如果是绝症，去哪儿都一样；如果不是绝症，也不在乎这几天。死马当活马医。我相信他，先让他看着吧。"

既然老爷子已经做了决定，那就先看着吧。

进了传染病区之后，好消息不断传来：

第一天，黄疸指数下降两百多；

第二天，黄疸指数下降两百多；

第三天，黄疸指数下降速度放缓，但也有一百多；

……

医生信心满满，说按照这样的进展速度，一周之后，黄疸指数就接近正常值了。

一周以后，黄疸指数真的接近正常值了。但是，新的问题出现了。老爷子的血糖向来偏高，住院以后，他感觉口渴越来越厉害，于是，他主动要求做个血糖检测。不检测不知道，一检测吓一跳，血糖指标超过了 30mmol/L。老爷子就纳闷了，医院每天都抽血化验，难道不知道血糖高得吓人吗？

没办法，只好每天降血糖。

一个月后出院，老爷子黄疸褪尽，但是每天要靠注射胰岛素才能基本维持血糖正常了。

不管怎样，日子总算恢复了平静。

不过，这样的平静没有维持多久，母亲又打电话来了："你爸又病了。"

"怎么回事？"

"最近他眼睛看东西重影，以为血压太高了，去医院一检查，医生说大脑里面有阴影。"

下班后，我急急忙忙赶往老爷子那儿。老爷子还是躺在他的破单人沙发里，悠闲地看电视，见我去了，欠了欠身，取出一袋胶片，递给我。我朝着灯光照了一照，胶片显示脑部有一颗花生一样的东西，两头大，中间小。

我问老爷子："医生怎么说？"

"可能是肿瘤，也可能是血管畸形，或者是囊肿什么的。目前不好判定。医生说恶性的可能性很小，因为阴影的边缘很光滑。但是也不能排除恶性的可能。"

"医生的话总是这么模棱两可。"我说，"这种开颅手术最好还是到大医院去做，比较放心。我联系一下，可以吗？"

这次老爷子没有表示异议。省城那边，国际大佬们的聚会也早已结束，不再限制进出。

这次运气实在太好，居然联系上了华山医院脑外科的徐教授。

徐教授仔细查看了胶片，说："初步判断是颅内血管畸形，基本排除肿瘤的可能。"

"教授，那怎么办？"我有些紧张。

"这个病是个定时炸弹，可能一辈子都不发作，但是一旦发作，血管破裂，引发出血，就非常危险了。所以不管是不是肿瘤，都要开颅，才能把问题解决掉。要不要开刀，你们自己决定。"

"动手术，处理掉。"老爷子当机立断。

"徐教授，这个手术有哪些风险？"我忐忑地问。

"任何手术都有风险，具体风险术前会有住院部的医生详细对家属讲解。虽然我不能保证手术不出意外，但是可以告诉你们，这样的手术我已经做了几千例了，还没有失败的病例。"

徐教授的话让我心里的压力为之一轻。

老爷子很快就做完了术前检查，我忍不住问他："爸，要做手术了，你怕不怕？"

"有啥好怕的？"老爷子傲然说，"要么把病治好，要么干脆就不要下手术台了，歪歪唧唧地活着，自己受累，还要牵连你们兄弟。"

我心头一热，连忙说："你的病在徐教授看来是小病，肯定没问题的。"

术后第一天，老爷子在重症监护室观察。

弟弟进去探视时，老爷子正闭着眼睛在休息。听到有响动，他睁开眼睛，一看是弟弟，就问："你来干啥？"

"我来看一下你。"

"我好得很，不用看的。你可以出去了！"

弟弟只好退了出来。

从重症监护室回到病房的次日，老爷子忽然要起床。弟弟大惊，说："爸，你要干啥？"

"我要起床。"

弟弟手足无措，不知道是应该把老爸按在床上呢，还是扶他起来，只好说："医生说你不能起来的。"

"我的身体我自己最清楚。我可以起来了。我要起床走一下。"

面对倔强的老爷子，弟弟一点办法也没有，只好一个劲说："医生说不行的，医生说不行的……"

正束手无策时，护士进来了，看到老爷子正挣扎着要起身，急了，连声问："爷爷，爷爷！你要干啥？"

老爷子说："我要起来！"

"不行啊，你不能起来！你如果起来了，医生会怪罪我的。"

老爷子一辈子不愿意给他人添麻烦，听了护士的话，只得乖乖躺下。

我向来以为老爷子心硬如铁，没想到他也有极其柔软的一面。

姑姑和我说，老爷子出院之后，她就急于想来探望，与老爷子约好了时间。可是，家里突然有事，又推迟了一天。

姑姑打电话告诉老爷子，要迟一天才能来看他。

老爷子应了一声，就挂了电话。可是挂了电话之后，又拨通了姑姑的电话，反复问她是否明天一定来，叮嘱她不要忘记了。

姑姑觉得老爷子有些异常——老爷子打电话，每次都是三言两语干净利落的，从没有这样千叮咛万嘱咐过。姑姑决定，第二天，不管家里有多么重要的事情，都不能阻挡她来探望老爷子的脚步了。

第二天，老兄妹相见。姑姑哽咽着嗓子，叫了一声："哥！"

相对无言，泪如雨下。

老头子

老头子是我岳父，中学退休教师，教书一辈子，抽烟，喝酒，吃肉，是个俗人。

烟，是孬烟。

谈恋爱的时候，为了收买老头子，我孝敬过他几条好烟，没想到岳母却悄悄把我拉到一边，说以后别买这种好烟了。我不解。岳母解释道，老头子舍不得抽好烟。你买比他平时抽的稍微好一点就成，这样，一条烟的钱可以买两条。我恍然大悟。

我曾私底下问过老头子，价格贵的烟口感是否更好一些。他说差不多。我说总该有区别的吧。他说，好烟更香醇一些，不冲。

早些年，老头子以一己之力，供三个女儿上学，压力够大；再加上岳母身体一向不大好，药费是不小的开支，是以更抽不起好烟。后来，家里的经济情况有了本质的改善，但他依然抽极普通的烟。

酒，是烈酒。

高度白酒，老头子说香。偶尔喝葡萄酒，他说没啥味道。夏天，他喝岳母自酿的糯米酒，带酒糟的那种，当稀饭喝。他说，这玩意儿喝饱了，也不醉人。黄酒也喝，但终究不如烈酒那般讨老头子的欢心。

老头子喝酒极有节制，每日中餐与晚餐都喝，但不多喝。偶尔多喝一点，岳母觉得奇怪，问他，回答要么今天菜好，要么今天高兴，没有别的答案。

肉，是肥肉。

对于吃肉，老头子有两句名言。一句是他学别人的，叫作"破草鞋炖肉，味道也是极好的"。另一句是他自创的："都是我们咬肉，肉肯定不会咬我们，有什么好怕的！"说罢，带头哈哈大笑起来，我们也哈哈大笑。

烟，酒，肉，三者孰重孰轻，老头子是做过比较的。他说，烟最重要，不抽难受，酒与肉断一两顿，尚可以忍受。

抽烟，终究有伤身体。

老头子的支气管不好，老是咳嗽。岳母为此经常唠唠叨叨。赖婶也对老头子的烟瘾颇有忧虑。

一次，我与赖婶到城里，路过一家药店，见有售"戒烟乐"，据说日抽三四包烟的人闻了之后，都不想抽了，就替他买了一支。

老头子拗不过我们的好意，拧开"戒烟乐"的盖子，闻了一下，果然就不想抽了。他好奇，试着抽一支，竟是苦的，就扔了。我们都很高兴。

数日后，回去看他时，他正在抽烟。我们大诧，莫非"戒烟乐"是骗人的？

答曰，有用的。

咋还想吸烟呢？

答曰，没闻。

我们一看，"戒烟乐"搁在冰箱顶上，已过了有效期了。

老头子五十多岁时，曾有一场虚惊。

那段时间，他咳嗽得厉害，肺部还隐隐作痛。到乡村卫生院里看了医生，开了药，也不见效。他烟不想抽了，酒也不想喝了，人也瘦了，脸色难看，精神萎靡。

挨到周末，到城里大医院去检查。回来时，他尘土满身，却春风满面。

问他，为啥。

答曰，医生说不用担心。于是老头子当即胃口大开，到医院门口的小店里，面条一碗，黄酒半斤，下肚之后，百病消散。

如果你认为老头子纯是酒肉之徒，那就错了。

老头子当过校长。他任职的学校，很小，但是矛盾却不少。每年排课，老师们都有这般那般的怨言，很难安排。那时，老头子方是壮年，血气正旺，面对这种情况，放出狠话来："既然怎么排课都有意见，不如抓阄，我先抓，抓到啥课就教啥课，绝不反悔。英语我不会教，如果抓到了，我自己解决，和别人商量着调换。你们，也一样。"此话一出，老师们再无二话，课也就排下去了。

老头子年轻时教过语文、数学、政治、物理、化学、体育，后来相对稳定，一直教化学，直到退休。

我女儿读高三时，我见识了他的专业能力。其时，老头子已退休十多年。女儿有几道化学题目不会做，想起外公是教化学的，就去请教。老头子戴上老花镜，嘴里"叽里咕噜"地念着元素的化合价和化学方程式，帮外孙女把题一道道解了出来。

我们都称赞他厉害，宝刀不老。

老头子不无得意地说："我以前教书的时候，把元素的化合价都编成了歌谣，学生就记住了。"然后，他又"叽里咕噜"用带着本地口音的普通话，把他的歌谣念了一通。

赖婶说，老头子喜欢我，胜过喜欢她。不知她有何依据。不过，我个人感觉，老头子的确更偏心我一些。

二十年前，女儿赖小猪还不满一周岁时，经常感冒。有一次，因为给孩子喂药的事情，我与赖婵起了冲突，一言不合就动起了手。两人都挂了彩。

两天后，陪赖婵回娘家。岳母见了，问我："你脖子上怎么了？"

答曰，剪橘子，被树枝给刮了一下。

岳母"哦"了一声，满腹狐疑地走开了。

又过数日，岳母见四下无人，悄悄问我："你们打架了？我都知道了。"

我无言，尴尬地笑笑。

岳母又说："我和你爸都知道了。我说打架，两个人都有错的。你爸却是帮你的。他说，我知道的，我们家那个好不到哪里去的。"

老头子不骂我，不揍我，私下里还向着我说话。我尽管从未和他提起此事，但一直心存感激。

我和老头子是同行，还当过短期的同事。

老头子不太爱说话。以前，翁婿俩坐在一起，经常是他看他的报纸，我读我的书。我偶尔找个话题，也谈不了几句。

2016年教师节后，我去看望老头子。他却一反常态，主动找我说话了。他抖抖索索地找出一张报纸来，问我："报纸上写，你评上名师了？"

我说："是的。"

他说："我在报纸上看到你的名字了。报纸，都还给你留着。"

我解释说："名师啊啥的，都是虚的，家长和同事的认可才是实实在在的。当初报名时，我不想报。因为觉得有没有这个荣誉，无所谓。"

老头子似有所悟。

我继续说："原本觉得报这个荣誉，要填写一堆材料，还很可能评不下来；即便评下来了，对我也没啥用处，不如让别人去评，所以不想报名。可领导说不行，这个荣誉不是为自己评的，是为学校评的，要有大局意识。没办法，我只好报了个名。没想到居然评下来了。"

老头子显然没想到其中还有曲折，不过看得出来，他还是很高兴："评下来，就是对你专业能力的肯定。不管怎样，这都是好事。"

有一天，我接到大姐的电话："快，到医院里来！我叫了救护车，送爸爸到医院去抢救了！"

我赶到医院时，老头子躺在担架上，口角冒着白沫，不省人事。我们喊他，和他说话，他似乎有所察觉，含混不清地回应。

事后，我们问他，当时有没有听到我们的声音。他说，没有知觉。

病来如山倒。因为脑出血，好好一个老头子，说倒下就倒下了。

医生说，要做好最坏的打算，老头子很可能会成为植物人，即便抢救过来了，偏瘫的概率也极大。

还能怎么样呢？我们只能尽人事，至于结果如何，唯有听从天命了。

值得庆幸的是，老头子脱离危险，慢慢康复了，只是一条腿感觉使不上劲儿了。出去散步，走一会儿，就觉得累。不过，我们已经很满意了。大病之后，老头子还能正常生活，已经是上天的恩赐了。

从此，老头子的身体状况大不如从前，几乎每年都要住院治疗。

烟，戒了；酒，不能喝了；肉，也不能吃肥的了。医生嘱咐，即便是瘦肉，也要少吃。

我曾问过老头子："爸，看到人家抽烟，你会想抽吗？"

"不会。闻到烟味儿，我还想吐呢！"

我放心了。

不过，酒，老头子还是想喝的。白酒是坚决不能碰了，只能喝一点红酒。红酒，其实不合老头子的口味，但是没有办法，只能退而求其次。即便这样，也不能常喝，只能偶尔喝一口。

有时，老头子喝掉一口，又倒了一杯，岳母便惊叫起来："不能喝这么多！"

老头子也不看她，自顾自说："红酒好的，软化血管的。"

"好的，也不能喝太多。酒精对你不好的。"岳母对老头子，就像带孩子一样，无微不至，不厌其烦。

有一次，岳母悄悄和我讲："这个老头子，偷偷抽烟呢。"

啊！我蒙了。不是戒了好几年了吗？咋还抽呢？

"我在窗户下发现过几个烟头，早就怀疑老头子偷偷抽烟了。昨天，我买菜回来，看老头子趴在窗台上，像是抽烟的样子。看到我，他就连忙把头缩回房间里去了……"

岳母正絮絮叨叨，老头子走过来了。岳母就转过头来，看着他，说："你问他自己，是不是这样的？"

老头子嘟嘟囔囔说："烟是酒席上分来的，扔掉了，可惜。"

"情愿扔掉，也不能抽，我们这是为你好。"岳母的态度非常坚决，"其实，你早就抽了，是不是？"

"上次回老家，他们递过来一根烟，叫我玩玩。我说戒了。他们就给我点上了。我觉得再拒绝就不好意思了，就抽了一口。"老头子坦白从宽了。

"哎呀，你怎么这么糊涂呢？你自己要注意身体呀！多活一年，就多领一年的退休金，好日子还在后头呢！"

老头子"嘿嘿"地讪笑几声，坐下来，戴上老花镜，开始看报纸。

岳母对我说："这个人啊，就像小孩一样，一下不管住他，就要犯错误。"

我向岳母使了个眼色，示意到房间里去。到了房间里，我说："老爸如果实在想抽，就让他抽一点吧，他这辈子就这点爱好，现在烟戒了，酒不能喝了，肉也不能多吃了。生活的乐趣就少了。活着的每一天都要开心，这才是最重要的。"

"可以找点东西玩玩呀，没有烟酒，可以找其他乐趣。我和他在家里，没事的时候，两个人打扑克牌，搓麻将，也是好玩的。"

两个人打扑克牌，搓麻将？

求情失败，老头子还得继续苦行僧的日子。

去年，老头子因咳嗽又住院了。检查发现肺部有阴影。衢州的医生怀疑是癌症。老大陪着老头子去了杭州，确诊是癌症，所幸是早期。医生建议手术。

要不要把确诊的信息告诉老头子？

三姐妹一商量，决定告诉他——反正迟早都要知晓，再说了，老头子识字，自己读得懂病历。

要不要动手术呢？老头子的肺部原本不太好，可能因此增大手术的风险。

三姐妹一商量，决定由老头子自己选择。

老头子说："开刀吧，我又不怕。"

手术很成功。可是，原本以为做了手术就好了。术后，却发现还需要化疗。我们做晚辈的很纠结，毕竟现在对化疗的认识不一，有些医生也并不建议化疗。

老头子还是决定化疗试试。

第一次化疗，我们非常紧张。晚上，围在他的病床前，看他脸色红润，声若洪钟，于是放心不少。

问他，有不舒服吗？

老头子说："化疗的药啊，就是日本鬼子，'哒哒哒'一梭子扫过去，好人坏人都扫掉了。有些人，身体里的好人被扫掉了，就不舒服了。不过，我没有感觉，和平时一样。"

我们被他逗得哈哈大笑，遂松了一口气。

没想到出院之后，副作用开始显现了，老头子躺在床上，两天没下地，也吃不下东西。第三天才勉强起床，勉强吃点东西。

化疗的痛苦一言难尽，不必细说。

值得细说的是，在患病之后，尤其是在化疗期间，老头子自己在网上查看这种医讯，居然把智能手机玩得很溜。每次化疗，副作用慢慢退去之后，他就吃得下，睡得香，完全不像个病人。

情人节那天，岳母看了看手机屏幕，惊叫起来："哎呀，我的手机上怎么有一束花呀？"

老头子看了一眼自己的手机，诧异地说："咦，奇怪了，我的手机怎么就没有呢？"

岳母说："你的花送出去了呀！送出去了，自己哪里还有呢？"

老头子装出恍然大悟的样子，说："我的花送给你了，怪不得我自己没有了。我都忘记这回事了呢！"

他装得那么像，就像真的一样。我们越想他刚才的模样，就越觉得有趣。

赖婶常说："爸，你这么开心，心态这么好，对治病非常有好处，病肯定能治好的。"

我也常说："只要吃得下，睡得香，就没有任何问题。"

老头子常说自己胃口好，吃饭香。

他胃口真的好，一顿吃两碗饭，这还是在控制食量；睡眠也好得一塌糊涂，呼噜打得山响。

倒是我和赖婶，自从老头子患病之后，有时还要失眠。

致女儿书：我是你忠实的仆人

那天，我参加文艺沙龙，席间有枣梨，味道不错。散场后，我返场捡起一枚，攥在手心。

回家，你正在小房间里埋头写作业，见了水果，喜笑颜开，作势来拿。我将枣梨一收，堆上献媚的神情，复又躬身，双手奉上，朗声念道："亲爱的主人，您忠实的仆人为您带来了枣梨。"看着我一本假正经的模样，你哑然失笑。

女儿，你一出生，我就是你忠实的仆人。

你小时候不爱睡觉，但爱听故事，我就天天讲故事哄你睡觉——当然，故事是我自己编的。"从前啊，在很远很远的地方，有一座很高很高的山，山下是一个很大很大的湖，湖边有一个很漂亮的动物幼儿园。幼儿园里有一位大象老师……"

我总是这样开始我的故事。

故事里的小青蛙不喜欢吃蒸鸡蛋，小兔子怕打针，小松鼠不和伙伴分享玩具……我把你在幼儿园里的种种表现，移花接木到小动物的身上，有表扬，有批评，更多的是提醒与激励。你在听故事的过程中，慢慢学会了主动向老师问好，学会了和小朋友分享零食与玩具，学会了吃海带与蒸鸡蛋……

后来，你熟悉了故事的套路，我就叫你讲给我听，哄我睡觉。你会一本正经地命令我："爸爸，睡觉，我要开始讲故事了。"然后，边讲边煞有其事地用小手拍着我的背。故事的效果不错——往往是我还没有睡意，你自己倒先睡着了。

女儿，你渐渐长大，我还是你忠实的仆人。

初二的夏天，我准备带你单车环游千岛湖，一来饱览湖边风光，二来在你中考之前磨炼意志。试着征求你的意见，你竟一口答应了。再问缘由，你说："骑车总比待在家里做作业好！"

上路之后，翻越漫长的雷公岭时，你开始后悔了。任我如何逗你，都噘着个嘴巴，很不开心的样子。

我问你："怎么，后悔了？"

你气呼呼地回应我："早知道这样，就不出来了！"

"为啥啊？你不是说，骑车总比待在家里做作业好吗？"

"做作业只要动脑筋就行了，骑车既要动脑筋又要消耗体力。还不如待在家里呢！"

我一时无以应对。后来，我脑子一转，问你："班里的男孩子有没有骑单车的？"

"多了去了！还尽在班里吹嘘自己骑得多么好。"

好！我找到突破点了。"咱们这次骑行之后，班里的男生如果再在你的面前吹嘘，你就问问他们，有没有在烈日下，连续三天，每天骑行一百多公里的经历。你告诉他们，如果没有，那就没有本钱在你面前炫耀了。"

你似乎被我说动了。我还要再火上浇油："单车长途骑行，考验的是你的钢铁意志！说不定，你是全校第一个单车环游千岛湖的女生！甚至是第一个完成这项壮举的学生！"

两个可能的第一，意味着你或许创造了学校的历史。你眼里焕发出了光彩，脚下也有劲了，车子骑得又稳又快。一段艰苦的旅程开始变得有价值，有滋味。

女儿，你忠实的仆人常常要忍受难堪与委屈。

去年的期末考试，你进步了，按照早先你和妈妈的约定，可以获得价值一百元之内的奖品。没想到，你所要的奖品是自制一百张杨幂的明信片。整个寒假，你除了做作业，就是在网上搜罗杨幂的照片，在贴吧里与"蜜蜂"（杨幂粉丝的昵称）交流，在淘宝上寻找合适的卖家，忙个不停。妈妈对此颇有微词，你们之间摩擦不断。

正月初五的晚上，你们俩又为此事吵开了。妈妈觉得做这么多的明信片，浪费时间，耽误学习，毫无意义；你却认为你要任何奖品，都不违反之前的约定，妈妈干涉你，就是说话不算话。双方各执一词，针尖对麦芒，冲突不断升级。我在旁边看着，觉得挺有意思，不觉笑出声来。

妈妈的怒火立刻迁移到我头上来了："你，还笑得出来？！一点也不管女儿，不尽父亲的责任。"说完，便怒气冲冲地进了卧室，"砰"地一声关上了门，"咔嚓"一声，似乎还反锁上了。

我去拧了一下门把手，果然反锁上了。为了缓和一下尴尬的气氛，我对你说："你看，刚才妈妈生气的时候，一扭一扭地走了，差点儿连屁股都扭掉下来了。"

没想到你听了这话，乐得趴在被子上，浑身乱颤，边笑边说："哎呀，真是太好笑了！笑死人了！"

等你的情绪平静一些，我开始切入正题："约定应该履行。但平心而论，你为了这事，花了这么多时间，我也觉得有点儿过了。"

说完，我又去拧了一下门把手，还敲了敲门，可是门没有开。

我回身对你说："因为你，妈妈把我拒之门外。今晚上，你要不要收留我。"

你却说："本来我想收留你，可是你刚才的话得罪我了，我现在改变主意了。"

天哪，我在自己家里，居然无处容身，这是咋回事呀？

其实，说我不管你是不对的。最起码，我每天都接送你上下学。

新学期，我开车送你去学校，你带的教辅资料差点儿装满了一个大整理箱。妈妈叮嘱我，说你的箱子太重了，要我帮你搬到教室里去。

我口头上答应了，在车上却和你说："你自己把整理箱搬到学校去，好吗？初中三年，你第一次搬这么重的东西。这是难得的生活体验，是写作的绝佳素材。"

你连连点头称是。下车之后，你咬牙捧起整理箱，身子后倾，还不时用膝盖顶一下箱子。虽然每走一步都很艰难，但你的心里肯定是愉悦的。

其实，我作为你忠实的仆人，我也尽到了家长的责任，但不怎么催促你做作业，不怎么限制你玩电脑。我给予你的，更多是引导、激励和帮助。

晚上，在校门口接你回家，看你微笑着跑来，我打趣道："女儿，今天心情不错哦！为什么这么高兴呢？"

"爸爸，我找到学习的乐趣了。"你一下子就来劲了，"现在，我上课、做功课一点儿也不觉得麻烦了。"

我颇感意外："怎么有这样的变化呢？"

"我自己也搞不清楚。开学的收心考，不少同学成绩超过了我，我很难过。但是没过多久，我忽然开窍了，觉得学习很快乐。"

"这是顿悟。恭喜你，你开始用积极的心态去学习了。同一件事情，用不同的心态去做，过程与结果都是不一样的。"我边开车边和你聊天，举了好多事例。你心悦诚服，还与我谈笑风生。

早晨，在送你去学校的路上，我又聊起了昨天的话题："女儿，你能把学习的那种愉悦感写出来吗？"

"能写出一部分，但是不能完整地表达出来。"

"学习语文就是为了清楚、简练、准确地表达，如果还能让读者有思考与回味的余地，那就更棒了。你试着写一写吧！写着写着，也许思路就清晰了，表达就流畅了。"

你应了我一声，高高兴兴地下车，蹦蹦跳跳地直奔校门去了。我相信，这次额外的习作，你会很愉快地完成的。

女儿，作为你忠实的仆人，我关心你的现在，更关注你的未来。

那天，你刚钻进车子，有几个男生喊你的名字，我立刻装出很警惕的模样，问你："这几个小帅哥干吗对你挤眉弄眼的？是不是有啥坏心眼儿？"

"他们是我从小学开始的同学，也是我的好朋友，一直在同一个班。他们就这德性。没什么！"你没有察觉到这是在开玩笑，甚至觉得我有点儿少见多怪。

其实，你十六岁了，如果还没有男孩子喜欢，我才郁闷呢！不过，我亲爱的女儿，据说女孩子长大之后，在潜意识中，选择对象是以父亲作为标杆的，所以作为你忠实的仆人——我为人正直，工作勤奋，兴趣广泛，阳光开朗，绝少不良嗜好，其中一个重要的缘由，就是不想让你的心长大后轻易被男孩子"勾"走。当然，我还有一点儿私心——希望以后喜欢你的那个男孩子，也像我一样，能做你忠实的仆人。

女儿，如果真的到了那一天，我——你的老爸，依然是你忠实的仆人。

致女儿书：以往所有的泪光

又是开学季。

女儿，开车送你去杭州上大学的路上，我在后视镜里看你，你歪在后座上睡着了。你小时候，每次坐车，只要车一开动，你立马就睡着了，这个习惯，即便长大了，也没有任何改变。

看着你，就想起了你小时候的样子。

二十一年前，妈妈生下你，医生阿姨左手抓住你的两只小脚丫，一把将你倒拎起来。尽管早就做了功课，知道医生是按照程序操作的，我还是紧张得差点儿喊出来——我担心她用力太猛，把你的小脚丫捏痛了；又担心她用力太轻，手一打滑，把你给摔下来。

还没容我多想，医生阿姨"啪啪"地打了两下你光溜溜的小屁屁。你闭着眼睛，"啊哈，啊哈！"小猫一般，轻轻叫了两声。医生阿姨说："哭了，好了。"

"啊哈，啊哈！"这是你对世界的第一声问候。

后来好长一段时间，你饿了，就"啊哈，啊哈"；尿了，就"啊哈，啊哈"；想抱抱了，也"啊哈，啊哈"……

数月后，你终于学会了"哇啦，哇啦"地大哭。哭得最凶的一次是在我们家的厨房里。

那天，我从山涧里抓了几条小鱼，蒸熟了喂你。妈妈抱着你。我喂你一口，你就转过身去，趴在妈妈的肩膀上。我小小的女儿，你是在和我捉迷藏呢。

突然，你猛地转过身来，眼睛居然撞到了我手中的筷子上。你双手捂住眼睛，"哇啦哇啦"，放声大哭。爷爷瞪着眼珠子，斥责我不懂喂孩子，那模样，似乎要把我吃了。

我吓得不敢吭声。良久，你的哭泣渐渐停止了，又开始和我捉迷藏了，我悬着的一颗心才算放了下来。

你一岁多时，会走路了，会自己玩了，也会惹祸了。

那天，我走进房间，看妈妈坐在椅子上，你怯怯地站在她面前。妈妈是在训你："是哪只小手做坏事的？拿出来！"

我问妈妈，是怎么回事。妈妈气急败坏地告诉我，你把她的面油盒子打开玩了。玩了就玩了，没啥，我说。妈妈补充说，怎么就没事了，她把面油涂满了被子。

把面油涂满了被子？这个错误太严重，我都不好为你说情了。

妈妈又开始审问你："是哪只小手做坏事的？拿出来！"你伸出了左手。"是这只小手吗？"妈妈不依不饶。你缩回了左手，伸出了右手。"到底是哪只小手？"你被妈妈问糊涂了，怯生生地，不解地望着妈妈的眼睛。

我忍不住对妈妈说："她这么小，怎么知道是哪只手？！"

"好吧，就算这只小手。"妈妈握住你的右手说，"哪只小手做了坏事，就打哪只小手。"说着，她"啪"地一声，轻轻拍了一下你的手心，又问："还要不要玩面油？"问一声，打一下；再问一声，再打一下。打了几下之后，你发脾气了，挥起两只小手，"嗯嗯"地叫着，在妈妈的腿上噼里啪啦一通打。

我和妈妈都愣了。打了一通之后，你忽地趴在妈妈腿上，委屈得大哭起来。

看着你对妈妈又恨又爱的样子，我和妈妈泪水都笑出来了。

你还不会说话的时候，我和妈妈就抱着你，读书给你听，也不管你到底是听，还是没听。我们崇尚一个理念：孩子是吃饭长大的，也是读书长大的。

你三岁的时候，妈妈和我讲了一件令她十分新奇的事情。

她抱着你读《婴儿画报》，读到"狐狸霸占了小白兔的房子，把小白兔赶出了房子"时，你突然"哇"地哭了起来。妈妈不知道是咋回事，手忙脚乱地哄你安定下来，又开始从头讲故事。"狐狸霸占了小白兔的房子，把小白兔赶出了房子，小白兔没有房子了。""哇——"你又哭了起来，边哭边喊："狐狸坏！狐狸坏！我不要狐狸！"妈妈愕然。

她明白了，你的哭，是因为善良。

是的，你遗传了妈妈和爸爸的同情心与正义感，见不得别人的苦，也见不得别人的坏。

在你五年级时，一个冬天的晚上，你预习了课文《二泉映月》。我们一起泡脚，顺便和你聊聊阿炳，让你增加一点对人物的了解。

"阿炳的名字叫华彦钧，他的父亲是无锡三清殿道观的道士，擅长音乐。阿炳三岁时妈妈就去世了，他的婶婶抚养他长大。八岁时，阿炳跟着爸爸在雷尊殿当小道士……"

你听着听着，忽然放声大哭，泪水哗啦啦地落在洗脚盆里。你边哭边问我："阿炳为什么这么苦？为什么这么可怜？"

好不容易才止住哭声，你说："爸爸，继续讲。"

我说："我可以继续讲，但是你不要哭了。"

我讲阿炳学吹笛子，父亲经常要他迎着风口吹，且在笛尾上挂铁圈以增强腕力，后来索性将铁圈换成了秤砣。阿炳在学二胡的时候，更加刻苦，琴弦上被勒出血痕，手指也拉出了厚厚的茧。你哭。

我讲阿炳支撑着病体出门，为乡亲们演出。阿炳一开始是弹琵琶，后来台下有人叫着要阿炳拉二胡，朋友叫阿炳注意身体，不要拉。阿炳说了一句："我给无锡的乡亲拉琴，拉死也甘心。"你哭。

我讲 1950 年，中央音乐学院师生为了发掘、研究和保存民间音乐，委托杨荫浏教授等专程到无锡，用钢丝录音机为他录制《二泉映月》等乐曲。只录了六首，阿炳就病逝了，终年 57 岁。你也哭。

女儿，小时候的你，是多么好学，多么善良。

中考，你考得一塌糊涂，哭得昏天黑地。这不是偶然，而是瓜熟蒂落，水到渠成，顺理成章。

进入初中之后，你很浮躁，刚开始，怎么都要去住校；住校一学期，又怎么也不住校了。你和几个女孩子搞"小团体"，闹矛盾，要和这个同学好，不和那个同学好啊。你半夜三更起来打开电脑，追星、玩"贴吧"……

没有人能随随便便成功。

中考分数出来之后，你无法面对，只能以泪洗面，哭了一天。妈妈心疼你，安慰你。而我无动于衷。妈妈要求我宽慰一下你，我为了应付她，就说："别哭了，哭是没有用的。"妈妈嫌我说话太生硬。我干脆当着你的面，说了更生硬的话："考什么分数，就读什么学校，天经地义。知耻后勇，才是正道！"

孩子啊，不是我心冷如铁，而是有些跟头跌狠了，才有教训；有些教训切肤了，才能领悟；有些领悟刻到骨子里，才不至于遗忘。

果然，高中阶段，你在学习上，就像换了一个人。

高中了，因为各种原因，与你交流的时间少了。

高二的时候，你难得在家吃晚饭。我们边吃边聊天，聊到健康的话题，我顺便讲到一位同事颅内出血，住院，病情逐渐好转，不料二次出血，送急救室抢救，脑部打一孔，插管，引流，减压。你很认真地听着，突然崩溃，大放悲声，边哭边喊："不要讲了，不要讲了！"

说真的，我没有想到，我十七岁的女儿，善良与柔软，依然与幼时一样。

你的善良与柔软，不是哭了就算了，你是要付诸行动的。

你一岁半时，除夕将近，我们家杀鸡宰鸭。我把宰杀好的鸭子放入盆中，注入沸水，准备褪毛。你从水桶里舀起一勺冷水，摇摇摆摆走来，"哗啦"一声，把水倒入盆中，并蹲下身子关切地问："小鸭子，小鸭子，现在你不会烫了吧？"

我在旁边看着，目瞪口呆。孩子，你如此善良，我真高兴。

现在，你上大学了。

大学期间，你打电话回家，哭过好几次。问你为什么要哭。大部分时间都说心情不好。我知道，你是成年人了，有了莫名其妙的"维特之烦恼"了。

作为父亲，我有时候是用爷爷和我自己亲身的经历来开导你。更多的时间，我只是做一个听众。你只是需要一个窗口倾诉，那些负面情绪排解了，心里就舒服了。

女儿，不怕你笑话我，其实你的父亲——我，也是个感情敏感而丰富的人，不容易控制激动的情绪，年轻的时候，常为人情冷暖、人世沧桑、人间悲苦而洒一把热泪。而今，年纪大了，虽然感情依旧敏感丰富，但控制力强了，有时就把泪水流进心底了。

孩子，流泪不丢人。多少人，活着活着，就活得面无表情了，那才是可悲。承认我们的懦弱、无助、委屈，释放我们的悲伤、怜悯、压抑，然后擦干眼泪，继续前进。

像你的父亲一样，转战书房与跑道；像你的爷爷一样，把职业做成终身的兴趣；或者像英国诗人兰德一样，"热爱大自然与艺术"，你就不至于虚度一生。

到那时，再回首，你就会发现，以往所有的泪光，都化成了满天的星光。

致女儿书：谢谢你光临我的生命

女儿，今夜你没有来电话，我却想起了你。衢州已经很冷了，台北还好吗？

想起你的时候，我就翻看你小时候的照片，还有我以前为你而写的文章。在你还没有出生的时候，爸爸就为你写了好多文章。你看，这是一首小诗：

> 爸爸的心里住着妈妈
>
> 妈妈的肚子里住着宝宝
>
> 我的宝宝是一尾小鱼
>
> 在妈妈的海洋里快活地游来游去

想起你，就想起你读幼儿园时候的事情。

那时，你才四岁，爸爸工作所在的学校办起了附属幼儿园。妈妈提出要让你入园，可我考虑到和她两地分居，我一个人带着你，生活极不方便，因此有些犹豫。妈妈很坚持。我思前想后，决定一切以你的成长为重。

听有经验的家长说，小孩才入园时，几乎没有不哭闹的。我也做好了心理准备。

每次送你去幼儿园上学，到了教室门口，你都抱着我的脖子，怎么也不肯下来。每次老师把你硬生生地接过去时，你都号啕大哭。看着你泪流满面的模样，我十分不舍，毕竟你才四岁，且刚到一个陌生的地方，天天和一群陌生的小朋友在一起，真是难为你了。

幼儿园的老师对此已是司空见惯，总是轻描淡写地说，没什么的，过几天就好了。我也估摸着，再过几天，等你和老师、小朋友熟悉了，就不会哭了。

每天放学后，我去接你时，小朋友们都走得差不多了，看着郁郁寡欢的你，我不禁阵阵心痛。我总是亲亲你的小脸，问你，幼儿园好吗？你会很懂事地说，好。接下来，你就会哀求我："爸爸，明天我不上幼儿园，好吗？"

我说："不上幼儿园，你干什么呢？不读书的人长大了找不到工作，就只能讨饭了呀。"

你说："我在爸爸的教室外面玩，等长大了再上幼儿园。"我听了，直想落泪，只好把脸紧紧地贴在你的小脸上。

你对上幼儿园的反抗越来越强烈，老师每次几乎都是把你从我的手中夺了过去。你在老师的怀中，拼命挣扎，扑向我，挥舞着小手，绝望地哭喊："爸爸，你早点来接我，早点来接我！"

可是我怎么可能早点儿去接你呢？我不忍看你无助的眼神，我甚至感到自己是那么的残忍。好几次，当老师"抢"走你时，我背过身，泪水就流下来了。

渐渐地，你不反抗了。每天送你上幼儿园，你总是寻找各种理由拖延时间，我能感觉到，你在尽量争取，哪怕只在爸爸身边多待一会儿。

以前，我们住在学校分给我的一间小房子里，是一个小厕所改造的。我一个人住的时候，觉得无所谓。你来了之后，考虑到小屋又旧又漏水，晚上还有老鼠出没，住在这样的房子里，不利于你的成长。我就在学校附近租了一间房。

那一次，送你到了幼儿园的教室门口，你忽然说："爸爸，我想到小房子里玩一下。"

"小房子里有什么好玩呢？我们家的东西全部都搬走了。"我说。

你急了，说："我真的想去玩，我很想去玩。"

我看看时间还早，就抱着你，来到小房子门口，打开门，让你看里面满是灰尘的墙壁和地上零星的垃圾，对你说："看，爸爸说不好玩，没错吧。"

你说："只要爸爸在，哪里都好玩。"听你这么说，我的泪水差点儿流下来。

在小房子里待了一会儿，我对你说："这里不好玩，爸爸抱你出去吧。"没走几步，就到了幼儿园教室门口。你一激灵，仿佛受到了惊吓，马上指着教学楼的四楼说："爸爸，我要到那上面玩。"

我的小小的女儿，爸爸知道，你在极力争取和爸爸在一起的时间！

我抱着你上了四楼，你又说要到一楼我的办公室玩；在办公室转了一圈，你又说要到小房子里玩。

我一看时间，快上班了，就说不行，爸爸要上班了，你也该上幼儿园了。

你苦苦地哀求我："爸爸，再抱我一会儿吧，这是最后一次到小房子玩了，真的。"我不知怎么拒绝你。从小房子出来后，你一看要进教室了，又抱着我的脖子，苦苦地央求："爸爸，再抱我到四楼玩一下吧，真的是最后一次啦。"

女儿，你天生就是宁折不弯的个性，我还从来没有看见你有这么低声下气的时候。我几乎要崩溃了，定了定神，铁下心对你说："爸爸要上班了，你也要上幼儿园了。"

正好，老师来接你，我一把把你塞到老师手中，甩头就走。背后传来老师的关门声。透过厚实的门板，我清晰地听到你在边哭边喊："爸爸，早点来接我……"

我抬头向天，泪流满面，忍不住吼了声——读什么幼儿园啊？

我以手掩面，手指深深地插进发丛中，心中在呼喊：老天，为什么要如

204

此折磨我？！

这样的日子整整过了一个月，我至今都无法回忆那一个月是怎么过来的。

说你宁折不弯，这是毋庸置疑的。

二年级时，一个中午，你回家吃中饭，顺便把语文作业带回来做了。最后一道题目有两个问题：风是怎么产生的？你知道风有什么作用吗？

你问妈妈怎么做。妈妈教了你之后，你固执己见，说回答最后一个问题就行了，还说老师就是这么讲的。我支持妈妈的意见。

爷爷列举了好多次你不听家长正确的意见，结果把题目做错的案例。你依然固执己见，还威胁我们说，不在家里做作业了。

爷爷气急败坏，装出要揍你的姿态。你不但毫不畏惧，还大声地叫爷爷的名字，简直无法无天。

妈妈被你气得七荤八素，一个劲地质疑我，我看你今天怎么教育这个女儿？

你刁蛮的样子，让我又好气又好笑，忍不住笑出声来。爷爷看我这样子，气不打一处来，全撒到了我头上，说："你这个当爸爸的，亏你还笑得出来？！今天再不好好教教这个人，她就不知道要变成什么样了！"

看看你蛮横的模样，我也觉得不给点颜色你看看，你根本就不知道马王爷到底长了几只眼睛。我就不相信两个老师（我和妈妈）和一个法官（爷爷），就征服不了一个二年级的小女生。

我最后一次向你发出通牒："要不要按正确的方法做？"

你坚决抵抗。没有办法，我决定对你实行家长专政。我一把把你拎了过来，顺势放在大腿上，狠狠地在你的屁股上抽了四个巴掌。你哇哇大哭，坐到地上。我恶狠狠地一把拎起你，大声问你："要不要做？"

你从来没有想到老爸会这么揍你，满脸泪水，连连点头答应："要做的。"

傍晚，我到学校门口去接你回家。左看右看，不见你。忽然，觉得有人狠狠地在我腿上撞了一下。低头一看，正是你——我的"小冤家"。"问你，那道题目，老师怎么讲解的？"你脑袋一晃，强词夺理说："老师说我的方法是对的！"

四年级时的一个晚上，你哭了。

那几天，你一直在练习朗诵《虞美人·春花秋月何时了》，准备参加学校的比赛，晚上在家等我回去辅导。

可是，次日省教育厅厅长亲自率队到我所在的学校检查，我在学校加班，到家的时候已经快晚上九点钟了。

你问我明天中午要不要带你去化妆，下午要不要去看你比赛。

明天，怎么走得开呢？我只好鼓励你，从你读书以来，参加各种活动的时候，爸爸妈妈从来没陪过你，你每次总能得奖，取得好成绩。爸爸相信你，这次一个人也能行。

你点点头，眼里满是泪水——看得出来，你对我的回答非常失望。过了一会儿，你又去问妈妈是否有时间陪你，妈妈的回答令你同样失望。你终于控制不住情绪，哭了。

听着你的哭声，我很难过。是的，从你踏入校门开始，你所有的重大活动，我和妈妈都没有参与过。

一年级的入队仪式，别的小朋友都是家长亲自佩戴红领巾，并且送上小礼物，只有你，是老师为你戴的。

二年级的时候，你参加学校的"金话筒比赛"，又是你一个人孤军奋战，尽管得了大奖，可是你的脸上还是掩饰不住的落寞。

三年级时的家长会，我让奶奶去当代理家长，你非常失望，说："你们都不要去好了，我没有家长，我自己当自己的家长！"

这次，我又让你失望了！有什么办法呢？我和你妈妈都是老师，你学校举行大型活动或比赛的时候，我们的学校也正是活动搞得热火朝天的时候，学校人手紧缺，学生需要老师，怎么开得了口向领导请假呢？只好委屈你了。我在心里，一次次地请求你原谅。

一次，和你逛街，你忽然问我一个问题："爸爸，我的同学都要叫我赖皮蛇、癞蛤蟆，怎么办？"

"老爸读书的时候，也有同学叫我癞皮狗。叫得多了，我就对他们说，如果你们觉得这样叫能使你们快乐，我不介意。你觉得这样回答行不行？"我征求你的意见。

为什么要这样回答他们？你不明白。

"这是委婉的提醒，告诉他们这样是非常不礼貌的行为；这是适度的反击，潜台词是——如果你们以此为乐的话，说明你们是一群素质很低的人，我没必要和你们一般见识。"

你点点头，好像有点懂了。

我顺便给你讲了一个故事，内容来自苏联的一篇微型小说。有一个旅人住在旅店里，第二天起床，发现马被偷了，而路途遥远，如果不能找回马的话，必须走路回家。思前想后，此人贴出一张告示：亲爱的朋友，如果您今天晚上还不把马给我牵回来，我会采取我父亲遇到此类问题时的办法！

次日早上，他起床后一看，嘿，马已经回到了马厩里。

你很纳闷："他父亲遇到这类问题时采取的是什么办法？吓得偷马贼看了告示后，马上把马送回来了呢？"

我说："他父亲的马被人偷走了，没有办法，只好走路回家了。"

故事讲完，我们两人相视哈哈大笑。在笑声中，或许你已经领会到，在面临困难的时候，要有智慧，更要有幽默感。在任何时候，如果能笑一笑，哪怕只是笑一下，也是好的。

后来，我又为你讲了一首清朝内阁大学士阎敬铭的《不气歌》：

> 他人气我我不气，我本无心他来气。
>
> 倘若生气中他计，气下病来无人替。
>
> 请来医生将病治，反说气病治非易。
>
> 气之为害大可惧，诚恐因病将命废。
>
> 我今尝过气中味，不气不气真不气。

几乎是猝不及防，我还没牵够你的小手，你就小学毕业了，就中考了。

中考那天，我开车送你到校门口。以往，每次送你到学校，我都是在车里端坐不动，你打开车门，径自去上学。我最多从车窗探出脑袋，叮嘱你一两句。

前几天，我想好了：中考这天，送你到校，我要给你一个拥抱——不为中考，只为成长。

那天早晨，七点五十，你下车，我也赶紧下车。你从车尾绕过来，准备过马路；我在车头旁边站着，准备拥抱你。可是，你没有朝我走来，我也没有迎上前去。你背着书包，静静地穿过马路。

我一直告诉你，中考只是人生无数次考试中的一次，除了决定你在哪所学校读书，没有什么特别。人生还有很多考试，比中考重要得多。

所以中考那天，我最终还是没有拥抱你，因为我不想打搅你，不想让你觉得今天与众不同，让你用最自然的心态去完成考试。

对高考，我也是这样的态度。我总是对你说，赖小猪同学（从青海湖骑行回来，我就改口叫你赖小猪了，你也愉快地接受了），高考嘛，你只要随意挥动一下你的小猪蹄就行了，保证你能上一个不错的大学。等你长大了，成为艺术家了，随意画一幅画，然后盖上你的"猪蹄印"，就可以卖大钱了。

看得出来，你的压力很大。你总是说："你现在说得轻松，等我真正考砸了，你不骂死我才怪呢！"

其实，爸爸说这些话，完全出自真心。我从不在意你的分数，只在乎你的过程和态度。

然而，对有些事情，我是较真的。比如锻炼。

高考前，有一次，和你走路回家。半路上，我对你说："高考结束以后，你每天跟着爸爸跑步，锻炼身体。"

你说："哦！"然后，又问我："可以不跑吗？"

我说："可以啊，你如果不是我的女儿，不住在我家里，就可以不跑了。"

你说："好吧。"

你上大学以后，为鼓励你坚持跑步健身，我特别制定了《赖小猪跑步奖励条例》：

跑步一次，奖励 8.88 元；

连续跑步，每天加 1 元；

连续跑步十天，额外奖励 18.88 元；

连续跑步二十天，额外奖励 88.88 元；

连续跑步三十天，额外奖励 188.88 元；

连续跑步每增加一个月，额外奖励增加 200 元；

中断一次，奖励从头开始；

每次跑步时间不少于 35 分钟，路程不少于 5 公里；当日跑步，当日上传截图，奖金当日支付。

每次给你发红包，我总是要想办法发一句鼓励你的话。最初的八天，我每天发给你七个字，连起来就是一首歪诗：

> 小猪不怕远征难，操场绕圈只等闲。
> 鼻涕涟涟腾细浪，汗珠滚滚走泥丸。
> 矿泉水润心头暖，马拉松抗春风寒。
> 更喜突破无极限，身心健美更开颜。

这是"小猪版"的《长征》。其中，"鼻涕涟涟"是指你感冒了还坚持跑步。你有爸爸较真与死磕的基因，爸爸为你骄傲。

女儿，你离家半年了。每天，我和妈妈都在期盼你新的消息。

你说，有个教授来上课，经常给你们带吃的，有时是比萨，有时是饼干，有时是巧克力……我和妈妈都很羡慕。我和你说，你要在结束交换生项目之前，在课上给老师送上一份小食品，让老师当堂吃掉，让她感受到你温暖的回应。你给了吗？

你说，因为你会默写《兰亭序》，上课又是全勤，期中考试成绩也不错，《艺术概论》这门课的老师说，他这门课你不用参加期末考试了。我和妈妈都很惊喜。

你说，老师看到交换生们周末还在学校看书，就鼓励你们出去玩，说："出去玩吧，出去玩吧！出去玩了，成绩才会好。"我和妈妈都为老师的观点叫好。跟着这样的老师，你学到的不只是学问，还有人生的视野与境界。

这些日子，你每天打卡阅读英文外刊。我和妈妈都在为你加油。学好英语，走遍天下，品尝不同的美食，见识不同的风景，接触不同的人群，你会拥有更丰富的人生。

女儿，上天厚我，感谢有你。因为有你，我倍感荣幸，无言感激。尽管在小时候，你认为我比"大灰狼还要凶"；长大了，你认为我是个"矮胖型的老爸"。

亲爱的女儿，记住老爸的话，爱上图书馆与运动场。你还有很远的路要走，我和妈妈也还有很远的路要走。我们一起努力，去创造没有污浊的未来。

天气越来越冷，你孤身在外，要注意保暖。

回来的时候，我会到机场接你。

第四辑

鄙人

我亲吻讲台，悄然离去

不断有师友问我是否已辞职。是的，我已离开学校。

副校长，高级职称，市级名师。我之所得，已颇多。况且教书乃我兴趣。为何要辞职？

教书三十年，本以为自己会在学校工作到老。辞职，无他，只为自由。

我的辞职报告只有八个字：我爱讲台，更爱自由。

第一，财务自由。

所谓的"财务自由"，并不是说辞职以后的收入能随心所欲地消费，而是放弃了一份稳定的收入之后，生活失去了体制的保障，从此收入也自由散漫，时高时低，没个准信。

如高于体制内的月薪，自然好；如低于体制内的月薪，也是一种别开生面的体验。况且，我对物质生活的要求，本就不高。饱，暖，即可。

第二，时间自由。

离开，已一周。有三日在杭州，祖庆先生的谷里书院内，与中国教师登顶珠峰第一人陈钧钧老师见面，听他谈世界之巅生死悬于一线的传奇，谈如何从自以为是的"渣人"成为自律谦逊的绅士，谈如何开创与完善"五维教育"的户外心理拓展课程。

除此之外，我每天七点起来跑步，八点后用早餐。上午，读书，写作；

中午，睡个午觉；下午，继续读书，写作，偶尔处理一点杂务；晚上，带几个孩子读古文，写古文。

这，或许就是我今后的主流生活。

第三，事业自由。

早在十年前，因冗务缠身，不堪重负，我已心生倦意，欲辞去职务，专心教学。然思前想后，考虑到各种因素，一直未痛下决心。

去年，经多次沟通，终于回归一线教师。工作变得稍稍纯粹，但仍非我想要的生活。各种非专业的冗务，牵掣了我大量的时间与精力。而我自觉在专业上正日渐成熟，尚有诸多可为，不愿将生命过多消耗于看似重要实则无必要的杂事上。

故，将辞职提上了议程。

我本率性，缺乏规划。然教书三十年，前期却时常焦虑，只因不想庸庸碌碌度过职业生涯。是医院的专家门诊启发了我——在一个领域深研，做行家。

直到最近十年，我的职业定位方才渐渐清晰——做作文教学。其一，我喜欢写作，自学生时代始，笔耕不辍；其二，作文教学永远是个难题，值得持续研究；其三，有同道，不独行。

日积月累，厚积薄发。近三年，似呈井喷之态：辅导学生发表作文数百篇，担任多家作文杂志的专栏作者，创办"顽童作文"公众号，与友人一起做写作训练营……

我是幸运的——在尚年富力强的时候，发现了职业使命。是以我摆脱羁绊，义无反顾地奔向新生活。

在告别之际，我深深感激体制。它给了我三十年的庇护，给了我诸多的机会与资源，使我从一个默默无闻的农村教书匠，成为身有薄技的自由人。

我尤其感激培育我成长的学校、同事，以及各方师友。你们的接纳、认可、支持、鼓励与宽容，是我职业生涯最坚实的后盾。

我也感激一直努力的自己。哪怕在逆境中，我也从未放弃阅读与写作；哪怕在迷茫中，我也从未放弃思索与追寻。因我深知，自我的强大，才是真正的强大；自律的人生，才是精进的人生；专业的优秀，才是真正的优秀。

辞职并非为了自由而放弃讲台。今后，我依然做教育。

意大利歌唱家帕瓦罗蒂在五十岁生日时说："我才十岁。"

五十七岁的陈钧钧老师说："我才两岁。"（他创办的"五维教育"训练营才成立两年。）

如此说来，我的未来还可拥抱更多可能。

祝福我的学校，祝学校的未来如校园里的老树，历久弥青。

祝福我的同事，祝你们每天"准时上班，按时下班；正常生活，偶尔加班"。

祝福我的孩子们，祝你们学有所成，成为善良、正直、自食其力且有益社会的一代新人。

2019 年 10 月 25 日，是我在体制内工作的最后一天。

下班时，暮色已浓；教室内，寂然无人。

我亲吻讲台，悄然离去。

自递交辞呈那一刻始，我就在想怎么和孩子们说，怎么和孩子们告别，毕竟对于他们来说，这事非常突兀，且难以理解。

原本想最后一课，一一拥抱告别，可担心自己失态，也害怕看到孩子们哭泣，故选择了书信。

放学的时候，我按捺住满腹愁绪，万般不舍，平静地布置家庭作业，又再三叮嘱十几个单元作文优秀的孩子，记得把电子稿发给我。

在校门口整理队伍时，我对孩子们说，今天和老师做个游戏：出校门时，每个人和老师用力击一次掌。孩子们习惯了我的别出心裁，不知道我是在与他们道别，一个个蹦跳着击掌。

整个过程中，我还见缝插针，悄悄找几个特殊孩子谈心，鼓励他们继续努力，不要放松对自己的要求。

以下是我要珍藏一生的信。

亲爱的孩子们：

当你们听陈老师读这封信时，我已离开学校。因为，我辞职了。

辞职，对你们可能是个新鲜事，简单地说，就是我不在学校当老师了。

为什么要辞职呢？不是老师不喜欢你们了，也不是不做老师了，而是换一种方式做老师。这样，老师就可以有更多的时间，去做自己喜欢做的事情。比如，读书，写作，跑步，爬山。自然，也包括教书。

为什么不当面和你们告别呢？原本，老师是想在最后一节课，与你们一一拥抱告别，但思前想后，怕控制不住情绪，怕自己哭，你们也哭，班里乱成一团。因此，选择了给你们写信。要知道，老师的感情丰富而脆弱，当年你们的学长学姐毕业，一个个兴高采烈，唯独我哭得稀里哗啦。

平时，教你们写作时，你们可能觉得老师挺厉害，似乎啥文章也不在话下。可是，写这封信，我却觉得无比艰难。不是"复恐匆匆说不尽"，而是千言万语，无从落笔。

很荣幸，陪伴了你们三年时光，见证了你们的成长。你们的天真、调皮、鲁莽、任性、好奇、执着，都融进了我的生命。

和你们一起走过的三年，是我职业生涯收获最多的三年。

这三年，我开了"顽童作文"公众号，担任多家作文杂志的专栏作者，辅导你们写作与发表文章，坚定了我后半生研究作文教学的信心。

这三年，我们班留下了无数经典时光：我们全班跑马拉松，坚持了一个月；我们在教室里齐唱彼此心领神会的歌，"外面的世界这么精彩，外面的世界真无奈"；我们观察校园里一片水渍，花坛边几盆多肉，樟树上一对木耳，写出了一篇篇佳作；我们独创的"多感官观察法""心理代言人法"等写作方法，登上了一家家杂志；还有，你们提前八十年给我写的悼词……

所有这些，都会成为我生命的一部分。

天下没有不散的筵席。赖老师辞职了，你们要听新老师的话，要好好学习语文，不要让老师和家长操心。记住老师的话：爱上图书馆，爱上运动场。

一次离别，带来的是一次长大。

再见，是为了再见。

人生何处不相逢。以后，我们也许会在街头偶遇。赖老师如有时间，也会回学校看望你们。我们更会在文字中相遇，你们有好文章，可以发给老师；有发表文章的机会，老师也会想到你们。

原谅老师以这种方式向你们告别。所有过去了的，都会成为亲切的怀念。我爱你们！

辞职是一个很多人关注的话题——三年来，向我咨询这个问题的老师已不下十人。

我喜欢教师这个职业，然而工作了30年，临近退休，却要挥手告别，内心五味杂陈。那天，我故意在办公室磨蹭。直到暮色已浓，四顾无人，才庄重地走进教室，俯身亲吻讲台后，独自离去。

王国维说，"五十之年，只欠一死"。我却要说，"五十之年，只欠一变"。

这一变，我的生活节奏就变了。

我是属于"猫头鹰型"的，每到夜晚读书、备课、写作，思维异常活跃。

早晨，则不希望太早起床。每次上班早起，虽不至于过分痛苦，却对被窝分外留恋。辞职后，几乎所有的时间可自行安排，首先是每天睡到自然醒——八点左右起床，上午集中处理一些工作；午觉之后，在阳台上读书，或者去户外跑步；晚上，课童小古文。

这一变，我的工作内容就变了。

辞职前，教什么课，得服从安排——除英语之外的课我都教过。辞职后，我专门研究小古文的阅读与写作。看起来挺偏门，其实是经过深思熟虑的：

其一，小学三年级开始学小古文，考试也经常有相关的内容。然而教材内小古文极少，学习量与训练量还不足以让孩子应对考试。我的小古文阅读与写作课，能弥补不足，激发孩子学习小古文的兴趣，树立学好小古文的信心，应考自然不在话下。

其二，都说"一怕文言文，二怕周树人，三怕写作文"。中学的文言文分量骤然加重，许多孩子不适应。从小学三年级开始，学点文言文，写点文言文，可破畏惧之心，对提升写作能力，也大有裨益。

其三，懂一点文言文，对传统文化才算有更真切、更深入的了解，才能打通古今，从根子上成为一个中国人。

辞职前，教哪些学生，没得选择。辞职后，我是要稍微挑一挑学员的：太顽皮捣蛋，难以遵守课堂纪律的；智力明显偏弱，上课跟不上趟的；家长对我的教育教学理念有怀疑的……一般不收。即便收了，每学期也会主动联系几个家长，告诉他们，你的孩子不适合上我的课。

当然，家长也选择我，甚至淘汰我。双向选择，挺好。

除了课童，我还给作文杂志写稿。在职时，我以发表为己任，只要能见刊，什么文章都写，最多的时候，同时给七八家作文杂志写稿子。辞职后，逐渐做减法，只给两三家风格适合的刊物写作。如此，写作的压力大大减轻，真正为专业兴趣与专业发展而写。

承蒙张祖庆兄抬爱，我在他的谷里书院也承担了一些工作：我们一起做"谷里云书店"，做教师培训，也做亲子读写夏令营。疫情之初，我们和董尚元、章晓、袁艳等好友，一起做了两期作文网课。课程成果物化为《跟着名著学写作》（3 册），竟然入选了中国教育新闻网 2022 年度"影响教师的 100 本书"。

辞职后，能有机会去尝试一些新鲜事物，感受生命的多个维度，我很开心。

这一变，我的财务状况也变了。

辞职前，每月薪水稳定，旱涝保收，还能定期加薪。辞职后，收入高低，全靠自己努力，有时还需要看运气。

辞职后，大部分时间可以按照自己的意愿来安排工作与生活：开着越野车，到河滩与山巅体验越野之乐；去朋友的手工木作坊打磨根雕，沉浸半天；在书店里，与几个至交闲坐，谈论几个形而上的话题，甚至争得面红耳赤……

然而，不要以为我过得很轻松很悠闲。其实，我对自己的要求是更严苛了——因为现在做任何事情，首先要对自己负责。尤其在工作上，我时常和自己较劲，时常否定自己，甚至彻底推翻自己。无论是课堂，还是写作。

因为辞职，有人说我很勇敢——其实，我只是做了一道人生的选择题而已。我想更换一下生活方式，想做，我就做了。

先后向我咨询辞职的十多位老师，据我所知，目前都还在各自的岗位上。是继续选择高度熟悉的环境，可以依赖的系统与相对稳定的薪水？还是从此毅然转身，踏上前方未知的路途？慎重为好。

张韶涵翻唱赵雷的《阿刁》，有一句唱词穿金裂帛："你是阿刁，你是自由的鸟！"

我不是自由的鸟。我只是努力效仿自由的鸟，做一个有一定自由度的"鸟人"。

我输在了起跑线上

家门口是一块菜地。父亲在挖地。我蹲在父亲身后，在挖过的地上玩耍。

菜地里的泥土黑得冒油。黑土翻上来之后，许多居住在泥土里的小动物突然就到了地面上：蚂蚁，西瓜虫，蜈蚣，蝼蛄……这些小家伙骤然间暴露在阳光与空气中，一只只惊恐万状，它们在土块上爬上爬下，在土堆间穿来穿去，跌跌撞撞，夺路而逃，心急火燎地试图寻找一个自认为安全的地方。我用一根草茎拨弄它们，给它们制造一点小麻烦，它们更是惊慌失措。

黑土里最多的是蚯蚓。相比于那些有腿有脚的小动物，这些软体动物要淡定从容许多，它们被挖出了地面，不紧不慢地舒展着身子，一拱一拱，有条不紊地，不知道要爬到哪儿去；露出一半身子的，把身子扭得像麻花一样，不晓得到底是想钻进去，还是想爬出来；还有的只露出一点点，还摆来摆去的，似乎对外面的世界充满好奇——我却无从猜测露出来的那一头，到底是脑袋还是屁股。

菜地里简直太好玩了。这边的小动物刚刚找到自己的庇护所，稍稍恢复平静，父亲马上又挥起锄头，在那边扰动了一大片。我跟着父亲，乐此不疲。

渐渐地，我觉得裤裆里不对劲儿了——小鸡鸡有些痒。刚开始，我没太在意，伸手挠几下，又继续用草茎逗弄那些层出不穷的小动物。渐渐地，痒得厉害起来了，还带着越来越强烈的胀痛。继续挠，也不管事了。我慌了神，低头一看——那时，我正是穿开裆裤的年龄，裤裆底下，一览无余——几条小蚯蚓晃动着细长的身子，冲着我的小鸡鸡，伸过来，伸过去，不知道想干啥。

我吓得大叫起来："奶奶，奶奶！"

有事找奶奶——这是我小时候的习惯与准则。只要奶奶在身边，我就什么都不怕。

奶奶可有本事了。我玩刀子，割破了手，奶奶用棉花蘸一点菜油，再用破布将棉花缠在受伤的地方，过几天就好了；我身上莫名其妙长了一粒粒的红疙瘩，痒得受不了，一挠，还连成了片，奶奶把茶叶和米撒在火炭上，冒出烟来，再把我放在烟上熏一通，那些红疙瘩就消失了；我早上腿脚发软，连起床的力气也没有了，奶奶拿来两只粽子给我吃下去，不一会儿，我就又能活蹦乱跳了。

"哎——"奶奶围着围裙，颠着小脚，一溜儿小跑，应声过来了。"怎么了？怎么了？"

"我的小鸡鸡！痛！痒！"我双手护着裤裆，都快哭了。

"别慌，别慌。让奶奶看看。"奶奶弯下腰，掰开我的手，只看了一眼，就说，"哦，是被蚯蚓'哈'到了。"

我是第一次听到"被蚯蚓'哈'到了"这回事，连忙问奶奶："'哈'到了，是不是被蚯蚓咬了？"

"'哈'到了就是'哈'到了，不是咬到了。"

"奶奶，被蚯蚓'哈'到了，我是不是就要死了？"

"哪有那么快死的小孩啊？"

"那怎么办啊？"我又痛又痒，急得乱跳脚。

"叫大公鸡来啄一口就好了。"奶奶似乎一点也不慌。

听了奶奶的话，我吓了一大跳："叫大公鸡来咬我啊？！我怕的，我怕的！"

"好吧！"奶奶一脸严肃地看着我，"不让大公鸡啄，你的小鸡鸡就会痛，就会痒，还会慢慢烂掉。"

小鸡鸡要烂掉？那怎么行呢？！

我崩溃了："那好吧，奶奶，我听你的。"

"听奶奶的就对了，奶奶是不会害你的。"奶奶抱起我，走进堂屋，把我放在八仙桌正对大门的条凳上——那是上横头——通常是家长和主客坐的，小孩子是不能随便坐的。

奶奶叫我把双手叠起来，摆在桌面上，下巴搁在手臂上，这样我就看不到桌子下面了；又叫我尽量把腿张开，方便大公鸡寻找目标；还吩咐我腿不要乱动，以免大公鸡不敢靠近。

一切安排妥当，奶奶再次叮嘱我："等会儿大公鸡来了，你不要动啊！"

"可我还是怕的！"

"你如果乱动，大公鸡心一慌，'笃'的一下，就把你的小鸡鸡啄下来了！"顿了一顿，奶奶又说，"闭上眼睛就不怕了。"

说完，奶奶颠着小脚，走到门口，"喔喔喔"地叫唤了几声，就躲到厨房去了。

门口的两只大公鸡听到了奶奶的召唤，以为要给它们加餐了，"噔噔噔"跑进来。这两个家伙，进了门，一时半会儿没发现食物，脖子一伸一缩，脑袋转来转去，活像进了村的鬼子。

我想闭上眼睛，可又没有闭眼的勇气，只能眼睁睁地等着这两个家伙对我下毒手——不，是下"毒口"。

这两个家伙在堂屋里站了片刻，其中一个家伙踮起脚来，张开翅膀扇动了几下，忽然抬脚向桌子底下走来；另一个家伙似乎也发现了目标，紧随其后。它们的身影在桌子边闪了一下，就不见了。我只听到它们三步两步就来到了我的脚底下。

大公鸡敢不敢啄我的小鸡鸡呢？它们会等一下再啄吗？还没容我多想，只觉得裤裆里袭来一阵轻风，"笃"，其中一只大公鸡啄住了我的小鸡鸡。"啊！"我又惊又痛，不觉叫出声来。那只大公鸡被我突如其来的叫声吓了一跳，可它舍不得松口，使劲扯了一下，才和伙伴忙不迭地撒腿逃出门外。

奶奶闻声而至，跑到门口，还装模作样骂了大公鸡几句："你个死玩意儿，没长眼睛啊，连我的孙子你都敢啄，看我过年的时候不宰了你们！"

骂完了，奶奶赶紧走到桌旁，把我抱下来，问我："怎么样？好些了吧？"

我伸手一摸，小鸡鸡还在，惊魂稍定。我再也不想被大公鸡啄第二次了，痛痒的感觉又似乎的确是有所减弱，迟疑了一下，连声说："好些了，好些了。"

"好了。"奶奶摸摸我的脑袋，"出去玩吧，玩回来了，就全部好了。"

"哦！"我飞一般地跑出大门。那两只大公鸡就在门外刨食，看我出去，还抬头看了我一眼，颇有些意犹未尽的样子。

等我回家时，半天时间已经过去了。还没有跨进门槛，就大声喊道："奶奶，我饿了！我要吃饭！"

奶奶却不给我盛饭，问我："还痛吗？痒吗？"

"不会了。"其实，如果奶奶不提起，我都忘了。她一提起这事，我的好奇心倒上来了："奶奶，为啥小鸡鸡被蚯蚓'哈'了，叫大公鸡啄一口就好了？"

"因为啊，大公鸡是吃蚯蚓的。"

"可是，我的小鸡鸡不是蚯蚓啊。"

"因为啊，大公鸡它是克蚯蚓的。"

"那大公鸡也克小鸡鸡吗？"

"哎呀，我的小祖宗。快吃饭吧！被蚯蚓'哈'了，让大公鸡啄一口就没事了，反正我们的老祖宗就是这么说的。"

好吧，既然老祖宗这么说，肯定是有道理的。如今，奶奶已去世多年，我也开始老了，可这个道理还是没想明白。

我从小嘴馋，为此惹祸不少。

鼻尖上有一个月牙形的疤痕，是我三岁时因馋嘴留下的印记。那是20世纪70年代中期，物资匮乏，家境贫寒，勉强果腹，难见荤腥。一日，祖母拎回家一刀猪肉，我喜出望外。切肉，生火，下锅，烹煮……我踮起脚，伸长脖子，扒住灶台，看肉块在铁锅中翻滚，闻肉香在厨房里弥漫。

不知过了多久，肉熟了。祖母取过一只瓷碗，盛了三两块肉，递给我解馋。我欢天喜地地捧着碗，跑向堂屋。从厨房到堂屋，须穿过一段幽暗的走廊，跨过一道狭窄的木门。或许是过于激动，或许是太不小心，或许是跑得太快，迈过门槛时，我摔倒了。"啪！"瓷碗在眼前碎成几片，肉块在地上滚出老远。我伸手一抹，脸上黏糊糊的——血！锋利的瓷片割破了我的鼻子。"哇！"我失声痛哭。

母亲闻声赶来，见我的鼻尖几乎被完整割下，只剩下一丝皮肉还勉强连着。母亲吓坏了，抱着鲜血淋漓的我，不知所措，只是哭。姑姑比较镇定，抢过我，直奔当赤脚医生的姨夫家。姨夫手忙脚乱地为我清创，止血，上药，包扎。

在我成年之后，他对我透露了一个隐藏十八年的秘密——那年，他给我包扎之后，夜间突然想起当时忙于疗伤，没有注意包扎鼻尖时是否按正了位置——如果鼻尖斜了，我就破相了。谢天谢地，我的鼻尖尚正，只是留下了一个下弦月状的纪念。

七岁时，我又惹祸了。

早晨，还在睡梦中，蒙蒙眬眬听到祖母在与小外婆对话，迷迷糊糊几次听到"甜咪咪"这样的关键词。醒来后，祖母已经去菜园摘菜。是什么东西"甜咪咪"的？藏在哪儿呢？恍惚间，我想起梦中似乎还听到橱门响动的声音，把橱子打开一看，果然发现一包淡黄色的花朵。

我惊喜万分地叫来五岁的弟弟，兄弟俩掰下淡黄色的花瓣，塞入嘴巴，以解馋虫。可是这花瓣坚硬，扎嘴，无味，完全没有"甜咪咪"的滋味。弟弟疑惑地问我："哥，怎么不甜啊？"我硬起头皮，嚼了又嚼，说："我感觉好甜啊，是你嚼的时间太短了。"

可是没多久，我也沮丧地放弃了努力，无奈地宣布这玩意儿确实难以下咽。问题是拆开的纸包，我们是无论如何也整不好了。最后，只好散乱地摊在橱子里，关上橱门，掩耳盗铃了事。

祖母回家后发现了我兄弟俩的秘密，可是我们死活不承认，让祖母又好气又好笑。过了数日，祖母把那淡黄色的花朵放入搪瓷罐，加水炖烂，又加入白糖调味，我才知道原来银耳是这样吃的。

因为嘴馋，我时有亲手炮制美味的冲动。这种冲动在十岁时变成了现实。那天，母亲上山干活，须晚归，嘱我做饭给弟弟吃。我烧了一道"青菜淀粉丸"，弟弟尝了之后，赞不绝口。

而在之前，这道菜我只吃过一次。

问母亲是怎么烧的，她说："淀粉加水，调稀一点，倒到锅里不停用铲子搅拌。等到淀粉黏稠到成块状了，再铲上来，放到砧板上摊凉，切成一块一块，再像平时做菜一样烧熟就可以了。"就凭母亲这几句话，我居然做成功了，看来我在厨艺上有天分啊！

读小学时，我是提前一岁入学的，当时叫试读生，成绩跟得上就读二年级，跟不上就再读一年级。

开学一个多月后，拼音学完了，老师组织考试。好多同学考了一百分，而我考了个零分。

下课后，同学们拿着卷子互相看分数，我也凑上去。大家一看我的考卷，像有了重大的发现一样，一个个兴奋得小脸通红，纷纷喊起来："赖建平考了零分，赖建平考了零分……"

我一点儿羞愧的感觉都没有，还左看右看，觉得老师在我试卷右上方画的那个"0"又大又圆，漂亮极了；"0"的下方还有一道横线，也画得直直的。这不是挺好的吗？

活动课时，大家在走廊上玩，那些考一百分的女生排成一排，右手搂着彼此的肩，左手点着我，对我喊："赖建平，大零蛋；赖建平，大零蛋……"她们的左手随着节奏起起落落。几个男生一看，或许觉得这事儿挺好玩的，也加入女生的行列，跟着她们一起喊："赖建平，大零蛋；赖建平，大零蛋……"

我就纳闷了，这样真的好玩吗？有意思吗？你们不就比我多一个"1"和"0"吗？有几个人试卷上的"0"，老师画得很随意，还没有我的画得那么圆；还有几个人，"0"下面连一条横线也没有。他们难道都没有发现吗？他们喊得这么起劲，不累吗？

那时候，按照老师的意思，家在附近的同学组成一个学习小组，放学后，大家在一起，先完成家庭作业，再跳绳，跳牛皮筋，玩到炊烟四起了，各自回家。

那天放学，学习小组照常在一起做作业。他们几个人写几个字，就不怀好意地瞄我一眼，交换一下眼色，低下头，嗤嗤地偷着笑。

我忍不住问他们："你们笑啥啊？"

我这么一问，他们笑得更凶了："你不知道啊？笑你考了一个大零蛋呗！哈哈哈哈……"

不就考了一个零分吗？你们从下课笑到现在，至于吗？我有些不高兴了，就反驳他们："哼！老师给我画的'0'比你们的圆多了！"

没想到，我这么一说，他们捂着肚子，笑得更凶了，就差在地上打滚了。

学习小组不欢而散。

回到家，我兴冲冲地把试卷递给祖母，她手捧试卷，不住地摇头叹息："我这个孙子看起来挺聪明的，怎么考了一个大零蛋呢，怎么考了一个大零蛋呢？可能是聪明孔还没有开窍。"我知道，"聪明孔"就是我的右耳后天生的一个小孔，村人都说是聪明孔，都说有这孔的孩子天生聪明。看着祖母，我似乎终于有些明白了，大零蛋也许真的不像我想得那么好。

当年，为啥考了一个大零蛋呢？

我清楚地记得，试卷的第一题是"默写单韵母"，第二题是"默写声母"，第三题是"看拼音，写汉字"……而我，沿着试卷的四周，把所有的答案首尾相连，整整写了一圈。

"六一儿童节"之后，天气渐热，学校是要安排午睡的。老师趴在讲台上，以手作枕，稍事休息。学生以同桌为单位，一人睡在桌子上，一人睡在两只小凳子上，一周一轮换。

我睡在桌子上。

那时，我的精力旺盛得像只小虎崽子，哪有半点睡意。午睡一小时，是一种漫长的折磨。为了消磨时间，我开始偷偷留意周围的动静。邻桌的阿福真是有福气的人，如此大热天，他居然没过多久就酣然入睡，还打起了呼噜。阿福的呼噜很有水平，声音时而长，时而短；音调时而高，时而低。更奇怪的是，他的呼噜声有时突然变得低沉，宛如盛夏的闷雷滚过夜空；有时又似乎出气不畅，气流勉强地从嘴唇间挤出来，"嘶嘶"作响……我从来未曾想过，一个人的呼噜居然能有这么多的花样，不禁对阿福有些妒忌。

打呼噜这么好玩，我也想试试。

次日午睡，我微闭嘴巴，绷紧肚皮，猛憋一口气，刚想来一个气壮山河的呼噜，没想到，发出的却是轮胎撒气一般的声音。初战告负，倒激起了我的决心与毅力。我调整气息与嘴型，小心翼翼地慢慢尝试，逐渐找到了制造呼噜的窍门，声音变得高低起伏，抑扬顿挫。阿福的呼噜声是连续不断的，因此我也不能间断，否则就有弄虚作假的嫌疑。我憋着劲，不停地制造呼噜。好累啊，不知道阿福如何能做到这么轻松自如。可是，我已经坚持了这么长的时间，怎能轻言放弃呢？我一直努力，口干舌燥，筋疲力尽，终于沉沉睡去。不幸的是，刚睡着不久，午睡结束的铃声就响起来了。

其实，睡到板凳上比制造呼噜更吸引我。

其时，电影《少林寺》在国内掀起了"习武热"，少林寺武僧躺在绳子上练功的镜头尤其引起了我的关注。在凳子上午睡，不正像武僧练功吗？好不容易轮到我睡凳子了——两个小小的学生凳，连在一起，成了平衡木一般的小床——睡在上面，必须以脊椎为中线，手脚尽量张开，方能保持平衡，否则很容易摔下来。"咣当"，凳子倒了；"哎哟"，是和我头对头午睡的阿宝摔下来了。很多同学起来看热闹，老师也抬起了脑袋，看到阿宝狼狈不堪的模样，都禁不住笑出声来。

从凳子上摔下来，居然能引发这么多人的关注。我也想摔一次。

怎么摔得轰轰烈烈，引起广泛注意而不受伤，是我接下来思考的重要问题。几天过去，眼看着又要轮到我睡桌子了，我决定"铤而走险"：身体慢慢往右边倾斜，直至右手右脚能撑着地面，将重心渐渐转移到手和脚上，腰肢猛一发力，身子往右一倒，"咣当"一声，我终于摔下来了。班里一阵骚动，有几个唯恐天下不乱的家伙笑出声来了，不过整体反应没有阿宝那次那么强烈。老师抬起了脑袋，不过这次他没有笑，而是瞪起眼睛，厉声斥责："吵什么吵！有什么好笑的！"

我没想到结果会是这样，好生沮丧。

20 世纪 80 年代后期，我在师范学校念书，经常把生活费用于购书，为此常吃不饱。最过分的一次，是看到了唐圭璋教授主编的《唐宋词鉴赏辞典》，踌躇再三，用半个月的生活费买了下来。

接下来的日子，我惨了。早饭还好一些，女生们吃不掉的早餐都被我"光盘"了，吃得最多的一次，是十三个面包、两根油条，再加四两稀饭。中餐和晚餐，菜是没得吃了，只能用开水泡紫菜汤，肚子里一点儿油水也没有。

我每次蒸饭都是米多水少，蒸好之后，米饭坚硬如铁，能把饭盒盖子顶高一公分；有时候米太多，水太少，最上面一层几乎还是生米。但是这样的米饭下肚，依旧不顶用，两节课之后，胃里宛如有一柄锄头在挖，挖得我头晕目眩，眼冒金星，只好猛灌开水，欺骗一下可怜的肠胃。

女生"唐老鸭"，每顿饭都食物丰美，让我艳羡不已。某次，她打了一盘豆腐炖泥鳅，尝了一口，就皱眉道："这么腥的泥鳅怎么吃啊?！倒掉算了。"她慢吞吞地吃了几口，端起菜盘，站起身子，准备离开。忽然，又转身问我："阿赖，你要不要吃泥鳅？"我连连摇头，不要不要。她笑着说："这么腥的东西，我想你也是不要的。"

其实，我想一口吞下那盘泥鳅，可是她都说要倒掉了，我如果还说要吃，与一头猪还有啥区别？为了可恨的薄面，只好又一次委屈我可怜的肠胃。

衢州师范学校在讲舍街上。街西头有一个烤饼摊——一顶东倒西歪的雨篷，篷下仅一桌、一炉、一人而已。桌上摆着案板、面团、馅料、水盆，桌下堆着面粉袋、木炭等杂物。

晚自习后，饥肠辘辘。趁着离熄灯还有一段时间，赶紧上街买烤饼充饥。大热天，啃两只烤饼，出一身臭汗，急匆匆地冲个凉，是极舒服的。

天气转冷，买烤饼就是一种享受。围在烤饼炉旁，一边伸手取暖，一边看老板麻利地把面团揉软，掐薄，上馅，蘸水，撒点点芝麻。"啪"地一声，面饼贴在了烤炉的内壁上，不一会儿就开始变色，起泡，滚滚的油脂钻出来，急匆匆地顺着饼皮往下跑，每次总有几滴不小心失足跌入炉底暗红的木炭中，"吱"地一声，冒出一缕薄烟，香气就像一把透明的钩子，钩得人五脏六腑的馋虫都蠕动起来。

烤饼一定要趁热吃，龇着牙，浅浅地咬一口，咬开一个小口子，腾腾的香气迫不及待地往鼻子钻。那一刻，整个世界都不及一只烤饼那么大。比吃一只烤饼更美妙的，是吃两只烤饼。先吃一只，再吃一只，满足感被拉得好长。或者两只叠在一起吃，这种吃法极土豪，非奢侈者不为。无论是吃一只还是两只，吃到最后一口，总有些恋恋不舍，意犹未尽。

吃烤饼时，油难免淌到手背上，流到手指上，趁热打铁，伸出舌头舔掉，是一种吃法。等吃完了烤饼，再耐心地一个个手指慢慢清理——当然还是用舌头，也是一种吃法。

晚间，想买烤饼的同学太多，挤在烤饼摊前，横七竖八的手握着零票，直伸到老板面前，伴随着"我的，我的"的叫喊声，这不是个事儿。不知是谁发明了按寝室派代表买烤饼的方法，极大地节省了劳动力，也降低了烤炉前的拥挤度。

隔壁寝室的张大个，喜欢用一只白色的大陶瓷罐子盛烤饼。他一只手举着罐身，另一只手拿着罐盖，在走廊里把罐子敲得咣当咣当响，边敲边喊："买烤饼喽！买烤饼喽！"其他寝室立时闻风而动。

我们寝室里用的是一只塑料篮，篮子虽然小巧玲珑，却盛得下十多只烤饼，极为方便。用得多了，别的寝室都知道有这么一只篮子，纷纷来借，有时一晚上要借出去好几回。用得多了，篮子上沾满了油脂，寝室里整天散发着烤饼的香味儿。

一位室友，绰号"校长"。一个周末，日高三丈，"校长"颤颤巍巍地从上铺爬下来，捧起塑料篮，凑到鼻尖，深吸一口气，叹一声："好香啊……"然后，又颤颤巍巍地爬到上铺，继续蒙头睡觉。

后来我才知道，"校长"因月初暴食暴饮，到了月底，饭菜票即将告罄，为减少能量消耗，他选择静卧不动；为了节省开支，他选择把篮子里的那口香气当他的"早餐"。

我是不喜欢"团购"烤饼的，那么多的烤饼放在小篮子里，等到了寝室，那股松脆滚烫的劲儿已经泄了，变得软乎乎的。当时，两毛五分钱一只的烤饼，对我而言不是一笔小开支，难得吃一次，我要吃得舒舒服服的。

师范学校读书三年，吃得最舒服的，只有一次。

那次，我去买烤饼，摊前空无一人。老板边做烤饼，边和我聊天："小伙子，今天我好好给你做两只。烤饼得慢慢烤，烤透了才好吃。赶出来的烤饼，味道总是要差那么一点儿。"我看着老板慢条斯理地重复那一道道工序，最后拿起铁钳子，沿着炉壁，两下一比画，烤饼就被钳下来了。他钳着烤饼，把饼子贴在炉壁上的那一面又放在炭火上烤了一下，才用两张糕点纸一夹，递给我。那烤饼，就一个字——酥，牙齿一咬，咯咯作响，鲜香满喉。

毕业数年之后，我重新去吃了一次烤饼。那天，天色不太好，烤饼摊的生意也不太好。东倒西歪的帐篷下，老板百无聊赖，烤炉上叠着一堆烤饼。我说："老板，买两只烤饼。"老板看了我一眼，低头递给我两只。烤饼是温的，拿在手里软软的，味道不尽如人意。

后来，我再也没有去买过讲舍街的烤饼。

我一直是教师中的另类

说来你或许不信，自从踏上讲台，我就是个另类。

1990 年，我从师范学校毕业，回到母校——七里小学工作，教语文，做班主任，担任总辅导员。其实，总辅导员也没啥事儿，每年的"六一儿童节"组织一次大型活动，平时做好出勤、纪律、卫生三项竞赛就得了。

可我偏爱搞事。

"三八妇女节"原本与孩子们的生活没什么联系。我却折腾出一个创意，让他们去慰问女干部、女员工、女医生，还有附近村子里需要帮助的老年妇女。

我还罗列出几个条件：学生自主安排，教师不得参与；按照小队进行活动，每个小队自行秘密锁定要慰问的对象，小队之间活动方案要保密；除了赠送礼物之外，还要根据具体情况安排其他的活动，让受慰问者切实感受到关心……

礼物从哪里来？学校是没有任何经费与物资支持的。很简单。礼物从鸡屁股里来——每个孩子从家里带一个鸡蛋，而且这个鸡蛋要用自己的劳动去获得。

这个方案拿到全校教师办公会上一讨论，立马遭到全盘否定。

焦点问题有二：第一，孩子们这么小，没有老师的帮助，是不可能完成任务的；第二，安全问题——路上的车，溪上的桥，桥下的水，处处都是危险，出现一例安全责任事故，学校就完了。

同事们提出种种不可行的理由。而我，则舌战群儒——其实全校也就十二个老师。校长也持否定意见。我一个人在战斗。最后，谁也说服不了谁。

眼看精心策划的方案就要泡汤，我急了，脱口而出："既然这样，'三八妇女节'的活动就不做了。总辅导员我做到这个学期结束，下个学年不干了。"

众人目瞪口呆。

全场沉默了片刻，校长发话了："其实，也可以试试，建平这个方案考虑了很久，也很有新意，不用的话，太可惜了。"

老教师们也纷纷表态：

"这样的活动，以前没有做过，试试无妨。"

"我们总是担心路上出事情，可是孩子们上学不是自己来的吗？溪上的桥一直都在，这些年来，有谁掉下去了？淹死了几个人呢？"

"我们把可能出现的问题考虑得周全一些，担子不能让年轻人单独挑。"

……

事儿就这么定下来了。

我也懂得妥协。时任一年级班主任的毛老师，是我的小学数学老师。她提出，一年级的娃娃太小了，不宜分散活动，可以统一到供销社慰问女职工。一切活动，由孩子们自己组织。为防万一，她跟在孩子们后面，有个照应。

这样合理的要求，我肯定不能拒绝。但是，我提出：只限一年级，其他年级必须分小队，由孩子们分头自主行动。

准备工作在紧锣密鼓地进行。

一个女孩子跑来告诉我："老师，我们想要慰问的人，和其他小队'撞车'了。哈哈哈……"

我没考虑到这事儿，问她："你们怎么办的？"

她说："我们商量好了，换一个慰问对象。"

我说:"万一又与其他小队'撞车'了呢?或者到时候人不在家呢?"

她说:"嘿嘿嘿,我们早就准备好了,还有预备的名单。"

我说:"你们小队做得非常好,中午召开队干部会议,重点推广你们的经验。"

女孩子欢天喜地而去,大概是向小伙伴报告喜讯去了。

乡卫生院的一个女医生看到我,说:"赖老师,'三八妇女节'有小朋友要来医院慰问,是吧?"

我说:"没有的事儿,你听谁说的?"

她说:"别装了,我早就知道了。"

我急忙阻止她:"你小声点儿,假装不知道。你明白吗?"

乡政府的一个女干部来问我:"赖老师,我给'三八妇女节'来慰问的孩子们准备了软面抄,每人一本,还准备了小饼干。你看还需要准备什么?"

我示意她小声点儿:"做好保密工作就可以了,你假装啥也不知道,给孩子们一个惊喜。"

"三八妇女节"下午,先在操场上集中,再次强调一切行动听从小队长指挥,确保鸡蛋不要打碎,以及安全事项,然后孩子们举着小队旗,四散出发。一年级的小娃娃像一群小鸭子,毛老师像鸭妈妈一样,跟在他们后面。校园里一下子变得空荡荡的。

一个多小时以后,一年级的小娃娃们率先返校。

毛老师很兴奋,说:"这些小朋友很能干,到了供销社,在柜台前,自己把队伍排好,向售货员阿姨问好,抢着表演节目。有几个孩子,还临时增加了节目。他们还帮阿姨搬货,我真担心他们帮倒忙。回来的时候,每个孩子的口袋里都塞满了糖果,开心死了!"

我不免有些得意。接下来,更多孩子回校了。

去乡政府慰问的孩子们,想把院子里的杂草拔得一根不剩,可惜尝试了多种方法，力不从心，最后吃了小点心，带着软面抄与饼干回来了。

去慰问村里妇女干部的孩子们扑了一个空，他们立马改变路线，去慰问邻村的女干部。那位大婶刚从地里回家，猝不及防，赶紧煮了一大锅鸡蛋招待孩子们。

学校旁边一位老奶奶，也得到了孩子们的慰问：男孩子为老人挑水，把水缸装得满满的，女孩子帮老人洗衣服，还有一些孩子扫地与擦墙壁。

临走时，老人拿出冻米糖往他们口袋里塞，孩子们坚持不要。后来，老人急得要哭了，小队长才让小伙伴们接受老人的馈赠。

后来一段时间，老奶奶逢人便说："共产党好呀！共产党好！共产党派了这么多小孩来看我！"

孩子们交流着下午奇妙的经历，分享带回来的小礼物与小食品，一个个眉飞色舞，叽叽喳喳说个没完。

一个小男孩傻乎乎地问："赖老师，下个星期可不可以再来一次？"我装模作样，"踢"了他的屁股一脚，说："你傻呀！'三八妇女节'一年只有一次呢！"他嬉笑着，乐呵呵地跑远了。

这次活动，空前成功。自此，我组织的活动一马平川，绝少阻力。

之后，我白手起家，组建了学校的鼓号队，自任总教练。我不会吹号，愣是把孩子们教会了。他们称我是"不会游泳的游泳教练"。

同年"六一儿童节"，我改变了以往白天表演节目的传统，举行了首次"篝火晚会"，盛况空前。

渐渐地，我也有了一点知名度，两年后被评为"县十佳辅导员"。

至今，我还记得校长和我说的一句话。他说："那天下午，我的心一直悬着，直到最后一个孩子回到学校，心里才踏实了。"

我长期担任学校的管理工作。在七里小学十年，做了七年的教导主任。

调到航埠小学两年后，重操旧业。

我上任后，在第一次全校教师大会上就宣布：每学期一万字的读书摘记，从此废除。

全场掌声响起。

为什么要废除这个制度？因为我有三个事儿想不明白：第一，为什么规定读书摘记一万字，是否有科学依据，是否论证过？第二，为什么这一万字的读书摘记必须手写？学校那时候已经有了电脑房，为什么不鼓励使用电脑？第三，为什么摘记内容必须是教育教学方面的，哲学、历史、科学、文学的内容为何不得入选？难道是小学教师不应该博览群书吗？

之前，大家都视这一万字的读书摘记为苦差，都在应付。我深受其苦，也在应付，虽然读书是我的爱好。

当然，在宣布这一个决定之前，我私下征求了一些同事的意见，并向校长作了汇报，得到了足够的支持。如果得不到主要领导的支持，哪怕设想再完美，也是很难落到实处的。

学校几乎每天都有老师出差，外出听课与培训，代课在所难免。派发代课单是一个很痛苦的事情。一方面因为老师们的课务重，杂事多，大家都不愿意增加额外的负担；另一方面是教室里绝不能没有老师。

如何破解这个难题，成了我要考虑的重要问题。

我向校长提出，每次代课象征性地给予代课金一元。校长问我，一个学期大概要支付多少代课金。我早有准备，立马报出了数据，并且告诉他，这笔钱对于学校来说是一笔小钱，但是对破解教导处面临的难题，提高老师工作积极性，收效巨大。

这个政策落实以后，派发代课单就轻松多了。

每次给同事们发代课单，我都要征求意见：你看，能否辛苦代一节课？很多同事都会回应：谢谢你给我发炒粉干——因为当时炒粉干五元钱一盘。

一元钱的代课金聊胜于无。老师们在意的不是报酬，而是被看见。

后来，我又向校长提出，把代课分为两种：代管与代上。代管，就是负责管理，酬金一元；代上，就是按照课程表，把相应的内容上掉，酬金二元。如此，工作就更舒心了。

学校的年轻老师多。一部分住在教师宿舍里，另一部分租在学校附近。

那时没有课后服务，放学以后，老师有较多自由支配的时间。

我看新分配的音乐教师小孙弹唱皆佳，又很热情，就问她是否愿意和我一起，组建一个青年教师合唱团，放学后辅导同事们唱歌。这个活动自由参与，不点名，不签到，不强求。小孙老师对此很感兴趣，我们一拍即合。就这样，每天放学后，音乐教室里就响起了青年教师们的歌声。

每年元旦，都要会餐。校长说，能否让青年教师合唱团在会餐时表演节目助兴。我征求了大伙儿的意见，大家都同意。有老师提出来，为了让表演更好看，学校能否统一给大家买一件衬衫？校长答应了。我们都很开心。

可是，事情有了意想不到的变化。一些从来没有参加过合唱团排练的中老年教师放出话来："这件衬衫难道我们就不能穿吗？"——他们也要求参加表演。

事情陷入了两难的境地：第一，合唱团已经排练了好久，他们一旦加入，相当于前功尽弃，得从头再来。第二，如果不同意这些老师的要求，势必就会得罪他们，以后的工作会有很多阻力。

我没有选择的余地，必须答应。

元旦表演以后，青年教师合唱团就自然解散了。

我自己喜欢读书，也深知教师阅读的重要性。为此，我又组建了青年教师读书俱乐部。

这次，吸取了青年教师合唱团的教训，在会议上，我公开宣布，青年教师没有年龄的界限，只要你愿意学习，希望得到专业成长，你就是青年教师。

青年教师读书俱乐部每个月读一本书，或者讨论一个专业话题。每个月的最后一个周五放学后，统一组织读书沙龙。为了防止冷场，我要求每个教研组，每次活动推出一位老师作为首席发言人，并且要上交发言稿。

同事陈老师，是资深特级教师朱雪丹老师的弟子，她问我，是否可以来参加读书俱乐部的活动？

我当然非常欢迎。陈老师参加了几次活动后对我说，这样的活动非常好，虽然并不是每一个老师都愿意读书，但是肯定能够带动一批老师读起来。

有老师提出，有时大家讨论得比较热烈，沙龙结束时会有点晚，肚子饿，学校能否提供一点水果与小点心。我去向校长要求。校长毫不犹豫就同意了，他说："每次读书活动，拨专项经费 100 元。这笔经费的使用，不需要打报告，也不需要经过总务处。由我全权支配。"有个老师家里开了个超市，我就把这个事情交给了他，他非常乐意去做，每次还变着花样提供小零食。

青年教师读书俱乐部坚持了好几年。

同事们的粉笔字水平有待提高，我又想出了一个办法：在校门口放一块移动黑板，早上进校时，每人在黑板上写一行粉笔字。第一个老师写什么字，后面的老师就跟着写。

如此，就会刺激老师们私下主动去练习。

钟老师写得一手好字，我跟他商量，问他能否每天稍微早几分钟到校，范写一行，以供后来的老师参照与临摹。

校长非常支持这项工作。期末，学生离校以后，还组织全校的教师参与粉笔字比赛。内容不限，形式不限，在指定的区域各尽所能。

比赛的奖品非常微薄，无非是牙膏、牙刷、洗手液与纸巾。但是只要参与，人人有奖，而且一等奖与三等奖的差距几乎可以忽略不计，皆大欢喜。

重要的是，老师们的努力被看到。

学校定期举行大扫除。

很多班级兴冲冲地洗地，把教室与走廊打扫得一尘不染，可是楼上的污水流到了楼下，不仅给楼下的老师和孩子们造成了麻烦，还把楼道上雪白的墙壁也弄脏了。

在全校集会时，我大大表扬了师生的劳动热情，同时要求：散场时，按照从高年级到低年级，同年级按照班级序号的顺序，依次从受污损的楼道口走过，同时思考一下：我们怎样改进，才能把大扫除做得更好。

后来，类似的情况就很少发生了。

我身体力行，倡导专业写作。因我深信，写作就是教科研的开始。

重点是培养青年教师。

每次有论文或者案例写作比赛，我都要私下里去找一些老师沟通，鼓励他们积极参与，写好了以后，还要帮他们一一修改。其实这样做是很累的，有时候改一篇文章，比自己亲自写一篇还要耗时费力。

看到优质的文章，我则鼓励老师们去投稿，而且推荐相应的杂志。

有个数学老师和我说，她大学时的毕业论文，导师觉得写得还不错。我让她找出来给我看，果然质量很高，就鼓励她向《小学数学教师》投稿。后来，果然发表了。

可是那一期的杂志，学校居然没收到。杂志社的样刊可能也寄丢了。过问多次，无果。我愣是想办法给她搞到了一本——因为这期杂志对她评优评先评职称有重要的作用。

有老师随手写的小文章，我一看品质不错，就主动对接，告诉她如何修改，以及投到哪些杂志发表的概率比较高。她果真尝到了甜头。

有个老师发表了一篇文章，很开心地向我报告喜讯，我勉励她，有了第一篇，就有第二篇。后来，果然有了。

不少老教师退休没几年，就变得老态龙钟。为此，我决定带动同事们运动起来。

我自己平时喜欢登山，骑车，打乒乓球与跑步。最简单最方便的，就是跑步了。于是，我提出：用公家的时间，锻炼私人的身体。

早上，我会早早到校，在操场上绕圈跑。一开始，班里的一些孩子看到我在跑，就跟着我跑。慢慢地，其他班里的孩子看见了，也跟着跑。空课时，我也会到操场上去跑几圈。每次跑步，我都会在朋友圈里晒数据。

有老师慢慢开始感兴趣，我趁机成立了"悦跑团"。虽然成立之初只有三四个人，但那是几颗种子。时间久了，一些老师耳濡目染，也加入了跑者的行列。

后来，我又参加各种跑步比赛，跑了多次马拉松。

如今，一些同事也成了马拉松赛道上的常客。

但是，我在航埠小学，得到的也不完全是正面评价。

一个完小校长号召老师们多写作，就被同事反驳了："你看人家赖建平，那么厉害，发表了那么多文章，职称不是至今也没有评上吗？我们这么来劲干啥呀？"呛得他半天说不出话来。

绩效工资推行之后，我是绩效分配方案的执笔人，写了一稿又一稿。一位老教师当面质问我："赖建平，是不是因为你自己会写，就把教科研奖励定得那么高？"我坦然告诉他："我是副校长，上面还有两位一把手，对重大的政策，我有建议权，没有决策权。更重要的是，我没有这个私心杂念。"

在航埠小学的绩效工资里，我没有拿过一分钱教科研奖励。有些事儿，我根本不屑。

一直以为会一辈子在农村学校任教。没想到工作26年之后，飞来一纸调令，把我调到了城里。

之前，我一直分管教学，到了新学校后，分管后勤、德育、安全等工作。

秋天到了，万山皆美。

我问一个年级组长，咱们学校一般什么时候安排秋游呀？她一脸茫然："秋游？好多年没有了。"我大惊，问："春游呢？春游总有吧？"答："春游也好多年没有了，我进校以后就没有游过。"

我很不理解，我们学校是有儒家背景的，孔子是非常重视游学的，《论语》里就有"莫春者，春服既成，冠者五六人，童子六七人，浴乎沂，风乎舞雩，咏而归"的记载。怎么现在反而没有了呢？答："担心安全问题。"

我继续问："如果今年开始秋游，明年安排春游，你支持吗？"她跳了起来："当然支持啦！其实老师与学生都想着的。只要你布置下来，我保证第一个响应。如果有哪个年级组长有想法，我去帮你做工作。"

我说："你现在不担心安全问题了？"答："其实哪有这么多的安全问题呀？我们把工作做得细致一些，不就成了吗？"

我说："就这么定了，校长那里我去做工作。"

如何把工作做细呢？

先召开年级组长会议，让大家发表意见，最后我谈了自己的想法：

第一，每个年级的路线由学生自主选择，先进行海选，每个孩子都要参与，提出自己的意见，画出路线图，并写出选择这条线路的理由。

第二，确定线路后，事先安排老师与家长代表去勘察与拍照，并拟定相应的注意事项与应对措施，做成美篇，发给每位老师与家长，确保人人知晓。

第三，每个孩子自备午餐，所有的食品必须自己动手做。低年级的孩子可以与家长一起完成，不得购买现成的；低年级孩子拍照上传家长群，中高年级的孩子以图文并茂的方式记录制作过程。

第四，出发前，每个路口以及岔道口安排执勤人员，市内交通由学校联系交警协助指挥；除了班主任与副班主任之外，每个班再安排1至2名家长志愿者，保证队伍前中后都有管理者。

第五，秋游归来，每个孩子都要做总结，低年级召开班会口头交流，中高年级加上书面汇报，要围绕收获、不足、改进意见以及明年春游的打算来展开。

……

组长们一个个紧张地记录，生怕漏掉一点什么。他们或许没想到，秋游还可以这么干，还有这么多讲究。

临了，我问大家，还有其他问题吗？有组长问："我们老师的午餐怎么解决？"我狡黠地笑笑说："我带学生出去玩，从不带任何吃的，都是从小屁孩们那里骗东西来吃的。"有同事附和："是的，你吃他们的东西，他们还很高兴呢！"我又说："你们想吃什么，也可以自己带上。"

那个同事显然有点失望。

我又补了一句："不过呢，大家组织秋游这么辛苦，我会安排总务处把省下的午餐费用来购买一些你们喜欢吃的东西，前提是每个年级组要把想吃的美食报上来。"

大伙儿的眼睛一下子就亮起来了。

"秋游这天，不在学校吃午餐，这一餐学生的午餐费如何处理？是不是退给家长？"有组长提出了疑问。

我说："我已经和总务处商量好了，按照午餐的成本，给每个孩子定制一个价值相符的烤面包，先不发给孩子，以防孩子玩得累了，消耗过多，饿肚子。好了，没有问题就散会了。注意最近的天气预报。各自去布置！"

秋游那天，全校师生喜气洋洋，如同过节。

总务处为每个年级组购买了好几袋美食，还贴心地加上一袋甘蔗。

总务主任说，出去玩，容易口渴，吃点甘蔗，既解渴，又能补充体能，还爽口。

元旦，按照惯例，全校文艺汇演。

我把总辅导员、年级组长与音乐教研组长召集起来，商谈活动方案。大家七嘴八舌，谈了各自的看法。

我说，你们的想法，我全部不同意。大伙儿愣了，不知道我是怎么想的。有组长说："赖副，你点子多，说说你的设想。"我说："今年的元旦文艺汇演，要全部让孩子们来做，老师们都退到幕后。"他们满脸疑惑："这成吗？"

我补充道："从确定节目到排练，到整场演出的组织协调，包括评委，全部由学生来完成，他们有困难时，老师可以指导与帮助。"

组长们喜忧参半：喜的是，工作交给学生做，既锻炼了孩子们的综合能力，又卸下了老师们许多的工作量；忧的是，孩子们能独立完成吗？尤其是做评委，他们能行吗？

我说："每个孩子都是评委。"

组长们更是疑惑了，这怎么操作呢？我解释道：

"第一，在演出的背景喷绘上，给每个节目预留一个位置。

"第二，每个孩子都是大众评委。定制一批黏黏纸，作为选票，每个孩子一张，表演结束后，孩子们依次上台，将黏黏纸粘贴在自己喜欢的节目下面。

"第三，每个班选派两个有音乐特长的孩子担任专业评委。

"第四，为了方便统计，大众评委与专业评委的黏黏纸颜色要有显著区别，分值按照组委会商定的比例计算。

"第五，组委会由大队部负责，分别设立节目组、演出协调组、报幕组与统计组，负责相应的工作。"

有人提出了疑问，孩子们能把最好的节目评出来吗？

"哈哈，我们要相信孩子们的眼光。他们有自己的标准，哪怕最后评出来的节目与老师想得不一样，又有什么关系呢？节目是演给孩子们看的，我们应该尊重他们的选择。再说了，每个孩子手里有一张选票，他们看节目时就不容易走神。我们不需要费神维持纪律了，乐得轻松。"

大伙儿一听，觉得有道理。

又有人问，统计的时候，恐怕很费时间，孩子们会坐不住。

我说："这个不用担心，每个节目由两位评委负责清点选票。速度肯定不慢。计票的时候，孩子们肯定很激动，会坐不住，会站起来喊加油，这又有什么关系呢？那气氛，多好呀！"

元旦表演，果然大获成功。

接着，"六一儿童节"来了。事先，我要求大家思考这次节目要如何安排，有想法就及时与我沟通。

开会时，我提出了一个让大伙儿目瞪口呆的方案：今年的"六一儿童节"，孩子们当观众，老师们表演节目，为孩子们庆祝节日。

晴天霹雳呀！

还没完，我继续布置：每个年级组，每个教研组，至少要有一个节目，学校中层以上领导，除了参加年级组与教研组的演出之外，再单独表演一个节目。

雪上加霜呀！

有同事当场表示反对。

我说："昨天我召开了全校班干部会议，孩子们非常赞同这个方案，我们经常说要尊重孩子，这不能只挂在嘴上，得落到实处，对不对？"

"可是，我既不会唱，也不会跳，没有任何表演才能，怎么办？"又有同事提出异议。

"具体节目如何安排，请每个年级的音乐老师与大家商量，各尽所能，各尽所长。确实缺乏表演天赋的，可以演一块石头、一个树桩，拿着道具，站着不动，这也是表演的一部分。总之，每个人都要上场。"

"赖副，你的方案是好的，不过呢，可能过于理想化了，万一演出时我跑调了，或者忘词了，岂不是出丑了？"又有同事提出疑问。

"这个你不用担心。孩子们喜欢看老师们的精彩演出，更喜欢看老师们出丑。出丑意味着出现意外。孩子们每年参加那么多活动，大部分都是过眼云烟，他们真正能记一辈子的，肯定是意外。

"你想一想，多年以后，孩子们回母校参加同学会，大家讲起这个儿童节，还记忆犹新，多好呀！再说了，万一你出丑了，让孩子们乐一乐，也很不错呀。节日，不就是要快乐吗？

"平时大家在孩子面前难免严肃，蹦蹦跳跳地演给孩子们看，哪怕演砸了，让孩子们看到老师可爱的一面，还有助于拉近师生之间的距离呢！"

有老师问："有孩子自愿助力老师们的演出，可以上台吗？"

我也不是特别死板的人，告诉她："只要是孩子们自愿的，都可以。节日，不就是图个乐子吗？但是，人数不能超过老师。"

有老师将了我一军："赖副，你要身先士卒。"

"这个没问题，我肯定是弟兄们跟我上，而不是躲在后面高喊弟兄们给我上。我第一个上台，单独表演一个。"

哈，大家竟然鼓起掌来。

校长也要参与表演。当我提出这个要求时，这哥们的眼睛瞪得比牛眼还要大，连连摇头，连声说不行。

我说："你得支持我的工作。"他说："工作肯定支持的，可是我唱歌跳舞都不会呀！"

我说："既然支持，你就得参加，况且我已经答应老师们了，校长要表演的。"他无奈地笑了，说："你真赖皮呀！居然先斩后奏。"

我说："我得逼得你无路可退。我向老师们立下军令状了，如果校长不表演，他们也可以不参加。"这哥们挠挠脑门上可以数得清数量的头发说："让我想想。"

我说："你不用想，你这个文艺盲，想多久也想不出来。我已帮你安排好了，让音乐组长为你设计一个角色。"他眼睛一亮，叫我马上把音乐组长叫来。

音乐组长来了之后，校长发话，要求如下：不要唱，不要跳，不要有台词（怕记不住）。

组长一口应承，说保证让他满意。

当日演出，校长最后出场。

音乐老师们太有才了，又唱又跳，劲歌劲舞，嗨翻全场。气氛即将到达沸点时，音乐组长在演唱的间隙见缝插针地宣布："校长要出场了！"

全场欢声雷动。

校长蹒跚着，从幕后出来了。他穿着一身胖乎乎的卡通鸡道具服（即将到来的是农历鸡年），一摇一晃，上了舞台。孩子们的尖叫声此起彼伏。

原先，只是想让他亮个相就结束了。没想到这哥们倒是来劲了，随着音乐的节奏笨拙地"舞动"起来。孩子们坐不住了，哗啦啦地站起来鼓掌。

高潮已至，我以为应该结束表演了，没想这哥们居然一摇一摆，走下了舞台，到了孩子们中间，像开演唱会的巨星一样，与孩子们一一握手。场面险些失控。孩子们乐得人仰马翻。

还有惊喜。第二天，晚报居然刊登了校长的巨幅演出照。

头条！

我向来是有做领导的心的。

师范学校毕业实习前夕，学校召开动员大会。校长彭瑞方先生发表激情澎湃的演讲：

"孩子们，同学们，不！从现在开始，我要称呼你们老师们！老师们，你们从实习开始，就要努力做一个合格的老师，一个优秀的老师！以后，在座的很多人还会做合格的校长，优秀的校长！"

我们都笑了。

彭校长一本正经，继续说：

"老师们，你们不要笑，谁规定你们不能做校长？你们的学长，有的工作没几年，就做校长了，而且做得很出色！彭校长为此感到骄傲！请记住拿破仑的名言：不想当将军的士兵不是好士兵。也请记住彭校长的话：不想当校长的教师不是好教师。"

静下心来想一想，彭校长的话不无道理。我们现在虽然是初出茅庐，但是我们会成长，会成熟，会出成绩。等老朽们干不动的时候，就该我们大显身手了。

这么一想，我觉得自己还真是当领导的料。

工作以后，我还真做了领导——十一年教导主任，十二年副校长。

然而，我心里非常清楚，自己不适合当领导。原因很复杂，最主要的因素是：我是考拉型人格，行为与思维比较像考拉这种动物。

考拉型人格的人看起来比较佛系。我也的确很佛系，主要表现在对分数没什么追求。我觉得学校的考试成绩在区域内保持在中等水平就行了，不需要花很多时间与精力去追求高分。我尤其反对在期末打乱正常的教学秩序，为了把平均分提高一点点，为了排名好看一点点，可劲儿折腾孩子们。

我辅助过的几位校长也都挺理解我，支持我。

也有校长一时动了心，想模仿有些学校，集中大部分教师去盯着某个统一组考的年级，甚至采取每个教师包干几个学生的做法，被我坚决拒绝。逼得急了，我就放出狠话——我是分管教学的副校长，要这么做也可以，先把我的职务免了。

是以，哪怕临近期末考试，学校也基本能保持正常的教学状态，不会把音美体课都停了，也不会让孩子们每天都是复习，复习，复习。

我说的是"基本"——有时也会考虑领导的难处，做一点点妥协。

我这只考拉，一旦认准目标，绝不回头。

我认为教师要做好两件事：一是把书教好，二是多写文章，无论你是教哪个学科的。因为教书是实践，写作是思考。相辅相成。

我经常听老师们上课。有时，有的老师的课上得我心里难受得要命，就想冲上去替他上。当然，大部分时间，我都能忍住。

一次，独自听徒弟上课，实在忍无可忍，就招招手，让她坐在教室后面听，我到前面去上。我先当堂做了一个测试，看看孩子们有没有听懂——大部分没掌握。接着，我用我的方式，把刚才的内容重新上了一次，然后继续测试——大部分孩子都掌握了。

徒弟心悦诚服。

还有一次，一个青年教师要参加区里的赛课，最后一次试教，一塌糊涂。他很泄气，学生离场后，他一屁股坐在讲台前，沮丧地说："上成这样，还比个啥赛呀？"

我说："你要想想，是哪些问题没有处理好？"他气呼呼地回答："还不是那几个老问题吗？"我说："我用你的教案，马上上一次，你作为旁观者，看看我是如何处理的，可以吗？我上得不一定比你好，但是旁观者清，你或许能得到启迪。"

他同意了。我叫一个听课的老师，随便拉一个同年级没有上过这一课的班过来，立马上给他看。

课后，我说："你明天像我这样上，拿个一等奖，也是很正常的事。"

他似有所悟，说："我要不要再试教一次？"我说："不用了，你反复揣摩一下我的课，在心里保持这种感觉就可以了。"

次日，他果真得了一等奖。

后来，学校里的语文老师参加赛课，往往最后要听我上一次。

我对教师的写作非常重视。

语文教师的文章，想要评奖与投稿，我要一一过目，亲自把关，甚至逐字逐句修改。其他学科，我是外行，但这些老师的文章也不放过。具体内容我也不一定懂，但是标点符号怎么用，篇章结构如何布局，开头结尾怎样调整，大小标题是否贴切……这些方面，还大有文章可做。

当然，这样做，我的工作量也增加了很多。但是，看到同事们有收获，我也不觉得有多累。

考拉型人格的最大缺陷是：不愿意去麻烦别人，也不愿意被别人麻烦，一旦麻烦别人，自己会感觉到非常抱歉。

事实也是这样，我总是担心给他人增添麻烦，明明是正常布置工作，也会反复考量，如何去沟通，才能让他人更容易接受。有时，因为怕麻烦，干脆自己动手得了。这样一来，就更累了。

可奇怪的是，直到现在，有些以前的同事，写作或者上课遇到问题，还会来与我讨论。

后来，因为深感不适合做领导，我辞去了副校长职务。

一年后，把公职也辞了。彼时，我即将获得三十年教龄证书。

无他。只因我这只考拉做出了一个重要决定：下半辈子努力为自己活。

我一度以为自己要死了

2022 年 12 月下旬，我与赖婶蜗居家中，闭门不出。

12 月 21 日上午，在阳台上读了半天的书，大约十点，起身准备午餐。在厨房里，独自把菜备好，甫一转身，竟然脚下发虚，有些头晕。

我试着走了两步，的确是晕；轻轻晃了晃脑袋，大脑似乎成了大海，晃荡得厉害。不可摔倒。我告诫自己。小心地穿过餐厅与客厅，回到阳台，对赖婶说了句："我有些头晕。"

"赶紧躺下来歇一会儿！"她还没说完，我已就势仰卧到了躺椅上。

天花板在晃，身边的绿植在晃，窗外的房子与树木都在晃。闭上眼睛，略微好些。

躺了一会儿，赖婶问我："好点了吗？"

我睁开眼睛，天花板即刻旋转起来，躺椅也同步旋转不已，如同坐上了游乐场的太空舱。不禁暗自叹一声，糟糕。

赖婶隔一会儿就问我："好些了吗？"

一开始，我还要应一声，后来连吐出一个字都觉得晕得厉害，只好对她说："晕得厉害，不想说话。"

中午时分，我觉得这么躺着，也不安全，说不定一个转身，就摔下来了。于是，对赖婶说："我要躺床上去。"赖婶说："我扶你去吧。"我勉力一笑说：

"那倒不必。走到卧室，还是没问题的。"

话虽如此，其实每一步我都很小心。在力所能及时，我是不愿意麻烦他人的。这是信条。

躺在床上，也不安耽。略一动弹，立马天旋地转。两米宽的大床，此时成了大海上的孤舟，浪奔浪流，万里滔滔，眩晕永不休。

该不会是得了传说中的眩晕症吧？我暗自揣度。因除了眩晕，感觉其他器官是没有问题的。

赖婵问："饭要吃点吗？"我轻轻吐出两个字："不要。"少顷，她又来问："总得吃点什么，不然更没抵抗力。"想想也是，多少得吃点，便说："给我买一块蛋糕吧。"其实我不是想吃蛋糕，而是吃蛋糕与吃饭不同，可以整块塞进嘴巴，不至于掉到地板或者床单上。

勉强闭目吃了几口蛋糕之后，我继续躺着。

糟了，肚子里似乎有异动。莫非要吐？我竭力不让自己去想这事儿。可是客观事实不以主观意志为转移，胃部的不适感渐强。

那就忍住。一忍再忍，直至忍无可忍。

突然，胃里的食物宛如岩浆，即将喷涌而出。要忍不住了，我大叫："我要吐了，快拿个塑料袋来！"赖婵匆忙赶至，刚将塑料袋塞到我嘴边，我身子一阵抽搐，秽物狂奔而出。

王勃有名句："请洒潘江，各倾陆海云尔。"那一刻，我是胃部如海，食道如江，鼻腔与眼部如山洪暴发，泥沙俱下。痉挛一通，呕吐消停，方得喘气一口。

赖婵为我清理一番，说："你好好休息一下。"

好好休息一下，愿望十分美好，现实颇为不堪。因为，我又要吐了。而且，我的确又吐了好几次。明明感觉胃里已空空如也，偏偏吐起来却货源充足。

254

奇哉怪也!

赖婵开始不淡定了:"要不要去医院?"我想了想,告诉她:"只是头晕与呕吐,其他没有不舒服,我心里有数,暂时不需要去医院。"

可是后来,我感觉休息了这么久,病情非但没有好转,反而加重,不去医院,是不行了。再说了,如果得的是重病,迟迟不去就医,恐延误最佳治疗时间。

此刻,我已无力行走,即便赖婵扶着我下楼,也不行,说不定两个人一起摔倒在楼梯上。无奈,赖婵只好给我弟弟打电话,让他来背我。可是,我估摸着,即便是弟弟来了,也没有办法背我下楼,因我全身绵软无力,恐怕连他的脖子都搂不住。

叫救护车吧。

趁着救护车还没有来,我得赶紧上个洗手间。在马桶上坐了一会儿,老弟赶到了。其时,我正要起身。老弟伸出手说:"哥,我来帮你穿裤子吧?"我拒绝了——我一向以为自主穿衣与饮食,是自然人最基本的尊严,如果做不到这一点,活着就没有多少意义可言了。

艰难起身,穿好裤子。弟弟与赖婵一左一右扶着,到了客厅,我便歪在了沙发上。

赖婵说:"我扶你躺正吧。躺正,舒服一点。""不!"我说,"歪着舒服。"不是我不想躺着,而是一移动,唯恐眩晕加剧,复又呕吐。

救护车转眼即至,我听到医护人员把担架放到面前的声音。

了解了情况后,医生决定——换为软担架。用硬担架,他们担心在楼道上我无法自控而摔落。所谓软担架,就是一个网袋。我窝在其中,四个人每人拽一只角,下楼时,我蜷缩其间,可敬的臀部不停下坠,屡屡与楼道亲密接触。

哎，管不了那么多了。史铁生说：生病也是生活体验之一种，甚或算得一项别开生面的游历。没想到，此番游历，竟游上了担架，游上了救护车。

我过于乐观了——"别开生面的游历"刚刚开头。

下楼后，被抬上了担架车。救护车停在楼后，要上车，得经过一段楼间小道，是水泥砖地面，短得不值一计。

而今天，这段路好漫长啊！

几个人推着担架车，在水泥砖路面上行驶，每一根钢管都在咣当咣当作响，每一个部件都在震动与颤抖，所有的震动与颤抖都汇聚到我的脑袋里，"大海"震荡不休，海啸骤起，怒涛席卷……

想吐。想大喊一声：快停下！我受不了了！可是我没喊。忍着吧，短短一百米不到的小道，一会儿就到头了。可是，今天的一百米，简直赛过一万米。随着担架车的颠簸，似乎有一只手插入了我的胃部下方，轻轻地托起，反复地搓揉，搓，揉……

猛然间，又似乎狠狠捏了一把。"嗷……我要吐了！"我叫出声来，竭力侧过脑袋，便哗哗地吐了。也不知是吐在了自己的衣服上，还是吐在了大家的裤脚上。

"哎呀，医生！他又吐了！"赖婵慌忙压低我的衣领。医生停下担架车说："让他吐吧，吐完了，我们再拉车。"我差点儿求他们，能否不要拉了？终究没说出口。

地震与海啸一波接一波。风云动荡，日月无光。

咯吱，担架车终于停下了。咣当，咣当，咣当！嘎咕！上救护车了。我的身体轻飘飘的，好似一片云。

在车上，医生为我检测心电图。嘀嘀嘀……仪器在运行。

检查完毕，赖婵问："医生，怎么样？"

"心脏没有问题。"

"可能是什么毛病？"

"眩晕症的概率比较大，到医院需要做进一步检查，看看是否有其他问题，因为眩晕只是表象，很多病都可能引发眩晕。"

我读过著名记者凌志军的《重生手记》。他是癌症患者。他认为看病不能只听医生的，患者对自己的身体应该作清醒的自我评估。从他自己患病到康复的诊治事实证明，他的话有一定道理。

我再次评估了一下自己的身体，除眩晕与呕吐之外，没有其他症状，单纯眩晕症的概率很大。

加速。拐弯。刹车。救护车虽然也会引起我的不适，然比担架车在水泥砖道上时舒服多了，我开始有闲情胡思乱想：

万一，我说的是万一，万一还有其他疾病呢？史铁生不是说过吗？任何灾难前面，都可能加一个可怕的"更"字。万一眩晕是某种绝症引发的，而今天就是我的最后一天，我得对赖婶交代一点什么呢？趁还能开口说话，一定要对她说"好好活"，还要加上前缀"忘掉我"——只有"忘掉我"，才能"好好活"。

如果给自己写一句墓志铭，写点儿什么呢？想想，还是算了吧。我这样的人，卑微而清高，固执而古怪，凡夫俗子而特立独行，写什么墓志铭啊，骨灰直接扔进一株大樟树的树洞里得了。轻轻松松，一了百了。从此，与天地万物神游，风吹过，每一片树叶都可能是我。多好。

那么，女儿呢？毋庸担心，女儿还有半年就要毕业了，以后，她养活自己应该没有问题，大概率比她老爸更有能力，活得更像一个人。

最放心不下的，是家里的四位老人。如果今天我突然拜拜了，他们会如何作想？可惜，这事儿我做不了主。还是交给神明吧，神明自有安排。

胡思乱想间，救护车进医院了。急诊室里，咳嗽声，医护人员与患者家属的呼叫声，此起彼伏。量血压，测体温，听心跳……一通常规操作。

"护士，你是不是也阳了？"是赖婶的声音。

"阳了。好多医生护士都阳了，哪怕高烧四十度，只要能起床的，都还在坚持给病人看病。"

"急诊室里好像阳的病人很多哎！"

"管不了那么多了，人手不够，场地不够，只能这样。特殊时期，大家都将就一点。"

"能加个床位吗？"

"加不了，好多重症病人也在等床位。从目前的情况看，很可能只是眩晕症而已。先打一针，然后去做个CT（电子计算机断层扫描）。"

很可能只是眩晕症而已。而已——哈哈，看来这条小命基本是保住了。

"扑哧！"可敬的臀部被扎了一针。

检查结果未发现异常。医生果断给我打吊针。医生与护士不时过来问一声："感觉怎么样？好点了吗？"赖婶也隔一段时间就问一句："有没有感觉舒服一点？"

真是神奇，用药之后，没过多久，症状开始减轻。脑袋略微转动一下，晕得不是那么厉害了。少顷，试着微微睁开眼睛，天花板也不旋转了。

三瓶药液挂完，护士伸出指头在我眼前晃了晃，问我："这是几个手指？"

"一个。"

"好了，休息一下。等会儿结了账，就可以回家了。"

"好了？"

"好了。明天如果没有不舒服，就不需要来医院了。在家里休息就可以。"

"需要开药，回家服用吗？"

"这个要看医嘱。"

眩晕症，来得快，几乎毫无征兆；去得也快，第二天就完全无感了。

我的朋友丁丁，也曾是眩晕症患者。

她说："其实还是有征兆的，发作前的几分钟，是有感觉的，只不过你没有经验，下次你就知道了，因为我有过这样的情况，有两三次了。有一次，我在办公室跟同事讲着话，突然之间觉得可能要眩晕了，就赶紧叫了一辆人力三轮车去医院。别的车都不能坐，人力三轮车比较平稳。在三轮车上，我马上开始往旁边吐了。笔直的马路变成了 U 形，变成 O 形，全部都转了起来。整个世界都在颠倒。注射了药物，又挂了几瓶水。就躺着，躺了两天，才慢慢好转。"

丁丁说"下次你就知道了"。我希望，没有下次。

丁丁说"躺了两天"。而我，躺了不到十个小时。看来每个人的眩晕程度是不一样的。或者说，眩晕症对我比较友好一点。

我一直很奇怪，为什么突然会得眩晕症呢？

回想起在医院里，朦朦胧胧中听医生说过的话——体质下降了，就容易得眩晕症。

我身体弱吗？很有可能。这三年，我锻炼少了，很多时候被迫待在家里，身体素质自然下降了。

而直接引发眩晕的原因，则可能是发病前一天，在家里跟着视频跳刘畊宏的健身操。

那玩意儿累得要命，而我咬牙坚持，硬是跳完了整节课，四十分钟。

眩晕症后，我曾给女儿留言：如果有一天，无论因何种缘故导致我生命垂危，医生若认为我即便抢救过来，生命的品质也极差，那就放弃治疗。

去年，北京某教授的父亲去世了，想买个价格实惠的骨灰盒，却遭到相关人员的讥讽，他盛怒之下，用一个塑料袋装骨灰了事。

　　简直太棒了！我到了那一天，希望女儿连塑料袋都省了，用一块布，将骨灰包了，扔进一个樟树洞了事。因为，我喜欢樟树。树洞，也已选好。不久之前，与友人游山，见一棵大樟树，树洞极深，深得我心。

　　别害怕，骨灰的主要成分是钙、磷、钾、钠等元素，只是人版的"草木灰"而已。

《题西林壁》的五次自我同课异构

我曾多次执教苏轼的名作《题西林壁》。

刚参加工作时，是用简笔画教的。那时，普通话，粉笔字，简笔画，是师范生必须过关的三项基本功。我虽不才，也下过功夫，能画几笔。

第一次教《题西林壁》，信心满满地做好了准备，"刷刷刷"，数笔就在黑板上画出了"横看成岭侧成峰"的示意图。

以为学生们会"哇"地惊呼。可是，没有。硬着头皮，细细讲解了一番，哪儿是"岭"，哪儿是"峰"，为何横看成岭侧看就成了峰。大部分孩子用迷离的眼神看着我，看得我心里直发毛。无奈，只得把教参上的译文抄在黑板上，布置学生抄下，背熟，了事。

事后，我想，简笔画简洁稚拙，用于低年级或许还行，用于中高年级，特别是用来表现比较复杂的情境，或许就显得幼稚了。

不敢用简笔画了，改用铁丝。

在课上，当着学生的面把一段铁丝弯折，横着看是山岭的形状，竖着看就成了山峰的模样。这种教法动态展现了"岭"与"峰"的变化过程，比较直观。但是，由于铁丝太细，只有正面的十几个学生能看清楚。

如递到他们手上，一个个看过去的话，课上根本没有这么多时间。下课再看，已是兴味索然。如换成粗一些的铁丝，效果也不尽如人意——一根铁丝能有多粗呢？

除非换成钢筋，却又无法当场弯折，少了趣味。

多媒体辅助教学兴起之后，我尝试用课件教学，精心选了一些实景图片，从不同的角度展示庐山的景色。选图片的过程，非常纠结：图片很多，能体现诗句意境的又太少。最后，花了整晚的时间，反复挑选，勉强选了几张，连我自己都不太满意。

上课时，我故作姿态："想不想看看庐山的美景呢？"

学生自然心领神会，很应景地回应"想"。声音不响不亮，不冷不热，不情不愿。他们很清楚，如回答"不想"，后果很严重。

非常遗憾，火热的多媒体辅助教学并未带来我期待的效果。也许，是我太笨了。

《题西林壁》，两句，四行，简简单单二十八个字，教学难点颇多。除了"横看成岭侧成峰"之外，"只缘身在此山中"的引申义也是一个难点。我一直思索，却一直没有找到很好的办法去突破。

直到进入职业生涯的第二十二个年头，也不知是第几次执教这一课了。备课时，我反复揣摩历年来的教学得失，想获得一点突破。

我不停地念叨诗句，两手不停地比画，同时在心里反复模拟教学场景，想象可能呈现的教学效果。

灵感来了——干吗要用简笔画、铁丝、课件呢？直接用手掌不就得了？举手，掌心正对着眼睛，岔开五指，即"横看成岭"；将手掌转动九十度，则是"侧成峰"。

最简单的就是最好的。

第一，简单。师生均无须做任何课前准备。

第二，省事。简笔画，需要一定的美术功底；铁丝，不容易看清楚；课件怕停电，还限制想象力。手掌，随身携带，想用就用，不消耗任何资源。

第三，高效。所有学生可以同时观察，反复观察，从不同的角度观察，从而领悟"横看成岭侧成峰"的奇妙，顺带把"远近高低各不同"也解决了。

这一次，成功。

又一次执教《题西林壁》。

刚准备板书课题，就有学生告诉我，已经会背了，连诗的译文都背下来了，不用教了。

"会背了，并不代表会读了。"我抛出一句没头没脑的话。学生们糊涂了：我们都会背了，难道还不会读吗？

"好吧。我在黑板上写一句，你们读一句，看你们会不会读。"

我挥笔写下"横看成岭侧成峰，○○○○各不同"。原本该是"远近高低"的地方，赫然是四个大圆圈。这下子，学生们傻眼了。他们绞尽脑汁，想出了各种读法，都被我一一否定。

"其实，老师是要你们在四个圆圈里填上自己的想法。"学生们又愣住了，一时不知所措。

"'远近高低'代表了诗人观察庐山的四个角度。除此之外，诗人还有其他观察庐山的角度吗？"我提示道。

学生们的思路渐渐打开了，从表述不同方位的"东西南北""上下左右"到表述不同季节的"春夏秋冬"，到不同天气情况的"风雪雷电""阴晴雨雪"到一日之内不同时段的"昼夜晨昏"……把他们的想法加入诗中，苏轼的诗作变了模样。

后面两句，也来改一改，再加上圆圈，诗句变成了"不识〇〇真面目，只缘〇〇〇〇〇。"

这个练习的难度，比刚才大了许多。为打开思路，我先引导复习《饮湖上初晴后雨》——"不识西湖真面目，只缘身在此湖中。"

再引导回忆《画杨桃》——"不识杨桃真面目，只缘视角不相同。"

学生的思路再度打开。

有的模拟宇航员有感而发："不识地球真面目，只缘身在此球中。"

有的把"当局者迷，旁观者清"改成了"不识棋局真面目，只缘身在此局中。"

有的联想到古希腊的传世名言："人啊，认识你自己！"由此感叹"不识自身真面目，只缘此人就是我。"

一节古诗课，变成了思维体操课。

数学课，有一题多解；语文课，应该有一课多构。与同行同课异构，更要与自己同课异构。

每一次与自己的同课异构，就是对教材的又一次解读，对学情的又一次把握，对不同教法的又一次尝试。

每一次与自己的同课异构，就是和自己较劲，就是反思、提炼与创新，慢慢地，就实现了专业成长。